文化文創 025

門孔

余秋雨 著

小序

這本書裡的部分篇目，讀者可能有一點眼熟，因為在二〇一二年出版的《何謂文化》一書中出現過。這次讓它們重新打理一番後再度現身，出於一個有趣的理由。

這些年，網路上出現大量掛著我名字的文章，都不是我寫的。但是，我用盡各種方法都說明不了，更阻止不了。有一個著名的大城市，甚至把一篇署有我名字的文章當作了考題，可見連那些命題教授也看走眼了。據一位朋友告訴我，美國紐約一家華人餐廳花了不少力氣舉辦了一次「余秋雨詩文朗誦會」，他去聽了，發現那些詩文大多也是冒名之作，但都寫得不錯。

寫得不錯，為什麼要如此慷慨地「送」給我？這件事我至今還沒有想明白。

在網上轟動的文章中，有一篇倒真是我寫的，那就是本書的第一篇〈門孔〉。此文經由無數網民推薦、轉發，產生了旋風般的驚人效果。很多朋友告訴我，有一段時間，無論文化界內外，都在談這篇文章。我自己遇到的不少老熟人，也突然變得激動起來，說是讀到了平生最感動的文字。北京和上海的兩家影視公司幾次三番來聯繫，想將此文拍攝成影視作品。但我畢竟是內行，深知散文邏輯和影視邏輯的巨大差異，沒有同意。

這件事讓我覺得有點奇怪：〈門孔〉明明早就發表了，為什麼卻在幾年後被「重新發現」？當初收入此文的《何謂文化》一書，發行量和閱讀面都非常大，為什麼讀過那書的朋友，仍然會對此文產生那麼特別的「初讀興奮」？

我想，很重要的原因是，《何謂文化》是一部綜合文集，以一系列演講為主，又以一系列書法打底，〈門孔〉擠在裡邊被掩蓋了。這也正是很多綜合文集的共同弊病：由於不同文體的交叉混雜，造成光亮迷離，彼此模糊。

因此，很多出版界朋友反覆建議，單出一本以《門孔》為題的書，書中只收類似於該文的那種切身感受的「記憶文學」，也就是「親歷散文」。有一位出版家說，由於我交往的人物均有足夠的文化重量，因此這書也就成為一部感性的《中國文脈》當代版。是這樣嗎？我沒有把握。

為了使這本《門孔》煥然一新，我對那幾篇已經發表過的舊文作了不少修改，又花費很大的心力加寫了幾篇長文。當然，因為是「記憶文學」，還必須讓我這個「記憶主角」也鞠躬上場，參與幾段關鍵回憶，特別是奉獻了那篇回顧我和妻子情感歷程的《單程孤舟》。這也算是「交家底」式的談心了，我自己頗為珍惜。

有了這篇文章「壓艙」，我也就可以把書名《門孔》的含義說得更透徹了。何謂「門孔」？那就是：守護門庭，窺探神聖。

任何人，不管身處何時何地，都找得到這樣的「門孔」。

感謝讀者一路相伴。

余秋雨

丁酉深秋之日於上海

門孔

門孔

一

直到今天，謝晉的小兒子阿四，還不知道「死亡」是什麼。

大家覺得，這次該讓他知道了。但是，不管怎麼解釋，他誠實的眼神告訴你，他還是不知道。

十幾年前，同樣弱智的阿三走了，阿四不知道這位小哥到哪裡去了，爸爸對大家說，別給阿四解釋死亡。

兩個月前，阿四的大哥謝衍走了，阿四不知道他到哪裡去了，爸爸對大家說，別給阿四解釋死亡。

現在，爸爸自己走了，阿四不知道他到哪裡去了，家裡只剩下了他和八十三歲的媽媽，阿四已經不想聽解釋。誰解釋，就是誰把小哥、大哥、爸爸弄走了。他就一定跟著走，去找。

二

阿三還在的時候，謝晉對我說：「你看他的眉毛，稀稀落落，是整天扒在門孔上磨的。只要我出門，他就離不開門了，分分秒秒等我回來。」

謝晉說的門孔，俗稱「貓眼」，誰都知道是大門中央張望外面的世界的一個小裝置。平日聽到敲門或電鈴，先在這裡看一眼，認出是誰，再決定開門還是不開門。但對阿三來說，這個閃著亮光的玻璃小孔，是一種永遠的等待。

他不允許自己有一絲一毫的鬆懈，因為爸爸每時每刻都可能會在那裡出現，他不能漏掉第一時間。除了睡覺、吃飯，他都在那裡看。雙腳麻木了，脖子痠痛了，眼睛迷糊了，眉毛脫落了，他都沒有撤退。

爸爸在外面做什麼？他不知道，也不想知道。

有一次，謝晉與我長談，說起在封閉的時代要在電影中加入一點人性的光亮是多麼不容易。我突然產生聯想，說：「謝導，你就是阿三！」

「什麼？」他奇怪地看著我。

我說：「你就像你家阿三，在關閉著的大門上找到一個孔，便目不轉睛地盯著，看亮光，等親情，除了睡覺、吃飯，你都沒有放過。」

他聽了一震，目光炯炯地看著我，不說話。

我又說：「你的門孔，也成了全國觀眾的門孔。不管什麼時節，一個玻璃亮眼，大家從那裡看到了很多風景，很多人性。你的優點也與阿三一樣，那就是無休無止地堅持。」

三

謝晉在六十歲的時候對我說：「現在，我總算和全國人民一起成熟了！」那時，「文革」結束不久。

「成熟」了的他，拍了《牧馬人》、《天雲山傳奇》、《芙蓉鎮》、《清涼寺的鐘聲》、《高山下的花環》、《最後的貴族》、《鴉片戰爭》……。那麼，他的藝術歷程也就大致可以分為兩段，前一段為探尋期，後一段為成熟期。探尋期更多地依附於時代，成熟期更多地依附於人性。

一切依附於時代的作品，往往會以普遍流行的時代話語，籠罩藝術家自身的主體話語。謝晉的可貴在於，即使被籠罩，他的主體話語還在頑皮地撲閃騰躍。其中最頑皮之處，就是集中表現女性。不管外在題材是什麼，只要抓住了女性命題，藝術也就具有了亦剛亦柔的功能，人性也就具有了悄然滲透的理由。在這方面，《舞臺姊妹》就是很好的例證。儘管這部作品裡也帶有不少時代給予的概念化痕跡，但「文革」中批判它的最大罪名，就是「人性論」。

謝晉說，當時針對這部作品，批判會開了不少，造反派怕文藝界批判「人性論」不力，就拿到「階級立場最堅定」的工人中去放映，然後批判。沒想到，在放映時，紡織廠的女工已經哭成一片，她們被深深感染了。「人性論」和「階級論」的理論對峙，就在這一片哭聲中見出了分曉。

但是，在謝晉看來，這樣的作品還不成熟。讓紡織女工哭成一片，很多民間戲曲也能做到。他覺得自己應該做更大的事。「文革」的煉獄，使他獲得了浴火重生的機會。「文革」以後的他，不再在時代話語的縫隙中捕捉人性，而是反過來，以人性的標準來拷問時代了。

對於一個電影藝術家來說，「成熟」在六十歲，確實是晚了一點。但是，到了六十歲還有勇氣「成熟」，這正是二、三十年前中國最優秀知識份子的良知凸顯。也有不少人一直表白自己「成熟」得很早，不僅早過謝晉，而且幾乎沒有不成熟的階段。這也可能吧，但全國民眾都未曾看到。謝晉是永遠讓大家看到的，因此大家與他相陪相伴地不成熟，然後一起成熟。

這讓我想起雲南麗江雪山上的一種桃子，由於氣溫太低，成熟期拖得特別長，因此收穫時的果實也特別大，大到讓人歡呼。

「成熟」後的謝晉讓全國觀眾眼睛一亮。他成了萬人矚目的思想者，每天在大量的文學作品中尋找著既符合自己切身感受又必然能感染民眾的描寫，然後思考著如何用鏡頭震撼全民族的心靈。沒有他，那些文學描寫只在一角流傳；有了他，一座座通向億萬觀眾的橋樑搭了起來。

於是，由於他，整個民族進入了一個艱難而美麗的甦醒過程，就像羅丹雕塑「青銅時代」傳達的那種象徵氣氛。

那些年的謝晉，大作品一部接著一部，部部深入人心，真可謂手揮五弦，目送歸鴻，雲蒸霞蔚。

就在這時，他禮賢下士，竟然破例聘請了一個藝術顧問，那就是比他小二十多歲的我。他與我的父親同齡，我又與他的女兒同齡。這種輩分錯亂的禮聘，只能是他，也只能在上海。

那時節，連蕭伯納的嫡傳弟子黃佐臨先生也在與我們一起玩布萊希特、貧困戲劇、環境戲劇，他應該是我祖父一輩。而我的學生們，也已成果纍纍。八十年代「四世同堂」的上海文化，實在讓人難以忘懷。而在這「四世同堂」的熱鬧中，成果最為顯赫的，還是謝晉。他讓上海，維持了一段為時不短的文化驕傲。

從更廣闊的視角來看，謝晉最大的成果在於用自己的生命接通了中國電影在一九四九年之後的曲折邏輯。不管是幼稚、青澀、豪情，還是深思、嚴峻、浩歎，他全都經歷了，摸索了，梳理了。

他不是散落在岸邊的一片美景，而是一條完整的大河，使沿途所有的景色都可依著他而定位。

我想，當代中國的電影藝術家即便取得再高的國際成就，也不能輕忽謝晉這個名字，因為進入今天這個制高點的那條崎嶇山路，是他跌跌絆絆走下來的。在這個意義上，謝晉不朽。

四

謝晉聘請我做藝術顧問，旁人以為他會要我介紹當代世界藝術的新思潮，其實並不。他與我最談得攏的，是具體的藝術感覺。他是文化創造者，要的是現場設計，而不是雲端高論。

我們也曾開過一些研討會，有的理論家在會上高談闊論，又明顯地缺少藝術感覺。謝晉會偷偷地摘下耳機，出神地看著發言者。發言者還以為他在專心聽講，其實他很可能只是在觀察發言者臉部的肌肉運動狀態和可以劃分的角色類型。這好像不太禮貌，但高齡的他有資格這樣做。

謝晉特別想說又不願多說的，是作為文化創造者的苦惱。

我問他：「你在創作過程中遇到的最大苦惱是什麼？是劇作的等級，演員的悟性，還是攝影師的能力？」

他說：「不，不，這些都有辦法解決。我最大的苦惱，是遇到了不懂藝術的審查者和評論者。」

他所說的「不懂藝術」，我想很多官員是不太明白其中含義的。他們總覺得自己既有名校學歷又看過很多中外電影，還啃過幾本藝術理論著作，怎麼能說「不懂藝術」

呢？

其實，真正的藝術家都知道，這種「懂」，是創造意義上而不是學問意義上的。那是對每一個感性細節小心翼翼的捧持，是對作品的有機生命不可稍有割劃的萬千敏感，是對轉瞬即逝的一個眼神、一道光束的震顫性品咂，是對那綿長多變又快速運動的鏡頭語彙的感同身受。

用中國傳統美學概念來說，這種「懂」，不「隔」。而一切審查性、評論性的目光，不管包含著多少學問，都恰恰是從「隔」開始的。

平心而論，在這一點上，謝晉的觀點比我寬容得多。他不喜歡被審查卻也不反對，一直希望有夏衍、田漢這樣真正懂藝術的人來審查。而我則認為，即使夏衍、田漢再世，也沒有權利要謝晉這樣的藝術家在藝術上服從自己。

謝晉那些最重要的作品，上映前都麻煩重重。如果說，「文革」前的審查總是指責他「愛情太多，女性話題太多，宣揚資產階級人性論太多」，那麼，「文革」後的審查者已經寬容愛情和女性了，主要是指責他「揭露革命事業中的黑暗太多」。

有趣的是，有的審查者一旦投身創作，立場就會發生天翻地覆的變化。我認識兩位職業審查者，年老退休後常常被一些電視劇聘為顧問，參與構思。作品拍出來後，交給他們當年退休時物色的徒弟們審查，他們才發現，這些徒弟太不像話了。他們憤怒地說：「文化領域那麼多誹謗、偽造、低劣都不審查，卻總是盯著一些好作品不依不饒！」後來他們捫心自問，才明白自己大半輩子也在這麼做。

對於評論，謝晉與他的同代人一樣，過於在乎，比較敏感，容易生氣。

他平生最生氣的評論，是一個叫朱大可的上海文人所揭露的「謝晉模式」。忘了是說「革命加女人」，還是「革命加愛情」。謝晉認為，以前的審查者不管多麼胡言亂語，也沒有公開發表，而這個可笑的「謝晉模式」，卻被很多報紙刊登了。

他幾乎在辦公室裡大聲咆哮：「女人怎麼啦？沒有女人，哪來男人？愛情，我在《紅色娘子軍》裡想加一點，不讓；《舞臺姊妹》裡也沒有正面愛情。只有造反派才批判我借著革命販賣愛情，這個朱大可是什麼人？」

我勸他：「這個人沒有什麼惡意，只是理論上幼稚，把現象拼湊當作了學問。你不要生氣，如果有人把眼睛、鼻子、嘴巴的組合說成是臉部模式，你會發火嗎？」

他看著我，不再說話。但後來，每次研討會我都提議讓朱大可來參加，他都不讓。而且，還會狠狠地瞪我一眼。

直到有一天，朱大可發表文章說，一個妓女的手提包裡有我寫的《文化苦旅》，引起全國對我的訕笑。謝晉也幸災樂禍地笑了，說：「看你再為他辯護！」

但他很快又大聲地為我講話了：「妓女？中外藝術中，很多妓女的品德，都比文人高！我還要重拍《桃花扇》，用李香君回擊他！」

我連忙說：「不，不。中國現在的文藝評論，都是隨風一吐的口水，哪裡犯得著你大藝術家來回擊？」

「你不恨？」他盯著我的眼睛，加了一句，「那麼多報紙。」

「當然不恨。」我說。

他把手拍在我肩上。

五

在友情上，謝晉算得上是一個漢子。

他總是充滿古意地反覆懷念一個個久不見面的老友，懷念得一點兒也不像一個名人；同時，他又無限興奮地結識一個個剛剛發現的新知，興奮得一點兒也不像一個老者。他的工作性質、活動方式和從業時間，使他的「老友」和「新知」的範圍非常之大，但他一個也不會忘記，一個也不會怠慢。

因此，只要他有召喚，或者，只是以他的名義召喚，再有名的藝術家也沒有不來的。

有時，他別出心裁，要讓這些藝術家都到他出生的老家去聚合，大家也都乖乖地全數抵達。就在他去世前幾天，上海電視臺準備拍攝一個紀念他八十五歲生日的節目，開出了一大串響亮的名單，逐一邀請。這些人中的任何一個，在一般情況下是「八抬大轎也抬不動」的，因為有的也已年老，有的非常繁忙，有的片約在身，有的身患重病。但是，一聽是謝晉的事，沒有一個拒絕。當然，他們沒有料到，生日之前，會有一個追悼會……

我從旁觀察，發覺謝晉交友，有兩個原則。一是拒絕小人，二是不求實用。這就使他身邊的熱鬧中有一種乾淨。相比之下，有些同樣著名的老藝術家永遠也擺不出謝導這樣的友情陣仗，不是他們缺少魅力，而是本來要來參加的人想到同時還有幾雙忽閃的眼睛也會到場，藉故推託了。有時，好人也會利用小人，但謝晉不利用。

他對小人的辦法，不是爭吵，不是驅逐，而是在最早的時間冷落。他的冷落，是炬滅煙消，完全不予互動。聽對方說了幾句話，他就明白是什麼人了，便突然變成了一座石山，邪不可侵。轉身，眼角掃到一個朋友，石山又變成了一尊活佛。

一些早已不會被他選為演員和編劇的老朋友，永遠是他的座上賓。他們誰也不會因為自己已經幫不上他的忙，感到不安。西哲有言：「友情的敗壞，是從利用開始的。」謝晉的友情，從不敗壞。

他一點兒也不勢利。再高的官，在他眼中只是他的觀眾，與天下千萬觀眾沒有區別。但因為他們是官，他會特別嚴厲一點。我多次看到，他與官員講話的聲調，遠遠高於他平日講話，主要是在批評。他還會把自己對於某個文化高官的批評到處講，反覆講，希望能傳到那個高官的耳朵裡，一點兒不擔心自己會不會遇到麻煩。

有時，他也會發現，對那個高官的批評搞錯了，於是又到處大聲講：「那其實是個好人，我過去搞錯了！」

對於受到挫折的人，他特別關心，包括官員。

有一年，我認識的一位官員因事入獄。我以前與這位官員倒也沒有什麼交往，這時卻想安慰他幾句。正好上海市監獄邀請我去給幾千個犯人講課，我就向監獄長提出要與那個人談一次話。監獄長說，與那個人談話是不被允許的。我就問能不能寫個條子，監獄長說可以。

我就在一張紙上寫道：「平日大家都忙，沒有時間把外語再推進一步，祝賀你有了這個機會。」寫完，託監獄長交給那個人。

謝晉聽我說了這個過程，笑咪咪地動了一會兒腦筋，然後興奮地拍了一下桌子說：「有了！你能送條子，那麼，我可以進一步，送月餅！過幾天就是中秋節，你告訴監獄長，我謝晉要為犯人講一次課！」

就這樣，他為了讓那個官員在監獄裡過一個像樣的中秋節，居然主動去向犯人講了一次課。提籃橋監獄的犯人，有幸一睹他們心中的藝術偶像。那個入獄的官員，其實與他也沒有什麼關係。

四年以後，那個人刑滿釋放，第一個電話打給我，說他聽了我的話，在裡邊學外語，現在帶出來一部五十萬字的翻譯稿。然後，他說，急於要請謝晉導演吃飯。謝導那次的中秋節行動，實在把他感動了。

六

我一直有一個錯誤的想法，覺得拍電影是一個力氣活，謝晉已經年邁，不必站在第一線上了。我提議他在拍完《芙蓉鎮》後就可以收山，然後以自己的信譽、影響和經驗，辦一個電影公司，再建一個影視學院。簡單說來，讓他從一個電影導演變成一個「電影導師」。

有這個想法的，可能不止我一個人。

我過了很久才知道，他對我們的這種想法，深感痛苦。

他想拍電影，他想自己天天拿著話筒指揮現場，然後貓著腰在攝影機後面調度一切。他早已不在乎名利，也不想證明自己依然還保持著藝術創造能力。他只是飢渴，沒完沒了地飢渴。在這一點上他像一個最單純、最執著的孩子，一定要做一件事，罵他，損他，毀他，都可以，只要讓他做這件事，他立即可以破涕為笑。

他當然知道我們的勸說有點道理，因此，也是認認真真地辦電影公司，建影視學院，還叫我做「校董」。但是，這一切都不能消解他內心的強烈飢渴。

他愈來愈要在我們面前表現出他的精力充沛、步履輕健。他由於耳朵不好，本來說話就很大聲，現在更大聲了。他原來就喜歡喝酒，現在更要與別人頻頻比賽酒量了。

有一次，他跨著大步走在火車站的月臺上，不知怎麼突然踉蹌了。他想擺脫踉蹌，掙扎了一下，誰知更是朝前一衝，被人扶住，臉色發青。這讓人們突然想起他的皮夾克、紅圍巾所包裹著的年齡。

不久後一次吃飯，我又委婉地說起了老話題。

他知道月臺上的踉蹌被我們看到了，因此也知道我說這些話的原因。

他朝我舉起酒杯，我以為他要用乾杯的方式來接受我的建議，沒想到他對我說：「秋雨，你知道什麼樣的人是真正善飲的嗎？我告訴你，第一，端杯穩；第二，雙眉平；第三，下口深。」

說著，他又穩又平又深地一連喝了好幾杯。

是在證明自己的酒量嗎？不，我覺得其中似乎又包含著某種宣示。即使毫無宣示的意思，那麼，只要他拿起酒杯，便立即顯得大氣磅礴，說什麼都難以反駁。

後來，有一位熱心的農民企業家想給他資助，開了一個會。這位企業家站起來講話，意思是大家要把謝晉看作一個珍貴的品牌，進行文化產業的運作。但他不太會講話，說成了這樣一句：「謝晉這兩個字，不僅僅是一個人名，而且還是一種有待開發的東西。」

「東西？」在場的文化人聽了都覺得不是味道。

一位喜劇演員突然有了念頭，便大聲地在座位上說：「你說錯了，謝晉不是東西！」他又重複了一句，「謝晉不是東西！」

這是一個毫無惡意的喜劇花招，全場都笑了。

我連忙扭頭看謝晉導演，不知他是生氣而走，還是藹然而笑。沒想到，我看到的他似乎完全沒有聽到這句話，只是像木頭一樣呆坐著，毫無表情。我立即明白了，他從這位企業家的講話中才知道，連他們也想把自己當品牌來運作。

「我，難道只能這樣了嗎？」他想。

他毫無表情的表情，把我震了一下。他心中在想，如果自己真的完全變成了一個品牌，丟失了親自創造的權利，那謝晉真的「不是東西」了。

從那次之後，我改變了態度，總是悉心傾聽他一個又一個的創作計畫。這是一種滔滔不絕的激情，變成了延綿不絕的憧憬。他要重拍《桃花扇》，他要籌拍美國華工修建西部鐵路的血淚史，他要拍《拉貝日記》，他要拍《大人家》，他更想拍前輩領袖的女兒們的生死恩仇、悲歡離合……

看到我願意傾聽，他就針對我們以前的想法一吐委屈：「你們都說我年事已高，應該退居二線，但是我早就給你說過，我是六十歲才成熟的，那你算算……」

一位傑出藝術家的生命之門既然已經第二度打開，翻捲的洪水再也無可抵擋。這是創造主體的本能呼喊，也是一個強大的生命要求自我完成的一種尊嚴。

七

他在中國創建了一個獨立而龐大的藝術世界，但回到家，卻是一個常人無法想像的天地。

他與夫人徐大雯女士生了四個小孩，腦子正常的只有一個，那就是謝衍。謝衍的兩個弟弟就是前面所說的老三和老四，都嚴重弱智，而姊姊的情況也不好。

這四個孩子，出生在一九四六年至一九五六年這十年間。當時的社會，還很難找到輔導弱智兒童的專業學校，一切麻煩都堆在一門之內。家境極不寬裕，工作極其繁忙，這個門內天天在發生什麼？只有天知道。

我們如果把這樣一個家庭背景與謝晉的那麼多電影聯繫在一起，真會產生一種匪夷所思的感覺。每天傍晚，他那高大而疲憊的身影一步步走回家門的圖像，不能不讓人一次次落淚。不是出於一種同情，而是為了一種偉大。

一個錯亂的精神旋渦，能夠生發出偉大的精神力量嗎？謝晉作出了回答，而全國的電影觀眾都在點頭。

我覺得，這種情景，在整個人類藝術史上都難以重見。

謝晉親手把錯亂的精神旋渦，築成了人道主義的聖殿。我曾多次在他家裡吃飯，他做得一手好菜，常常圍著白圍單，手握著鍋鏟招呼客人。客人可能是好萊塢明星、法國大導演、日本製作人，最後謝晉總會搓搓手，通過翻譯介紹自己兩個兒子的特殊情況，然後隆重請出。

這種毫不掩飾的坦蕩，曾讓我百脈俱開。在客人面前，弱智兒子的每一個笑容和動作，在謝晉看來就是人類最本原的可愛造型，因此滿眼是欣賞的光彩。他把這種光彩，帶給了整個門庭，也帶給了所有的客人。

他自己成天到處走，有時也會帶著兒子出行。我聽謝晉電影公司總經理張惠芳女士說，那次去浙江衢州，坐了一輛麵包車，路上要好幾個小時，阿四同行。坐在前排的謝晉過一會兒就要回過頭來問：「阿四累不累？」、「阿四好嗎？」、「阿四要不要睡一會兒？」……過幾分鐘就回一次頭，沒完沒了。

每次回頭，那神情，能把雪山消融。

八

他萬萬沒有想到，他家後代唯一的正常人，那個從國外留學回來的典雅君子，他的大兒子謝衍，竟先他而去。

謝衍太知道父母親的生活重壓，一直瞞著自己的病情，不讓老人家知道。他把一切事情都料理得一清二楚，然後穿上一套乾淨的衣服，去了醫院，再也沒有出來。

他懇求周圍的人，千萬不要讓爸爸、媽媽到醫院來。他說，爸爸太出名，一來就會引動媒體，而自己現在的形象又會使爸爸、媽媽吃驚。他一直念叨著：「不要來，千萬不要來，不要讓他們來……」

直到他去世前一星期，周圍的人說，現在一定要讓你爸爸、媽媽來了。這次，他沒有說話。

謝晉一直以為兒子是一般的病住院，完全不知道事情已經那麼嚴重。眼前病床上，他唯一可以對話的兒子，已經不成樣子。

他像一尊突然被風乾了的雕像，站在病床前，很久，很久。

他身邊，傳來工作人員低低的抽泣。

謝衍吃力地對他說：「爸爸，我給您添麻煩了！」

他顫聲地說：「我們治療，孩子，不要緊，我們治療……」

從這天起，他天天都陪著夫人去醫院。

獨身的謝衍已經五十九歲，現在卻每天在老人趕到前不斷問：「爸爸怎麼還不來？媽媽怎麼還不來？爸爸怎麼還不來？」

那天，他實在太痛了，要求打嗎啡，但醫生有猶豫。幸好有慈濟功德會的志工來唱佛曲，他平靜了。

謝晉和夫人陪在兒子身邊，那夜幾乎陪了通宵。工作人員怕這兩位八十多歲的老人撐不住，力勸他們暫時回家休息。但是，兩位老人的車還沒有到家，謝衍就去世了。

謝衍是二〇〇八年九月二十三日下葬的。第二天，九月二十四日，杭州的朋友就邀請謝晉去散散心，住多久都可以。接待他的，是一位也剛剛喪子的傑出男子，叫葉明。

兩人一見面就抱住了，號啕大哭。他們兩人，前些天都哭過無數次，但還要找一個機會，不刺激妻子，不為難下屬，抱住一個人，一個禁得起用力抱的人，痛快淋漓、迴腸盪氣地哭一哭。

那天謝晉導演的哭聲，像虎嘯，像狼嚎，像龍吟，像獅吼，把他以前拍過的那麼多電影裡的哭，全都收納了，又全都釋放了。

那天，秋風起於杭州，連西湖都在嗚咽。

他並沒有在杭州長住，很快又回到了上海。這幾天他很少說話，眼睛直直地看著前方。有時也翻書報，卻是亂翻，沒有一個字入眼。

突然電話鈴響了，是家鄉上虞的母校春暉中學打來的，說有一個紀念活動要讓他出席，有車來接。他一生，每遇危難總會想念家鄉。今天，故鄉故宅又有召喚，他毫不猶豫地答應了。他給駕駛員小蔣說：「你別管我了，另外有車來接！」

小蔣告訴張惠芳，張惠芳急急趕來詢問，門房說，接謝導的車，兩分鐘前開走了。

春暉中學的紀念活動第二天才開始，這天晚上他在旅館吃了點冷餐，沒有喝酒，倒頭便睡。這是真正的老家，他出走已久，今天只剩下他一個人回來。他是朝左側睡的，再也沒有醒來。

這天是二〇〇八年十月十八日，離他八十五歲生日，還有一個月零三天。

九

他老家的屋裡，有我題寫的四個字：「東山謝氏」。

那是幾年前的一天，他突然來到我家，要我寫這幾個字。他說，已經請幾位老一代書法大家寫過，希望能增加我寫的一份。東山謝氏？好生了得！我看著他，抱歉地想，認識了他那麼多年，也知道他是紹興上虞人，卻沒有把他的姓氏與那個遙遠而輝煌的門庭聯繫起來。

他的遠祖，是西元四世紀那位打了「淝水之戰」的東晉宰相謝安。這仗，是和侄子謝玄一起打的。而謝玄的孫子，便是中國山水詩的鼻祖謝靈運。謝安本來是隱居會稽東山的，經常與大書法家王羲之一起喝酒吟詩，他的侄女謝道韞也嫁給了王羲之的兒子王凝之，而才學又遠超丈夫。謝安後來因形勢所迫再度做官，這使中國有了一個「東山再起」的成語。

正因為這一切，我寫「東山謝氏」這四個字時非常恭敬，一連寫了好多幅，最後挑出一張，送去。

謝家，竟然自東晉、南朝至今，就一直住在東山腳下？別的不說，光那股積累了一千六百年的氣，已經非比尋常。

謝晉導演對此極為在意，卻又不對外說，可見完全不想借遠祖之名炫耀。他在意的，是這山、這村、這屋、這姓、這氣。但這一切都是祕密的，只是為了要我寫字才說，說過一次再也不說。

我想，就憑著這種無以言表的深層皈依，他會一個人回去，在一大批遠祖面前畫上人生的句號。

十

此刻，他上海的家，只剩下了阿四。他的夫人因心臟問題，住進了醫院。

阿四不像阿三那樣成天在門孔裡觀看。他幾十年如一日的任務是為爸爸拿包、拿鞋。每天早晨爸爸出門了，他把包遞給爸爸，並把爸爸換下的拖鞋放好。晚上爸爸回來，他接過包，再遞上拖鞋。

好幾天，爸爸的包和鞋都在，人到哪裡去了？他有點奇怪，卻在耐心等待。突然來了很多人，在家裡擺了一排排白色的花。

白色的花愈來愈多，家裡放滿了。他從門孔裡往外一看，還有人送來。阿四穿行在白花間，突然發現，白花把爸爸的拖鞋遮住了。他彎下腰去，拿出爸爸的拖鞋，小心放在門邊。

這個白花的世界，今天就是他一個人，還有一雙鞋。

佐臨遺言

一

一九三七年七月十日，蕭伯納的寓所。

再過兩個多星期，就是蕭伯納八十一歲的生日。這些天，預先來祝賀的人很多，他有點兒煩。

早在二十二年前獲諾貝爾獎的時候，他已經在抱怨，獎來晚了。他覺得自己奮鬥最艱難的時候常常找不到幫助，等到自己不想再奮鬥，獎卻來了。

「我已經掙扎到了對岸，你們才抛過來救生圈。」他說。

可見，那時的他，已覺得「對岸」已到，人生的終點已近。

但是誰想得到呢，從那時開始，又過了二十二年，還在慶祝生日，沒有一點兒要離開世界的樣子。他喜歡嘲笑自己，覺得自己偷占生命餘額的時間太長，長得連自己都不好意思了。

更可嘲笑的是，恰恰是他「偷占生命餘額」的漫長階段，最受人尊重。今天的他，似乎德高望重，社會的每個角落都以打擾他為榮。他盡量推託，但有一些請求卻難以拒絕，例如捐款。

他並不吝嗇，早已把當時諾貝爾文學獎的獎金八萬英鎊，全數捐給了瑞典的貧困作家。但他太不喜歡有人在捐款的事情上夾帶一點兒道德要脅。對此，他想有所表態。正好有一個婦女協會來信，要他為一項活動捐款，數字很具體。蕭伯納立即回信，說自己對這項活動一無所知，也不感興趣，因此不捐。

他回信後暗想，隨便她們怎麼罵吧。沒想到過幾天收到了她們的感謝信，說她們把他的回信拍賣了，所得款項大大超過了她們當初提出的要求。

「還是被她們捲進去了。」他聳了聳肩。

對於直接找上門來的各種人員，僕人都理所當然地阻攔了。因此，住宅裡才有一份安靜。

但是，剛才他卻聽到，電鈴響過，有人進門。很快僕人來報：「那個您同意接見的中國人黃先生，來了。」

黃先生就是黃佐臨，一九二五年到英國留學，先讀商科，很快就師從蕭伯納學戲劇，創作了《東西》和《中國茶》，深受蕭伯納讚賞。黃佐臨曾經返回中國，兩年前又與夫人一起赴英，在劍橋大學皇家學院研究莎士比亞，並在倫敦戲劇學館學導演，今年應該三十出頭了吧？這次他急著要見面，對蕭伯納來說有點兒突然，但他很快猜出了原因。

據他的經驗，這位學生不會特地趕那麼多路來預祝生日。原因應該與大事有關：《泰晤士報》已有報導，三天前，七月七日，日本正式引發了侵華戰爭。

蕭伯納想，中國、日本打起來了，祖國成了戰場，回不去了，黃先生可能會向自己提出要求，介紹一個能在英國長期居留的工作。當然，是戲劇工作。

蕭伯納邊想邊走進客廳。他看到，這位年輕的中國人，正在細看客廳壁爐上鐫刻著的一段話，他自己的語錄。

黃佐臨聽到腳步聲後立即回過頭來，向老師蕭伯納問好。

落座後，蕭伯納立即打開話匣子：「七月七日發生的事，我知道了。」

「所以，我來與您告別。」黃佐臨說。

「告別？去哪兒？」蕭伯納很吃驚。

「回國。」黃佐臨說。

「回國？」蕭伯納更吃驚了。頓了頓，他說：「那兒已經是戰場，仗會愈打愈大。你不是將軍，也不是士兵，回去幹什麼？」

黃佐臨一時無法用英語解釋清楚中國文化裡的一個沉重概念：「赴國難」。他只是說：「我們中國人遇到這樣的事情，多數會回去。我不是將軍，但也算是士兵。」

蕭伯納看著黃佐臨，好一會兒沒說話。

「那我能幫助你什麼？」蕭伯納問，「昨天我已對中國發生的事發表過談話。四年前我去過那裡，認識宋慶齡、林語堂，他們的英語都不錯。還見了一個小個子的作家，叫魯迅。」

黃佐臨點了點頭，說：「我這次回去，可能回不來了。您能不能像上次那樣，再給我題寫幾句話？」

「上次？」蕭伯納顯然忘記了。

「上次您寫的是：易卜生不是易卜生派，他是易卜生；我不是蕭伯納派，我是蕭伯納；如果黃先生想有所成就，千萬不要做誰的門徒，必須獨創一格。」黃佐臨背誦了幾句。

「想起來了！」蕭伯納呵呵大笑，「這是我的話。」

說話間，黃佐臨已經打開一本新買的簽名冊，放到了蕭伯納前面，說：「再給我留一個終身紀念吧。」

蕭伯納拿起筆，抬頭想了想，便低頭寫了起來。黃佐臨走到了他的後面。

蕭伯納寫出的第一句話是——

起來，中國！東方世界的未來是你們的。

寫罷，他側過頭去看了看黃佐臨。黃佐臨感動地深深點頭。在「七七事變」後的第三天，這句話，能讓一切中國人感動。

蕭伯納又寫了下去——

如果你有毅力和勇氣，那麼，使未來的盛典更壯觀的，將是中國戲劇。

黃佐臨向蕭伯納鞠了一躬，把簽名冊收起，然後就離開了。

二

上面這個場景，是八十歲的黃佐臨先生在新加坡告訴我的。

那時我正在新加坡講學，恰逢一個國際戲劇研討會要在那裡舉行。參加籌備的各國代表聽說蕭伯納的嫡傳弟子、亞洲最權威的戲劇大師黃佐臨還健在，就大膽地試圖把他邀請與會。這是一種幻想，但如果變成現實，那次研討會就有了驚人的重量。

新加坡的著名戲劇家郭寶昆先生為此專程前往上海，親自邀請和安排。幾個國家的戲劇家還一再來敲我寓所的門，希望我也能出點兒力。

他們找我是對的，因為我是黃佐臨先生的「鐵桿忘年交」。我為這件事與黃佐臨先生通了一次長途電話，他說，他稍感猶豫的不是身體，而是不知道這個會議的「內在等級」。

我說：「已經試探過了，來吧。」他就由女兒黃蜀芹陪著，來了。

這一下轟動了那個國際會議，也轟動了新加坡。

新加坡外交部長恭敬拜見他，第一句就問：「您什麼時候來過新加坡？」

黃佐臨先生回答：「六十年前。」

外交部長很年輕，他把「六十年前」聽成了「六十年代」。這已使他覺得非常遙遠了，說：「六十年代？這離現在已經二十多年，真是太久太久了！」

黃佐臨先生一笑，說：「請您把時間再往前推四十年。」

部長迷糊了，卻以為是眼前的老人迷糊。我隨即解釋道：「黃先生於西元一九二五年到英國留學，路過新加坡。」

「六十年前？」部長終於搞清楚了，卻受了驚嚇。

我又接著說：「他到英國師從蕭伯納，那時，這位文豪剛剛獲得諾貝爾文學獎。等到告別的時候，蕭伯納已經是他今天的年齡了，八十歲。」

部長一聽又有點兒迷糊。這是我的故意，新加坡的官場話語總是太刻板，我想用長長的時間魔棍把談話氣氛攪活躍一些。儘管我隨口說出的內容，都沒有錯。

黃佐臨先生在那個國際會議上做了演講。主持人一報他的名字，全場起立鼓掌。他站起來走向演講臺，頎長的身材，銀白的頭髮，穩健的步履，一種世界級的優雅。他開口了，標準的倫敦英語，語速不快，用詞講究，略帶幽默，音色圓潤，婉轉堂皇。全場肅靜，就像在聆聽來自天國的指令。

在高層學術文化界，人們看重的是這位演講者本人，並不在乎他的國籍歸屬。西方那些著名的文化巨匠，大家都知道他們的作品、學派、觀點，卻常常說不準他是哪國人。就說黃佐臨先生的老師蕭伯納吧，究竟該算是愛爾蘭人，還是英國人？畢卡索，是西班牙人，還是法國人？愛因斯坦呢？……在文化上，偉大，總是表現為跨疆越界。這麼一想，我再回頭細細審視會場裡的聽眾，果然發現，大家都不分國籍地成了臺上這位優雅長者的虔誠學生。誰能相信，這位長者剛從中國的「文革」災難中走出？

那就請隨意聽幾句吧——

在布萊希特之後，荒誕派把他宏大的哲理推向了一條條小巷子，好像走不通，卻走通了……

他平靜地說，臺下都在埋頭唰唰地記。

在演出方式上，請注意在戈登·克雷他們的「整體戲劇」之後的「貧困戲劇」，我特別看重格羅托夫斯基。最近這幾年，最有學術含量的是戲劇人類學。中心，已從英國、波蘭移到了美國，紐約大學的理查·謝克納論述得不錯，但實驗不及歐洲……

大家記錄得有點兒跟不上，他發現了，笑了笑，說：

有些術語和人名的拼寫，我會委託大會祕書處發給諸位。

請注意，「二戰」結束以來的西方戲劇學，看似費解而又雜亂，卻更能與東方古典戲劇接軌，因此這裡有巨大的交融空間和創造空間。日本對傳統戲劇保護得好，但把傳統僵化了。中國也想把傳統和創新結合，但是大多是行政意願和理論意願，缺少真正的大藝術家參與其間。印度，對此還未曾自覺……

大家還是在努力記錄。

總之，在這位優雅長者口中，幾乎沒有時間障礙，也沒有空間障礙。他講得那麼現代，很多專業資訊，連二十幾歲的新一代同行學人也跟不上。

三

當年黃佐臨先生告別蕭伯納回國，踏上了炮火連天的土地。幾經輾轉，最後落腳上海。他想來想去，自己能為「國難」所做的事，還是戲劇。

那時的上海，地位非常特殊。周圍已經被日本侵略軍占領了，但上海開埠以來逐一形成了英國、法國、美國的勢力範圍「租界」，日本與這些國家暫時還沒有完全翻臉，因此那些地方也就一度成了「孤島」。在「孤島」中，各地從炮火血泊中逃出來的藝術家們集合在一起，迸發出了前所未有的社會責任和創作激情。直到太平洋戰爭爆發後「孤島」淪陷，不少作品被禁，作者被捕，大家仍在堅持。這中間，黃佐臨，就是戲劇界的主要代表。

誰能想得到呢？就在國破家亡的巨大災難中，中國迎來了戲劇的黃金時代。這些戲，有的配合抗日，有的揭露暴虐，有的批判黑暗，有的則着眼於社會改造和精神重建。其中有很大一部分，則在藝術形式的國際化、民族化上做了探索。由於黃佐臨在英國接受過精湛的訓練，每次演出都具有生動的情節和鮮明的形象，大受觀眾歡迎。從我偶爾接觸到的零碎資料看，僅僅其中一個不算太重要的戲《視察專員》，四十天裡就演了七十七場。其他劇碼演出時的擁擠，也十分驚人。

請大家想一想，這麼多擠到劇場裡來的觀眾，當時正在承受著多麼危難的逃奔之苦。藝術的重大使命，就是在寒冷的亂世中溫暖人心。

藝術要溫暖人心，必須聚集真正的熱能。當時這些演出的藝術水準，從老藝術家們的記述來看，達到了後人難以企及的地步。別的不說，僅從表演一項，黃佐臨先生最常用的演員石揮，在當時就被譽為「話劇皇帝」。我們從一些影像資料中可以看出，直到今天，確實還沒有人能夠超越他。除石揮外，黃佐臨先生手下的藝術隊伍堪稱龐大，開出名字來可以說是浩浩蕩蕩。

幾位很有見識的老藝術家在回憶當時看戲的感覺時寫道：「那些演出，好得不能再好」；「平生劇場所見，其時已歎為觀止」……

這又一次證明我的一個觀點：最高貴的藝術，未必出自巨額投入、官方重視、媒體操作，相反，往往是對惡劣環境的直接回答。藝術的最佳背景，不是金色，而是黑色。

那就讓我們透過劇名，掃描一下黃佐臨先生在那個時期創下的藝術偉績吧：《邊城故事》、《小城故事》、《妙峰山》、《蛻變》、《圓謊記》、《阿Q正傳》、《荒島英雄》、《大馬戲團》、《樑上君子》、《亂世英雄》、《秋》、《金小玉》、《天羅地網》、《稱心如意》、《視察專員》……。可能還很不全。

如果國際間有誰在撰寫藝術史的時候要尋找一個例證，說明人類也可能在烽煙滾滾的亂世中營造出最精采的藝術殿堂，那麼，我必須向他建議，請留意那個時候的上海，請留意黃佐臨。

四

黃佐臨先生終於迎來了一九四九年。對於革命，對於新政權，作為一個早就積壓了社會改革訴求，又充滿著浪漫主義幻想的藝術家，幾乎沒有任何抵拒就接受了。他表現積極，心態樂觀，很想多排演一些新政權所需要的劇碼，哪怕帶有一些「宣傳」氣息也不在乎。

但是，有一些事情讓他傷心了。他晚年，與我談得最多的就是那些事情。談的時候，總是撇開眾人，把我招呼在一個角落，好一會兒不說話。我知道，又是這個話題了。

原來，他從英國回來後引領的戲劇活動，沒有完全接受共產黨地下組織的收編。他當然知道，共產黨地下組織也在組織類似的文化活動，其中也有一些不錯的文化人。但他把他們看作文化上的同道，自己卻不願意參與政治派別。不僅是共產黨，也包括國民黨。

我不知道共產黨的地下組織為了爭取他做過多少工作，看來都沒有怎麼奏效，因此最後派了一個地下黨員李德倫「潛伏」到了他的劇團裡。在很多年後，這位原已經成了著名音樂指揮家的李德倫先生坦承：「我沒有爭取到他，他反而以人格魅力和藝術魅力，把我爭取了。」

一九四九年之後，當年共產黨地下組織的文化人理所當然地成了上海乃至全國文化界的領導，他們對黃佐臨長期以來「只問抗戰，不問政黨；只做藝術，不做工具」的

「頑固性」，印象深刻。因此，不管他怎麼積極，也只把他當作「同路人」而不是「自己人」。

這種思維，甚至一直延續到「文革」之後的新時期。很多文史資料彙集、現代戲劇史、抗戰文化史、上海史方面的諸多著作，對黃佐臨先生的重大貢獻，涉及不多，甚至還會轉彎抹角地予以貶低。這中間，牽涉到一些我們尊敬的革命文化人。

黃佐臨先生曾小聲地對我說：「夏衍氣量大一點兒，對我還可以。于伶先生和他的戰友，包括『文革』結束後出任宣傳部長的王元化先生等等，就比較堅持他們地下鬥爭時的原則，對我比較冷漠。」

除了這筆歷史舊賬之外，他還遇到了一個更糟糕的環境。一九四九年之後的中國戲劇界，論導演，一般稱之為「北焦南黃」。「北焦」，是指北京藝術劇院的焦菊隱先生。由於當時北京集中了不少文化高端人士，文化氣氛比較正常，焦菊隱先生與老舍、曹禺、郭沫若等戲劇家合作，成果連連。而「南黃」，也就是上海的黃佐臨先生，卻遇到了由上海最高領導柯慶施和他在宣傳、文化領域的幹將張春橋、姚文元等人組成的「極左思潮徵候群」。

我聽謝晉導演說，有一次柯慶施破例來看黃佐臨新排的一臺戲，沒等看完，就鐵青著臉站起身來走了，黃佐臨不知所措。

還有一次，黃佐臨導演了一臺由工人作者寫的戲，戲很一般，但導演手法十分精采，沒想到立即傳來張春橋、姚文元對報紙的指示：只宣傳作者，不宣傳導演。

於是，當「北焦」紅得發「焦」的時候，「南黃」真的「黃」了。

黃佐臨在承受了一次次委屈之後，自問：「我的委屈來自何方？」答案是：「我本不該在乎官場。」

於是，他找回了從英國回來後的那份尊嚴：「不管他們怎麼說，我還是回到藝術。」

黃佐臨退出了人們的視野。上海的報紙，更願意報導北京的焦菊隱，更願意報導越劇、滬劇、淮劇，這些實在有待於黃佐臨先生指點後才有可能脫胎換骨的地方戲曲。真正國際等級的藝術巨匠在做什麼？想什麼？匆匆的街市茫然不知，也不想知道。

正在這時，由政治狂熱和自然災害共同造成的大饑荒開始了。上海，一座飢餓中的城市，面黃肌瘦。

在饑荒中，還會有像樣的藝術行為嗎？誰也不敢奢想。

完全出乎人們的意料之外，一九六二年四月二十五日，北京的一家報紙發表了黃佐臨先生的《漫談「戲劇觀」》一文。雖然題目起得很謙虛，但這是一座現代世界戲劇學上的里程碑。突然屹立在人們眼前，大家都缺少思想準備。

這篇文章所建立的思維大構架，與當時當地的文化現實完全格格不入，卻立即進入了國際學術視野。

這正像，獅王起身，遠山震懾，而它身邊的燕雀魚蛙卻完全無感。

須知，當時的多數中國文人，還在津津樂道階級鬥爭。如果要說戲劇觀，也只有無產階級和資產階級兩種，並已經簡稱為「香花」和「毒草」。因此，對於黃佐臨先生用淺顯白話文寫出來的文字，讀起來卻非常隔閡了。

那麼，我不能不以國際學術標準來審視他當時的理論成就了。

一，以「造成幻覺」和「打破幻覺」來概括人類戲劇史，是一種化繁為簡的高度提煉，屬一流理論成果。

二，借用法國柔璉「第四堵牆」的概念來劃分「幻覺」內外，使上述提煉獲得了一個形象化的概念依託，精確而又有力度。

三，以打破「幻覺」和「第四堵牆」來引出布萊希特，使這位德國戲劇家的「創新功能」上升為「歷史斷代功能」。

四，以斯坦尼斯拉夫斯基、布萊希特、梅蘭芳來標誌二十世紀人類的三個戲劇觀，理論氣度廣遠，道前人所未道，卻又切合戲劇實際。提出至今，國際上未見重大異議。

五，以三大戲劇觀過渡到「寫意戲劇觀」，是一個重大的美學創造。現在，已經成為戲劇界一種通用的工作用語。這在現代文藝的理論建設上，是一個奇蹟。

鳥瞰世界，概括世界，又被世界接受，這樣的理論成果，歷來罕見。

記住了，一九六二年四月二十五日，這是天上的哲學之神、藝術之神都在低頭注視中國、注視上海的日子。

我實在想不起，幾十年來，全中國的藝術理論，不，全中國的所有文化理論，有哪一項成果，能超過它。

我問過很多文化人、理論家。他們想了好久，找了好久，排了好久，最後都搖頭，說：「確實找不到一項。」

那麼，我又要提醒大家，就在這個日子的兩個星期之後，一九六二年五月九日，上海的另一位文化巨匠巴金，將有一個發言，題為《作家的勇氣和責任心》，一針見血地指出了阻礙中國文學發展的主要障礙是「棍子」。實踐證明，那是對「文革」災難的預言。

一九六二年的晚春季節，上海顯得那麼光輝。大創建、大發現、大判斷、大預言，居然一起出現。

光輝之強，使整整半個世紀之後的今天還覺得有點兒刺眼，因此大家故意視而不見，就像從來沒有發生過這樣的事一樣。

若問今日媒體：五十年前，這個城市出現過什麼值得記憶的文化人物和文化事件？答案可能是兩首廣泛宣傳的歌曲，三段市井聽熟的唱詞，一堆人人皆知的明星。當然，還可能排出幾個據稱博學卻不屑寫文章發表自己見解的教授。不管再怎麼排，也挨不到黃佐臨的文章，巴金的發言。

五

黃佐臨先生在「文革」中的遭遇，我不想多說。理由是，他自己也不想多說。對這類事情我早有經驗：受苦最深的人最不想說，說得最多的人一定受苦不多，說得高調的人一定是讓別人受了苦。

在不想說的人中，也有區別。在我看來，同樣是悲劇，巴金把悲劇化作了崇高，而黃佐臨則把悲劇化作了喜劇。或者說，巴金提煉了悲劇，黃佐臨看穿了悲劇。看穿的結果，是發笑。

他的幾個女兒都給我講過他在「文革」中嘲弄造反派歹徒，而對方卻不知道被嘲弄的很多趣事。有幾次講的時候他在場，但他不僅沒有摻和，反而輕輕搖頭阻止。

不管怎麼說，他對那場災難的最終思維成果是非常嚴肅的，那就是對知識份子心靈的拷問。「文革」結束後不久，他到北京，導演了布萊希特名作《伽利略傳》（與陳顒合作）。

當時，為了撥亂反正，全國科學大會剛剛召開，知識份子在業務上應該有馳騁的空間了，但他們在精神上能不能建立尊嚴？《伽利略傳》及時地提出了這個問題，一時震動了整個京城。

人們說，從來沒見過一部戲能夠在關鍵時刻如此搖撼人們的靈魂深處。又說，這是「科學大會」的續篇，只不過這個「大會」在全國知識份子的心底召開。

「北焦」已逝，「南黃」北上，京城一驚，名不虛傳！

從北京回上海之後，黃佐臨先生決心加緊努力，在「寫意戲劇觀」的基礎上推進「民族演劇體系」的建設。他如飢似渴地學習和探索，從事一個個最前衛的藝術實驗，幾乎讓人忘了，他已經快要八十歲。

那年月，我見過很多「劫後餘生」的前輩學者，溫厚老成，令人尊敬，但思維都已嚴重滯後。沒有一個能像黃佐臨先生那樣，依然站在國際藝術的第一線，鑽研各種新興流派，生命勃發，甚至青春爛漫。

那時候的他，變得比過去任何時候都「帥」，渾身上下都散發著一種無與倫比的光輝。

他的女兒黃蜀芹導演說，一位中年的蘇聯女學者尼娜告訴她：「哎呀，我簡直是愛上你爸爸了，很少見到像他這樣高貴、有氣質的！」尼娜看來是真的愛上了，因此到處對別人這樣宣稱，終於傳到了黃佐臨先生耳朵裡。他回應道：「那好啊，中蘇友好有指望了！」

老年男子變「帥」，一定是進入了一個足以歸結一生的美好創造過程。

我在《歲月之味》一文中對「老年是詩的年歲」的判斷，主要來自對他的長期觀察。

當時，我的每一部學術著作出版，他都會在很短時間內讀完。我曾經估計，他可能更能接受我的《世界戲劇學》、《中國戲劇史》這樣的書，卻未必能首肯《觀眾心理學》（初版名《戲劇審美心理學》）。因為《觀眾心理學》幾乎否認了自古以來一系列最權威的藝術教條，只從觀眾接受心理上尋找創作規則。這對前輩藝術家來說，有一種顛覆性的破壞力。沒想到，這部書出版才一個月，他的女兒交給我一封他寫的長信。

他在信裡快樂地說：「讀完那本書才知道，自己一輩子都在摸索著觀眾心理學。這情景，莫里哀在《貴人迷》裡已經寫到，那個一心想做貴族的土人花錢請老師來教文學，知道不押韻的文章叫散文，終於驚歎道：原來我從小天天都在講散文！」

他說：「我就是那個土人，不小心符合了觀眾心理學。」然後，他又在幾個藝術關節上與我做了詳盡探討。

這樣的老者太有魅力了，我怎麼能不盡量與他多交往呢？

他也願意與我在一起。就連家裡來了外國藝術家，或別人送來了螃蟹什麼的，他都會邀我去吃飯。他終於在餐桌上知道我能做菜，而且做得不錯，就一再鼓動我開一個「余教授餐廳」，專供上海文化界。他替我「坐堂」一星期，看生意好不好，如果不太好，他再坐下去。

後來，他又興致勃勃地給我講過一個新構思的「戲劇巡遊計畫」。選二十臺最好的戲，安排在二十輛大貨車上做片段演出，一個城市、一個城市輪著走。他每次講這個計畫的時候，都會激動得滿臉通紅。

他說，劇場是死的，車是活的，古希臘沒有機動車，我們現在有了，以前歐洲不少城市也這麼做過。但是，當我一潑冷水，說根本選不出「二十臺最好的戲」，他想一想，點了點頭，也就苦惱了。這個過程多次重複，使我相信，大藝術家就是孩子。

交往再多，真正的「緊密合作」卻只有一次，時間倒是不短。

那是二十世紀八十年代中期的事吧，上海文化界也開始要評「職稱」了。這是一件要打破頭的麻煩事，官員們都不敢涉足。其實他們自己也想參評，於是要找兩個能夠「擺得平」的人來主事。這兩個人，就是黃佐臨先生和我。

經過多方協調，他和我一起被任命為「上海文化界高級職稱評審委員會」的「雙主任」。我說，不能「雙主任」，只能由黃佐臨先生掛帥，我做副主任。但黃佐臨先生解釋說，他也是文化界中人，而我則可以算是教育界的，又在負責評審各大學的文科教授，說起來比較客觀。因此，「雙主任」是他的提議。

在評審過程中，黃佐臨先生的品格充分展現。他表面上講話很少，心裡卻什麼都明白。

例如，對於在歷次政治運動中的「整人幹將」，不管官職多高，名聲多大，他都不贊成給予高級職稱。有一個從延安時代過來的「院長」，很老的資格，不小的官職，也來申報。按慣例，必然通過，但評審委員會的諸多委員們沉默了。黃佐臨先生在討論時只用《哈姆雷特》式的臺詞輕輕說了一句：「搞作品，還是搞人？這是個問題。」過後投票，沒有通過。

上海文化界不大，有資格申報高級職稱的人，大家都認識。對於「文革」中的造反派首領和積極份子，怎麼辦？黃佐臨先生說：「我們不是政治審查者，只評業務。但是，藝術怎麼離得開人格？」

我跟著說：「如果痛改前非，業務上又很強，今後也可以考慮。但現在，觀察的時間還不夠。」因此，這樣的人在我們評的第一屆，都沒有上去。

對於「革命樣板戲」劇團的演員，黃佐臨先生覺得也不必急著評，以後再說。「那十年的極度風光，責任不在他們。但他們應該知道，當時他們的同行們在受著什麼樣的煎熬，不能裝作沒看見。」他說。

對於地方戲曲的從業人員，黃佐臨先生和我都主張不能在職稱評定上給予特殊照顧。他認為，這些名演員已經擁有不少榮譽，不能什麼都要。這是評定職稱，必須衡量文化水平和創新等級。

我則認為，上海的地方戲曲在整體上水平不高，在風格上缺少力度。那些所謂「流派」，只是當年一些年輕藝人的個人演唱特點，其中有不少是缺點。如果我們的認識亂了，今後就會愈來愈亂。

那年月，文化理智明晰，藝術高低清楚，實在讓人懷念。出乎意料的是，當時被我們擱置的那些人，現在有不少已經上升為「藝術泰斗」、「城市脊樑」。我估計，黃佐臨先生的在天之靈又在朗誦《哈姆雷特》了：

泰斗，還是太逗？這是個問題。
脊樑，還是伎倆？這又是個問題。

就在那次職稱評定後不久，國家文化部在我所在的上海戲劇學院經過三次「民意測驗」，我均排名第一，便順勢任命我出任院長。

黃佐臨先生聽說後，立即向媒體發表了那著名的四字感歎：可喜，可惜！

上海電視臺的記者祁鳴問他：「何謂可喜？」

他說：「『文革』十年，把人與人的關係都撕爛了。這位老兄能在十年後獲得本單位三次民意測驗第一，絕無僅有，實在可喜。文化部總算尊重民意了，也算可喜。」

記者又問：「何謂可惜？」

他說：「這是一個不小的行政職務，正廳級，但只適合那些懂一點兒藝術又不是太懂、懂一點兒理論又不是太懂的人來做。這位老兄在藝術和學術上的雙重天分，耗在行政上，還不可惜？」

他的這些談話，當時通過報紙廣為流傳。他稱我「老兄」，其實我比他小了整整四十歲。但我已經沒有時間與他開玩笑了，連猶豫的空間也不存在，必須走馬上任，一耗六年。

這六年，我不斷地重溫著「可喜，可惜」這四個字。時間一久，後面這兩個字的分量漸漸加重，成了引導我必然辭職的咒語。

六年過去，終於辭職成功。那一年，他已經八十五歲了；而我，也已經四十五歲。

六

原以為辭職會帶來輕鬆，我可以在長煙大漠間遠行千里了。但實際情況並非如此。上海，從一些奇怪的角落伸出了一雙雙手，把我拽住了。

這是怎麼回事？

原來上海一些文人聰明，想在社會大轉型中通過顛覆名人來讓自己成名。但他們又膽小，不敢觸碰有權的名人。於是，等我一辭職，「有名無權」了，就成了他們的目標。正好，在職稱評定中被我簽字「否決」的申報者，也找到了吐一口氣的機會。於是，我被大規模「圍啄」。

我這個人什麼也不怕，卻為中國文化擔憂起來。我們以前多少年的黑夜尋火、鞭下搏鬥，不就是爭取一種健康的「無傷害文化」嗎，怎麼結果是這樣？

那天，我走進宿舍，在門房取出一些信件。其中有一封特別厚，我就拿起來看是誰寄來的。

一看就緊張了。寄自華東醫院東樓的一個病床，而那字跡，我是那麼熟悉！這才想到，黃佐臨先生住在醫院裡。我去探望過，卻又有很長時間沒去了。

趕快回家，關門，坐下，打開那封厚厚的信。

於是，我讀到了——

秋雨：

去年有一天，作曲家沈立群教授興致勃勃地跑到我家，上氣不接下氣地告訴我，有精品出現了！她剛從合肥回來，放下行李便跑來通報這個喜訊。她說最後一場戲，馬蘭哭得唱不下去了，在觀眾席看采排的省委領導人哭得也看不下去了，而這場戲則是你老兄開了個通宵趕寫出來的。

我聽了高興得不得了。興奮之餘，我與沈立群教授的話題便轉到了我國今後歌劇的發展上來。沈說，京、崑音樂結構太嚴謹，給作曲家許多束縛，而黃梅戲的音樂本身就很優美而且又給予作曲家許多發揮餘地。今後我國新歌劇，應從這個劇種攻克。

對種種「風波」，時有所聞，也十分注意。倒不是擔心你老兄——樹大必招風，風過樹還在；我發愁的乃是當前中國文化界的風氣。好不容易出現一二部絕頂好作品，為什麼總是跟著「風波」?真是令人痛心不已。

對於你老兄，我只有三句話相贈。這三句話，來自我的老師蕭伯納。一九三七年「七七事變」後三天我去他公寓辭別，親眼看到他在壁爐上鐫刻著的三句話：

他們罵啦，

罵些什麼？

讓他們罵去！

你能說他真的不在乎罵嗎？不見得，否則為什麼還要鐫刻在壁爐上頭呢？我認為，這只說明這個怪老頭子有足夠的自信力罷了。

所以我希望你老兄不要（當然也不至於）受種種「風波」的干擾。集中精力從事文化考察和寫作，那才是真正的文化。

我這次住院，已經三個月了。原來CT後發現腦血管有黑點，經過三個療程吊點滴後，已覺得好些。但目前主要毛病是心臟（早搏、房顫），仍在治療中。今年已經八十七歲，然而還不知老之將至，還幻想著要寫一部書——《世界最好的戲劇從來就是寫意的》。你說，太「自不量力」不？

祝你考察和寫作順利。

佐臨

華東醫院東樓十五樓十六床

一九九三年五月二十一日

需要說明的是，他引用蕭伯納壁爐上的三句話，在信上是先寫英文，再譯成中文的。三句英文為：

They have said.
What said they?
Let them say!

這立即讓我想到五十六年前他離開蕭伯納寓所時的情景，他在新加坡給我描述過。幾句話，漂洋過海，歷盡滄桑，居然又被一個病榻上的老者撿起，顫顫巍巍地寫給了我。我，承接得那麼沉重，又突然感到喜悅。

Let them say!

這句簡短的英文，成了我後來渡過重重黑水的木筏。從此，一路上變得高興起來，因為這個木筏的打造者和贈送者，是蕭伯納和黃佐臨。他們都是喜劇中人，笑得那麼燦爛。

黃佐臨先生在寫完這封信的第二年，就去世了。

站在他的人生句號上一點點回想，誰都會發現，他這一生，實在精采。

你看，我們不妨再歸納幾句：

「七七事變」後第三天告別蕭伯納「赴國難」。

在國難中開創上海戲劇和中國戲劇的黃金時代。

二十年後，在另一番艱難歲月中發表了世界三大戲劇觀的宏偉高論，震動國際。

等災難過去，北上京城，在劇場裡拷問知識份子的心靈。

最後，展開一個童心未泯又萬人欽慕的高貴晚年……

我想不出，在他之前或之後，還有哪一位中國藝術巨匠，擁有這麼完滿而美好的人生。

對他，我知道不能僅僅表達個人化的感謝。他讓中國戲劇、中國藝術、中國文化、中國人，多了一份驕傲的理由。他是一座孤岸的高峰，卻讓磕磕絆絆的中華現代文化大船，多了一支桅杆。這支桅杆，櫛風沐雨，直指雲天，遠近都能看見。

現在，很多人已經不知道他的名字了，這不是他的遺憾。

我聽從他的遺言，從來不對別人的說三道四稍做辯駁。但是，前兩年，紀念中國話劇一百週年，幾乎所有的文章都沒有提黃佐臨的名字，大家只把紀念集中在北京人藝和《茶館》上，我就忍不住了。當然，《茶館》這個戲不錯，尤其是第一場和最後結尾。但是，這可是紀念百年的風雲史詩啊，怎麼可以這樣！

我終於寫了文章，說：「看到一部丟失了黃佐臨的中國話劇史，連焦菊隱、曹禺、田漢、老舍的在天之靈都會驚慌失措。歷史就像一件舊家具，抽掉了一個重要環扣就會全盤散架。」

對不起，黃佐臨先生，這一次我沒有尊重您的遺言：Let them say!

二〇一二年四月十四日

巴金百年

一

在當代華人學者中，我也算是應邀到世界各地演講最多的人之一吧？但我每次都要求邀請者，不向國內報導。原因，就不說了。

在邀請我的城市中，有一座我很少答應，那就是我生活的上海。原因，也不說了。

但是，二〇〇四年十一月十七日，我破例接受邀請，在外灘的上海檔案館演講。原因是，八天後，正是巴金百歲壽辰。

慶祝百年大壽，本該有一個隆重的儀式，親友如雲，讀者如潮，高官紛至，禮敬有加。這樣做，雖也完全應該，卻總免不了騷擾住在醫院裡那位特別樸素又特別喜歡安靜的老人。不知是誰出的主意，只讓幾個文人在黃浦江邊花幾天時間細細地談老人。而且，是在檔案館。這似乎在提醒這座已經不太明白文化是什麼的城市，至少有一種文化，與江邊這些不受海風侵蝕的花崗岩有關，與百年沉澱有關。

由我開場。在我之後，作家冰心的女兒吳青、巴金的侄子李致、巴金的研究者陳思和，都是很好的學者，會連著一天天講下去。講完，就是壽辰了。

沒想到來的聽眾那麼多，而且來了都那麼安靜，連走路、落座都輕手輕腳。我在臺上向下一看，巴金的家裡人，下一輩、再下一輩，包括他經常寫到的端端，都坐在第一排。我與他們都熟，投去一個微笑，他們也都朝我輕輕點了點頭。有他們在，我就知道該用什麼語調開口了。

二

家人對老人，容易「熟視無睹」。彼此太熟悉了，忘了他給世界帶來的陌生和特殊。

因此，我一開口就說，請大家凝視屏息，對巴金的百歲高齡再添一份神聖的心情。理由，不是一般的尊老，而是出於下面這些年齡排列——

中國古代第一流文學家的年齡：

活到四十多歲的，有曹雪芹、柳宗元。

活到五十多歲的，有司馬遷、韓愈。

活到六十多歲的多了，有屈原、陶淵明、李白、蘇軾、辛棄疾。

活到七十多歲的不多，有蒲松齡、李清照。

活到八十多歲，現在想起來的，只有陸游。

擴大視野，世界上，活到五十多歲的第一流文學家，有但丁、巴爾扎克、莎士比亞、狄更斯。

活到六十多歲的，有薄伽丘、賽凡提斯、左拉、海明威。

活到七十多歲的，有小仲馬、馬克·吐溫、薩特、川端康成、羅曼·羅蘭。

活到八十多歲的，有歌德、雨果、托爾斯泰、泰戈爾。

活到九十多歲的，有蕭伯納。

在中外第一流的文學家之後，我又縮小範圍，拉近時間，對於中國現代作家的年齡也做了一個統計。

活到七十多歲的，有張愛玲、張恨水。

活到八十多歲的，有周作人、郭沫若、茅盾、丁玲、沈從文、林語堂。

活到九十多歲的，有葉聖陶、夏衍、冰心。

我的記憶可能有誤，沒時間一一核對了。但在演講現場，我把這麼多名字挨個兒一說，大家的表情果然更加莊嚴起來。

這個名單裡沒有巴金，但巴金卻是終點。因此，所有的古今中外作家都轉過身來，一起都注視著這個中國老人。至少到我演講的這一刻，他是第一名。

傑出作家的長壽，與別人的長壽不一樣。他們讓逝去的時間留駐，讓枯萎的時間返綠，讓冷卻的時間轉暖。一個重要作家的離去，是一種已經泛化了的社會目光的關閉，也是一種已經被習慣了的情感方式的中斷，這種失落不可挽回。我們不妨大膽設想一下：如果能讓司馬遷看到漢朝的崩潰，曹雪芹看到辛亥革命，魯迅看到「文革」，將會產生多麼大的思維碰撞！他們的反應，大家無法揣測，但他們的目光，大家都已熟悉。

巴金的重要，首先是他敏感地看了一個世紀。這一個世紀的中國，發生多少讓人不敢看又不能不看、看不懂又不必要懂、不相信又不得不信的事情啊。但人們在深陷困惑的時候，突然會想起還有一些目光和頭腦與自己同時存在。存在最久的，就是他，巴金。

三

巴金的目光省察著百年。

百年的目光也省察著巴金。

巴金的目光，是五四新文化運動所留下的最溫和的目光。在最不需要溫和的中國現代，這裡所說的「最溫和」，長期被看成是一種落後存在。

巴金在本質上不是革命者，儘管他年輕時曾著迷過無政府主義的社會改革。從長遠看，他不可能像李大釗、陳獨秀、郭沫若、茅盾、丁玲他們那樣以文化人的身分在革命佇列中衝鋒陷陣。他也會充滿熱情地關注他們，並在一定程度上追隨他們，但他的思想本質，卻是人道主義。

巴金也不是魯迅。他不會對歷史和時代做出高屋建瓴的概括和批判，也不會用「匕首和投槍」進攻自己認為的敵人。他不做驚世之斷，不吐警策之語，也不發荒原　喊，永遠只會用不高的音調傾訴誠懇的內心。

巴金又不是胡適、林語堂、徐志摩、錢鍾書這樣的「西派作家」。他對世界文化潮流並不陌生，但從未領受過中國現代崇洋心理的仰望，從未沾染過絲毫哪怕是變了樣的「文化貴族」色彩，基本上只一種樸實的本土存在。

上述這幾方面與巴金不同的文化人，都很優秀，可惜他們的作品都不容易在當時的中國社會有效普及。當時真正流行的，是「鴛鴦蝴蝶派」、「禮拜六派」、武俠小說、黑幕小說。現在很多年輕人都以為，當時魯迅的作品應該已經很流行。其實不是，只要查一查發行量就知道了。在文盲率極高的時代，比例很小的「能閱讀群體」中的多數，也只是「粗通文墨」而已，能從什麼地方撿到幾本言情小說、武俠小說讀讀，已經非常「文化」。今天的研究者們的種種判斷，與那個時候的實際接受狀態關係不大。在這種情況下，巴金就顯得很重要。

巴金成功地在「深刻」和「普及」之間搭建了一座橋樑，讓五四新文化運動中反封建、求新生、倡自由、爭人道的思想啟蒙，通過家庭糾紛和命運掙扎，變成了流行。流行了，又不媚俗，不降低，在精神上變成了一種能讓當時很多年輕人「搆得著」的正義，這就不容易了。

中國現代文學史有一個共同的遺憾，那就是，很多長壽的作家並沒有把自己的重量延續到中年之後，他們的光亮僅僅集中在青年時代。尤其在二十世紀中期的一場社會大變革之後，他們中有的人捲入到地位很高卻又徒有虛名的行政事務之中，有的人則因為找不到自己與時代的對話方式而選擇了沉默。巴金在文學界的很多朋友，都是這樣。

完全出人意料，巴金，也僅僅是巴金，在他人生的中點上，又創造了與以前完全不同的新光亮。他，擁有了一九六二年五月九日。一個看似普通的發言，改變了他整個後半生，直到今天。

就在這個重大轉折的一年之後，我見到了他。

因此，我的這篇文章，接下來就要換一種寫法了。

四

我是十七歲那年見到巴金的。他的女兒李小林與我是同班同學，我們的老師盛鍾健先生帶著我和別的人，到他們家裡去。

那天巴金顯得高興而輕鬆，當時他已經五十九歲，第一次親自在家裡接待女兒進大學後的老師和同學。以前當然也會有小學、中學的老師和同學來訪，大概都是他的妻子蕭珊招呼了。

武康路一一三號，一個舒適的庭院，被深秋的草樹掩映著，很安靜。大門朝西，門裡掛著一個不小的信箱，門上開了一條窄窄的信箱口。二十幾年之後，我的《文化苦旅》、《山居筆記》、《霜冷長河》等書籍的每一篇稿子，都將通過這個信箱出現在海內外讀者面前。那天下午當然毫無這種預感，我只在離開時用手指彈了一下信箱，看是鐵皮的，還是木頭的。

巴金、蕭珊夫婦客氣地送我們到大門口。他們的笑容，在夕陽的映照下讓人難忘。

我們走出一程，那門才悄悄關上。盛鍾健老師隨即對我說：「這麼和藹可親的人，該說話的時候還很勇敢。去年在上海文代會上的一個發言，直到今天還受到非難。」

「什麼發言？」我問。

「你可以到圖書館找來讀一讀。」盛老師說。

當天晚上我就在圖書館閱覽室裡找到了這個發言。發言中有這樣一段話——

我有點害怕那些一手拿框框、一手捏棍子到處找毛病的人，固然我不會看見棍子就縮回頭，但是棍子挨多了，腦筋會給震壞的。碰上了他們，麻煩就多了。我不是在開玩笑。在我們新社會裡有這樣的一種人，人數很少，你平日看不見他們，也不知道他們在什麼地方，但是你一開口，一拿筆，他們就出現了。他們喜歡製造簡單的框框，也滿足於自己製造出來的這些框框，更願意把人們都套在他們的框框裡頭。倘使有人不肯鑽進他們的框框裡去，倘使別人的花園裡多開了幾種花，窗前樹上多有幾聲不同的鳥叫，倘使他們聽見新鮮的歌聲，看到沒有見慣的文章，他們會怒火上升，高舉棍棒，來一個迎頭痛擊。……他們人數雖少，可是他們聲勢很大，寄稿製造輿論，他們會到處發表意見，到處寄信，到處抓到別人的辮子，給別人戴帽子，然後亂打棍子，把有些作者整得提心吊膽，失掉了雄心壯志。

據老人們回憶，當時上海文化界的與會者，聽巴金講這段話的時候都立即肅靜，想舉手鼓掌，卻又把手掌抬起來，捂住了嘴。只有少數幾個大膽而貼心的朋友，在休息時暗暗給巴金豎大拇指，但動作很快，就把大拇指放下了。

為什麼會這樣？從具體原因看，當時上海文化界的人都從巴金的發言中立即想到了「大批判棍子」姚文元，又知道他的後面是張春橋，張的後面是上海的市委書記柯慶施。這條線，巴金應該是知道的，所以他很勇敢。

但是，我後來在長期的實際遭遇中一次次回憶巴金的發言，才漸漸明白他的話具有更普遍的意義。一個城市在某個時間出現姚文元、張春橋這樣的人畢竟有點兒偶然，但巴金的話卻不偶然，即使到中國別的城市，即使到今天，也仍然適用。

讓我們在五十年後再把巴金的論述分解成一些基本要點來看一看——

第一，使中國作家提心吊膽、失掉雄心壯志的，是一股非常特殊的力量，可以簡稱為「棍子」，也就是「那些一手拿框框、一手捏棍子到處找毛病的人」。

第二，這些人的行為方式分為五步：自己製造框框；把別人套在裡邊；根據框框抓辮子；根據辮子戴帽子；然後，亂打棍子。

第三，這些人具有蟄伏性、隱潛性、模糊性，即「平時看不見他們，也不知道他們在幹什麼」。他們的專業定位，更不可尋訪。

第四，這些人嗅覺靈敏，出手迅捷。只要看到哪個作家一開口，一拿筆，他們便立即舉起棍子，絕不拖延。

第五，這些人數量很少，卻聲勢浩大，也就是有能力用棍子占據全部傳播管道。在製造輿論上，他們是什麼都做得出來的一群。

第六，這些人口頭上說得很堂皇，但實際的原始動力，只是出於嫉妒的破壞欲望：「倘使別人的花園裡多開了幾種花，窗前樹上多有幾聲鳥叫，倘使他們聽見新鮮的歌聲，看到沒有見慣的文章，他們會怒火上升，高舉棍棒，來一個迎頭痛擊。」

第七，儘管只是出於嫉妒的破壞欲望，但由於這些人表現出「怒火」，表現出「高舉」，表現出「痛擊」，很像代表正義，因此只要碰上，就會造成很多麻煩，使人腦筋震壞。讓中國作家害怕的，就是這種勢力。

以上七點，巴金在一九六二年五月九日已經用平順而幽默的語氣全都表述了，今天重溫，仍然深深佩服。因為隔了那麼久，似乎一切已變，姚文元、張春橋也早已不在人世，但這些「棍子」依然活著，而且還有大幅度膨脹之勢。

巴金的發言還隱藏著一個悖論，必須引起當代智者的嚴肅關注——他是代表著受害者講話的，但乍一看，他的名聲遠比「棍子」們大，他擔任著上海作家協會主席，當然稿酬也比「棍子」們多，處處似乎屬於「強者」，而「棍子」們則是「弱者」。但奇怪的現象發生了：為什麼「弱者」高舉棍棒，總是顯得那麼強蠻兇狠？為什麼戰慄於棍棒之下的「強者」，總是那麼羸弱無助？

這個深刻的悖論，直指後來的「文革」本質，也直指今天的文壇生態。

其實，中國現代很多災難都起始於這種「強弱渦旋」。正是這種「似強實弱」、「似弱實強」的倒置式渦旋，為剝奪、搶劫、嫉恨，留出了輿論空間和行動空間。這就在社會上，形成了以民粹主義為基礎的「精英淘汰制」；在文化上，形成了以文痞主義為基礎的「傳媒暴力幫」。

巴金憑著切身感受，先人一步地指出了這一點，而且說得一針見血。

就在巴金發言的兩個星期之後，一九六二年五月二十五日，美聯社從香港發出了一個電訊。於是，大麻煩就來了。

美聯社的電訊稿說：

巴金五月九日在上海市文學藝術家第二次代表大會上說：缺乏言論自由正在扼殺中國文學的發展。

他說：「害怕批評和自責」使得許多中國作家，包括他本人在內，成為閒人，他們主要關心的就是「避免犯錯誤」。

巴金一向是多產作家，他在共產黨征服中國以前寫的小說在今天中國以及在東南亞華僑當中仍然極受歡迎。但是在過去十三年中，他沒有寫出什麼值得注意的東西……

這位作家說，看來沒有人知道「手拿框子和棍子的人們」來自何方，「但是，只要你一開口，一拿筆，他們就出現了」。

他說：「這些人在作家當中產生了恐懼」。

這位作家要求他自己和其他作家鼓起充分的勇氣，來擺脫這樣的恐懼，寫出一些具有創造性的東西。

美聯社的電訊稿中還說，當時北京的領導顯然不贊成巴金的發言，證據是所有全國性的文藝刊物都沒有刊登或報導這個發言。原來美聯社的電訊晚發了兩個星期，是在等這個。

美聯社這個電訊，姚文元、張春橋等人都看到了。於是，巴金成了「為帝國主義攻擊中國提供炮彈的人」。

五

姚文元、張春橋他們顯然對巴金的發言耿耿於懷，如芒在背。幾年後他們被提升為惡名昭著的「中央文革小組」要員，權勢熏天，卻一再自稱為「無產階級的金棍子」。「棍子」，是巴金在發言中對他們的稱呼，他們接過去了，鍍了一層金。

我一直認為，「文革」運動，也就是「棍子運動」。

巴金幾年前的論述，被千萬倍地實現了。當時的中國大地，除了棍子，還是棍子。揭發的棍子、誹謗的棍子、誣陷的棍子、批鬥的棍子、聲討的棍子、圍毆的棍子……整個兒是一個棍子世界。

幾年前唯一對棍子提出預警的巴金，一剎那顯得非常偉大。但他自己，卻理所當然地被棍子包圍。那扇我記憶中的深秋夕陽下的大門，一次次被歹徒撞開。蕭珊到附近的派出所報警，警方不管。

巴金所在的上海作家協會，立即貼滿了批判他的大字報。多數是作家們寫的，但語言卻極為惡濁，把他說成是「反共老手」、「黑老K」、「反動作家」、「寄生蟲」……

平日看起來好好的文人們，一夜之間全都「纖維化」、「木質化」了，變成了無血無肉的棍子，這是法國荒誕派作家尤奈斯庫寫過的題材。

在上海作家協會裡，長期以來最有權勢的，是來自軍隊的「革命作家」。「文革」爆發後，以胡萬春為代表的「工人造反派作家」正式掌權。「革命作家」裡邊矛盾很大，爭鬥激烈，爭鬥的共同前提，一是爭著討好「工人造反派作家」，二是爭著對「死老虎」巴金落井下石。因此，偌大的作家協會，幾乎沒有人與巴金說話了，除非是訓斥。

巴金並不害怕孤獨的「寒夜」。每天，他從巨鹿路的作家協會步行回到武康路的家，萬分疲憊。他一路走來，沒想到這個城市會變成這樣，這個國家會變成這樣。終於到家了，進門，先看那個信箱，這是多年習慣。但信箱是空的，蕭珊已經取走了。

後來知道，蕭珊搶先拿走報紙，是為了不讓丈夫看到報紙上批判他的一篇篇由「工人造反派作家」寫的文章。她把那些報紙在家裡藏來藏去，當然很快就被丈夫發現了。後來，那個門上的信箱，就成了夫妻兩人密切關注的焦點，誰都想搶先一步，天天都擔驚受怕。

他們的女兒李小林，早已離開這個庭院，與我們這些同學一起，發配到外地農場勞動。她在苦役的間隙中看到上海的報紙，上面有文章說巴金也發配到上海郊區的農場勞動去了，但是，「肩挑兩百斤，思想反革命」。兩百斤？李小林流淚了。

當時在外地農場，很多同學心中，都有一個破敗的門庭。長輩們每天帶著屈辱和傷痕在門庭中進進出出，一想，都會像李小林那樣流淚。

重見門庭是一九七一年林彪事件之後。「文革」已經失敗卻還在苟延殘喘，而且喘得慷慨激昂。周恩來主政後開始文化重建，我們回到了上海，很多文化人回到了原來的工作崗位，這在當時叫作「落實政策」，有「寬大處理」的意思。

但是，那條最大的棍子張春橋還記恨著巴金的發言，他說：「對巴金，不槍斃就是落實政策。」當時張春橋位居中央高位，巴金當時的處境，可想而知。

但是，國際文學界在惦念著巴金。法國的幾位作家不知他是否還在人世，準備把他提名為諾貝爾文學獎候選人，來做試探。日本作家井上靖和日中文化交流協會更是想方設法尋找他的蹤跡。在這種外部壓力下，張春橋等人又說：「巴金可以不戴反革命份子帽子，算作人民內部矛盾，養起來，做一些翻譯工作。」

於是，他被歸入當時上海「寫作組系統」的一個翻譯組裡，著手翻譯俄羅斯作家赫爾岑的《往事與隨想》。

一具受盡折磨的生命，只是在「不槍斃」的縫隙中殘留，立即接通了世界上第一流的感情和思維。我想，這就是生命中最難被剝奪的尊嚴。活著，哪怕只有一絲餘緒，也要快速返回這個等級。

那天下午，我又去了那個庭院。巴金的愛妻蕭珊已經因病去世，老人抱著骨灰盒號啕大哭，然後陷於更深的寂寞。一走進去就可以感受到，這個我們熟悉的庭院，氣氛已經愈來愈陰沉，愈來愈蕭條了。

李小林和她的丈夫祝鴻生輕聲告訴我，他在隔壁。我在猶豫要不要打擾他，突然傳來了他的聲音。聽起來，是在背誦一些文句。

李小林聽了幾句，平靜地告訴我：「爸爸在背誦但丁的《神曲》。他在農村勞役中，也背誦。」

「是義大利文？」我問。

「對。」李小林說，「好幾種外語他都懂一些，但不精通。」

但丁，《神曲》，一個中國作家蒼涼而又堅韌的背誦，義大利文，帶著濃重的四川口音。

我聽不懂，但我知道內容。

啊，溫厚仁慈的活人哪，
你前來訪問我們這些用血染紅大地的陰魂，

假如宇宙之王是我們的朋友的話，
我們會為你的平安向他祈禱，
因為你可憐我們受這殘酷的懲罰。
在風像這裡現在這樣靜止的時候，
凡是你們喜歡聽的和喜歡談的事，
我們都願意聽，
都願意對你們談。

……

這便是但丁的聲音。

這便是巴金的聲音。

相隔整整六百六十年，卻交融於頃刻之間。那天下午，我似乎對《神曲》的內涵有了頓悟，就像古代禪師頓悟於不懂的梵文經誦。假、惡、醜，真、善、美，互相對峙，互相扭結，地獄天堂橫貫其間。

這裡有一種大災中的平靜，平靜中的祈禱，祈禱中的堅守。

過了一段時間，形勢愈來愈惡劣了，我告訴李小林：「正在託盛鍾健老師找地方，想到鄉下山間去住一陣。」

盛鍾健老師，也就是最早把我帶進巴金家庭院的人。李小林一聽他的名字就點頭，不問別的什麼了。當時報紙上已在宣揚，一場叫作「反擊右傾翻案風」的運動又要開始，人人不能脫離。但那時的我，已經在獨身抗爭中找到自己，一定要做「人人」之外的那個人。

那個傾聽巴金誦讀《神曲》的記憶，長久地貯存在我心底。我獨自隱居鄉下山間，決定開始研究中華文化和世界文化的關係，也與那個記憶有關。上海武康路的庭院，義大利佛羅倫斯的小街，全都集合到了山間荒路上，我如夢似幻地跨越時空飛騰悠遊。

直到很多年後，我還一次次到佛羅倫斯去尋訪但丁故居，白天去，夜間去，一個人去，與妻子一起去，心中總是迴盪著四川口音的《神曲》。那時「文革」災難早已過去，但天堂和地獄的精神分野卻愈來愈清晰，又愈來愈模糊了。因此，那個記憶，成了很多事情的起點。

六

從那個下午之後再見到巴金，是在大家可以舒眉的年月。那時他早已過了古稀之年，卻出乎意料地迎來了畢生最繁忙的日子。

整整一個時代對文化的虧欠，突然遇到了政治性的急轉彎。人們立即以誇張的方式「轉變立場」，還來不及做任何思考和梳理，就亢奮地擁抱住了文化界的幾乎一切老人。儘管前幾天，他們還對這些老人嗤之以鼻。

多數老人早已身心疲憊、無力思考。巴金雖也疲憊，卻沒有停止思考，因此，他成了一種稀有的文化代表。一時間，從者蜂湧，美言滔滔。

巴金對於新時代的到來是高興的，覺得祖國有了希望。但對於眼前的熱鬧，卻並不適應。

這事說來話長。在還沒有網路的時代，一個人如果遭遇圍毆，出拳者主要集中在自己單位之內。正如我前面寫到過的，巴金在「文革」中遭遇的各種具體災難，多數也來自他熟悉的作家。現在，作家們突然轉過身來一起宣稱，他們一直是與巴金在並肩受難，共同戰鬥。

對此，至少我是不太服氣的。例如，在災難中，上海每家必須燒制大量「防空洞磚」，巴金家雖然一病一老，卻也不能例外，那麼請問，單位裡有誰來說明過？蕭珊病重很長時間，誰協助巴金處理過醫療問題？蕭珊去世後的種種後事，又是誰在張羅？我只知道，是我們班的同學們在出力，並沒有看到幾個作家露臉。

巴金善良，不忍道破那些虛假，反覺得那些人在當時的大環境下也過得不容易。但晚上常做噩夢，一次次重新見到那些大字報，那些大批判，那些大喇叭。他知道，現在面臨的問題不僅出現在眼前這批奉迎者身上，而且隱藏在民族心理的深處。能不能學會反省？這成了全體中國人經歷災難之後遇到的共同課題。

為此，巴金及時地發出三項呼籲——

第一，呼籲建立「文革博物館」。

第二，呼籲反省，並由他自己做起，開始寫作《隨想錄》。

第三，呼籲「講真話」。

「文革博物館」至今沒有建立，原因很複雜。有的作家撰文斷言是「上級」阻止，我覺得沒有那麼簡單。試想，「文革博物館」如果建立，那總少不了上海作家協會一次次批鬥巴金的圖片和資料吧？那麼，照片上會出現多少大家並不陌生的臉？揭發材料上會出現多少大家並不陌生的簽名？

巴金不想引起新的互相揭發，知道一旦引起，一定又是「善敗惡勝」。因此，他只提倡自我反省。

他的《隨想錄》不久問世，一個在災難中受盡屈辱乃至家破人亡的文化老人，真誠地檢討自己的心靈汙漬，實在是把整個中國感動了。最不具備反省能力的中國文化界，也為這本書的出版，安靜了三、四年。

巴金認為，即使沒有災難，我們也需要反省，也需要建立一些基本品德，例如，「講真話」。他認為，這是中國人的軟項，也是中國文化的軟項。如果不講真話，新的災難還會層出不窮。因此，他把這一點當作反省的關鍵。

當時就有權威人士對此表示強烈反對，發表文章說：「真話不等於真理。」我立即撰文反駁，說：「我們一生，聽過多少『真理』，又聽到幾句真話？與真話對立的『真理』，我寧肯不要！」

僅僅提出「講真話」，就立即引來狙擊，可見這三個字是如何準確地觸動了一個龐大的神經系統。這與他在一九六二年責斥「棍子」時的情景，十分相似。

因此，巴金在晚年反覆申述的「講真話」，具有強大的文化挑戰性，可視為二十世紀晚期最重要的「中華文化三字箴言」。

至此，似乎可以用最簡單的語言對巴金的貢獻做一個總結了。

我認為，巴金前半生，以小說的方式參與了兩件事，不妨用六個字來概括，那就是：「反封建」、「爭人道」；巴金後半生，以非小說的方式呼喊了兩件事，也可以用六個字來概括，那就是：「斥棍子」、「講真話」。

前兩事，參與者眾多，一時蔚成風氣；後兩件事，他一個人領頭，震動山河大地。

七

巴金晚年，被賦予很高的社會地位，先是全國人大常委，後來是全國政協副主席。同時，又一直是中國作家協會主席。但他已經不能參與會議了，多數時間在病房裡度過。

有一次我到華東醫院看他，正好是他吃中飯的時間。護士端上飯菜，李小林把他的輪椅搖到小桌子前。他年紀大了，動作不便，吃飯時還要在胸前掛一個圍兜。當著客人的面掛一個圍兜獨自用餐，他有點兒靦腆，儘管客人只是晚輩。我注意了一下他的飯菜，以及他今天的胃口。醫院的飯菜實在太簡單，他很快吃完了。李小林去推輪椅，他輕輕說了一句四川話，我沒聽清，李小林卻笑了。臨走，李小林送我到門外，我問：「剛才你爸爸說了一句什麼話？」

「爸爸說，這個樣子吃飯，在余秋雨面前丟臉了！」

我一聽也笑了。

「這裡的飯菜不行，你爸爸最想吃什麼？」我問。

出乎意料，李小林的回答是：「漢堡包，他特別喜歡。」

「這還不容易？」我有點兒奇怪。

「醫院裡不供應，而我們也沒有時間去買。」李小林說。
「這事我來辦。」我說。
當時我正在擔任上海戲劇學院院長，學院就在醫院附近。我回去後立即留下一些錢給辦公室的工作人員，請他們每天幫我到靜安寺買一個漢堡包送到醫院。
但是，我當時實在太忙了，交代過後沒有多問。直到後來我才知道，只送成兩次。不久，巴金離開醫院到杭州去養病了。
而我，則已經辭職遠行，開始在廢墟和荒原間進行文化考察。
考察半途中，在小旅店寫下一些文稿。本打算一路帶著走，卻怕丟失，就想起了一扇大門。
夕陽下的武康路，一個不知是鐵皮的還是木頭的信箱。巴金和蕭珊一次次搶著伸手進去摸過，總是摸出一卷卷不忍卒讀的報紙。女主人的背影消失在這個門口，我悄悄推門進去，卻聽到了蒼涼的《神曲》……
我決定把稿子寄給這扇大門，寄給這個信箱。巴金依然主編著《收穫》雜誌，他病後，由李小林在負責。李小林對文學的判斷力，我很清楚。想當年，在張春橋剛剛講了槍斃不槍斃巴金的兇惡言語之後，我去看她和她的丈夫，只能小聲說話。她居然不屑一顧地避開了張春橋的話題，鄭重地向我推薦了蘇聯新生代作家艾特瑪托夫的新作，而且從頭到底只說藝術，說得那麼投入。

我有信心，她能理解我這些寫於廢墟的文字，儘管在當時處處不合時宜。

有時回到上海，我直接把稿子塞到那個信箱裡。通常在夜間，不敲門，也不按電鈴。這是一項有關文化的投寄，具體中又帶點兒抽象。不要說話，只讓月亮看到就可以了。那時武康路還非常安靜，安靜得也有點兒抽象。

這項投寄，終於成了一堆大家都知道的書籍。

不僅內地知道，臺灣、香港都知道，再遠的海外華人讀書界都知道。

然而，這時候的巴金，已經真正老邁，而且重病在身。

他甚至說，自己不應該活得那麼久。

他甚至說，用現代醫學來勉強延長過於衰弱的身體，並非必要。

他甚至說，長壽，是對他的懲罰。

八

在衰弱之中，他保持著傾聽，保持著詢問，保持著思考，因此，也保持著一種特殊的東西，那就是憂鬱。

憂鬱？

是的，憂鬱。說他保持別的什麼不好嗎？為什麼強調憂鬱？

但這是事實。

他從青年時代寫《家》開始就憂鬱了，到民族危難中的顛沛流離，到中年之後發現棍子，經歷災難，提倡真話，每一步，都憂鬱著。

冰心曾勸他：「巴金老弟，你為何這麼憂鬱？」直到很晚，冰心才明白憂鬱是他的生命主調。

在生命行將終結的時候，他還在憂鬱。

他讓人明白，以一種色調貫穿始終，比色彩斑斕的人生高尚得多。

我曾多次在電話裡和李小林討論過巴金的憂鬱。

我說，巴金的憂鬱，當然可以找到出身原因、時代原因、氣質原因，但更重要的不是這一些。憂鬱，透露著他對社會的審視，他對人群的疏離，他對理想和現實之間距離的傷感，他對未來的疑慮，他對人性的質問。憂鬱，也透露著他對文學藝術的堅守，他對審美境界的渴求，他對精神巨匠的苦等和不得。總之，他的要求既不單一，也不具體，因此什麼也滿足不了，既不會歡欣鼓舞、興高采烈，也不會甜言蜜語、歌功頌德。他的心，永遠是火熱的；但他的眼神，永遠是冷靜的，失望的。他永遠沒有勝利，也沒有失敗，剩下的，只有憂鬱。

他經常讓我想起孟子的那句話：「君子有終身之憂，無一朝之患。」（《孟子・離婁下》）

憂鬱中的衰弱老人，實在讓人擔心，卻又不便打擾。

我常常問李小林：「你爸爸好嗎？最近除了治病，還想些什麼？你有沒有可能記錄一點什麼？」

李小林說：「他在讀你的書。」

「什麼？」我大為驚奇，以為老同學與我開玩笑。

「是讓陪護人員在一旁朗讀，不是自己閱讀。」李小林說。

我仍然懷疑。這位看透一切的老人，怎麼可能在生命的最後階段讀我的書？而我的書，又總是那樣不能讓人放鬆，非常不適合病人。

終於，我收到了文匯出版社的《晚年巴金》一書，作者陸正偉先生，正是作家協會派出的陪護人員。他在書中寫道，進入二十世紀九十年代後，巴老被疾病困擾，身體日趨衰弱，卻喜歡請身邊工作人員讀書給他聽，尤其是聽發表在《收穫》上的文章。其中，「文化大散文」深深吸引住了巴老，「他仔細地聽完一篇又一篇，光我本人，就為巴老念完了《文化苦旅》專欄中的所有文章」。

陸正偉又寫到他為巴金朗讀我的《山居筆記》時的情景——

巴老因胸椎壓縮性骨折躺在病床上，我在病室的燈下給巴老讀著余秋雨發表在〈收穫〉第一百期上的〈流放者的土地〉，當我讀到康熙年間詩人顧貞觀因思念被清政府流放邊疆的老友吳兆騫而寫下的〈金縷曲〉時，病床上的巴老也跟著背誦了起來。我不由放下書驚歎地問巴老：「您的記憶力怎麼會那樣好？」巴老說：「我十七、八歲在成都念書時就熟讀了。」他接著又說了一句：「清政府的『文字獄』太殘酷了！」我坐在邊上，望著沉思不語的巴老，心想，巴老早在七十多年前讀過的詩詞至今還能一字不差地把它背誦下來，那麼，發生在二十多年前的那場浩劫又怎能輕易地從他心中抹去呢？

——陸正偉：《晚年巴金》第六五頁

到底是巴金，他立即就聽出來了，我寫那段歷史，是為了揭露古代和現代的「文字獄」。因此他聽了之後，便「沉思不語」。他在「沉思」什麼？我大體知道。

但是，讓我最感動的是，陸正偉先生說，巴金在聽到我引述的《金縷曲》時，居然「一字不差」地背了下來，使朗讀的人「不由放下書驚歎」。

因此，我忍不住要把巴金記了一輩子的《金縷曲》再默寫一遍在下面，請讀者諸君想像一位已經難於下床的病衰老人，用四川口音背誦這些句子的情景吧：

季子平安否？便歸來，平生萬事，那堪回首！行路悠悠誰慰藉？母老家貧子幼。記不起，從前杯酒。魑魅搏人應見慣，總輸他，覆雨翻雲手。冰與雪，周旋久。淚痕莫滴牛衣透。數天涯，依然骨肉，幾家能夠？比似紅顏多命薄，更不如今還有。只絕塞，苦寒難受。廿載包胥承一諾，盼烏頭馬角終相救。置此札，君懷袖。

我亦飄零久。十年來，深恩負盡，死生師友。宿昔齊名非忝竊，試看杜陵消瘦。曾不減，夜郎僝僽。薄命長辭知己別，問人生到此淒涼否？千萬恨，為君剖。兄生辛未我丁丑，共些時，冰霜摧折，早衰蒲柳。詞賦從今須少作，留取心魂相守。但願得，河清人壽。歸日急翻行戍稿，把空名料理傳身後。言不盡，觀頓首。

終於，巴金愈來愈衰弱，不能背誦但丁，不能背誦顧貞觀了。當然，也不能再聽我的書了。

誰都知道，一個超越了整整一個世紀的生命即將劃上句號。但是，這個生命太堅韌了，他似乎還要憂鬱地再看一眼他看了百年的世界。

就在這時，我們突然有點兒驚慌。不是怕他離去，而是怕他在離去之前又聽到一點兒不應該聽到的什麼。

九

在巴金離世之前，在他不能動、不能聽、不能說的時刻，一些奇怪的聲音出現了。

我為一個病臥在床的百歲老人竟然遭受攻擊，深感羞愧。是的，不是憤怒，而是羞愧。為大地，為民族，為良心。

我為百歲老人遭遇攻擊時，文化輿論界居然毫無表情，深感羞愧。為歷史，為文化，為倫常。

仍然是李小林轉給我的一些報刊影本，都是剛剛發表的。

那些文章正在批判巴金「是一身奉兩朝的貳臣」，指他在一九四九年前後都活著。

那些文章又批判巴金「一天又一天地收穫版稅銀子」，其實誰都知道，巴金把全部稿酬積蓄都捐獻了。

對於當年張春橋揚言對巴金「不槍斃就是落實政策」，今天的批判者說，是因為巴金與張春橋有「私人糾葛」。這就一下子暴露了批判者的政治身分，他們其實是張春橋、姚文元這些老式「棍子」的直接後裔。

對巴金在《隨想錄》裡的自我反省，他們說，這是「坦白胚子」、「欺世盜名」、「欲蓋彌彰」、「虛偽畢現」、「偽君子」，甚至用通欄標題印出這樣的句子：「巴金不得好死」。

總之，這些人集中了他們想得到的一切負面成語，當作石塊，密集地扔向一個奄奄一息的老人。

我覺得現在這些「傳媒達人」比當年的造反派暴徒還惡劣萬倍，因為當年的暴徒向巴金進攻時，他才六十歲，而今天向他進攻時，他已一百歲。

世界上任何黑幫土匪，也不可能向一個百歲老人動手。今天的中國文化傳媒，怎麼反倒這樣？這麼一對比就不禁讓人驚訝：這種滔天的深仇從何而來？

我認為，滔天的深仇、反常的進攻，全都來自巴金關於建立「文革博物館」的呼籲。因此，輕言「文革早已過去」、「文革不會再來」，還為時過早。你看僅僅在文化人中間，還埋伏著這麼多「文革」式的地雷，時時準備爆發。

對於這種人，最早反擊的倒是身在海外的劉再復先生，他在美國科羅拉多寫道：

> 現在香港和海外有些人化名攻擊巴金為「貳臣」，這些不敢拿出自己名字的黑暗生物是沒有人格的。歌德說過，不懂得尊重卓越人物，乃是人格的渺小。以攻擊名家為生存策略的卑鄙小人，到處都有。

劉再復先生不知道的是，他發表這篇文章之後沒多久，那些人物已經不用化名了，而是在中國的文化傳媒界大顯身手，由「黑暗生物」變成了「光明天神」。

你說，巴金能不憂鬱嗎？

憂鬱的不僅是他。當百歲老人終於閉上眼睛的時候，這批人已經比以前更威風，更囂張，而且，社會對他們完全無力阻止，反而全力縱容。你說，歷史能不憂鬱嗎？

十

失去了巴金的上海，好像沒缺少什麼，其實不是這樣。他身上所帶的東西，看不見，摸不著，但一旦抽離，城市卻失重了。何況，跟著先後走了的，還有黃佐臨，還有謝晉，還有陳逸飛……

上海永遠不會缺少文化人，也不缺少話題，也不缺少名號。缺少的，往往是讓海內外眼睛一亮的文化尊嚴。

就像魯迅不是「海派」，章太炎不是「海派」，巴金也不是「海派」。但正是這種看起來「不落地」的存在，使這座城市獲得過很高的文化地位。

一座普通城市的文化，主要是看地上有多少熱鬧的鏡頭；一座高貴城市的文化，主要是看天上有幾抹孤獨的雲霞。

在熱鬧的鏡頭中，你只需要平視和俯視；而對於孤獨的雲霞，你必須抬頭仰望。

據說俄羅斯總統普京的辦公室裡掛了一句格言：「即使身陷溝渠，也要仰望星雲。」

我藉此給星雲大師開起了玩笑：「您看，連他都在看您！」

我這個玩笑開在去年冬天，當時我陪著星雲大師去山西大同的雲岡石窟。

星雲大師一聽就笑了，說：「那星雲不是我。但是，能學會仰望就好。」

可惜在我們今天，愈來愈多的人在睥睨萬物，很少有人會抬頭仰望。

李小林來電，說她要搬家。那個庭院，將成為一個紀念館，讓人瞻仰。這是好事，但我一時不會進去參觀。太多的回憶，全都被那扇帶著信箱的朝西大門，集中在一起了，我怕看到很多好奇的目光把它們讀得過於通俗。武康路仍然比較安靜，因此在夜間，這個庭院還是會顯得抽象。沒有了老人也沒有了家人的庭院，應該還有昔日的風聲和蟲鳴吧？

那就先寫下這些文字。去不去看一看，以後再說。

二〇一二年四月一日

幽幽長者

一

早在一九九七年，我寫過一篇題為〈長者〉的長篇散文，記述當時還在世的上海戲劇學院導演系研究員張可女士。這篇文章曾收入《霜冷長河》一書，但在後來編印的選集、合集中都沒有收入。理由是，重讀時覺得文筆過於散漫拖沓了，不符合我的嚴選標準。

於是，那篇文章，就像擱置在牆角多年的老家具，一直蓋著灰布，也忘了是什麼東西了，偶爾掀開灰布，居然眼睛一亮。那天，我不小心掀開了那篇舊文。

張可老師早已不在人世，學院裡幾乎沒有人記得這個名字，各種紀錄資料中也沒有留下任何痕跡。然而，她實在是中國現代女性的一個特殊典型，比現在被傳媒反覆講述的那些「才智麗人」、「民國女性」，更有深度。因此，我決定重寫一篇，不僅僅是為了她個人。

二

張可老師並不擔任課程，屬於導演系「教育輔助人員」編制。她是研究莎士比亞的，如果導演系要排演某部莎士比亞戲劇，她可以提供一些諮詢。然而一年年下來，這樣的機會一直沒有出現。因此，張可老師安靜而空閒。來上班時，也獨進獨出，無人注意。

只有在一種情況下，張可老師會頃刻成為全院焦點，那就是外賓來訪。

上海戲劇學院的外賓一直比較多，包括在尚未開放的二十世紀五、六十年代。來的外賓多是表演團體，一行豔麗妖嬈、激動誇張，多數翻譯人員都有點應付不了。即使應付過來了，後面還有幾個紳士模樣的高傲理論家，滿口故弄玄虛的語言更讓翻譯人員頭痛。在這種情況下，學院領導總會低聲吩咐：「叫張可來！」

張可老師一到場，外賓全都安靜了，為她的美貌。她肯定比林徽因滋潤，比王映霞清秀，比陸小曼典雅。面對外賓，她並不是熱烈地一一握手打招呼，而是迎著他們的目光，在他們五六步前站定，介紹自己是莎士比亞學者，很高興與他們在學院相遇，然後再充滿好奇地詢問他們來自什麼機構和單位。淺淺問答幾句，幾乎和所有的外賓都黏連上了。而對那幾個高傲的理論家，她會故意多談一些，不露聲色地吐露出讓對方很難再高傲的專業素養。

她的英語，是標準的倫敦口音，卻又增添了美國的開朗和熱度。一開口，就讓外賓們非常吃驚，卻又障礙全消。於是，她立即成了人群的核心。

只要聽說張可老師出來接待外賓，學院裡的教師、學生、職工都會遠遠近近地圍觀，看她的優雅風範。上海戲劇學院美女如雲，因此經常會有「民間口碑」式的「選美」。在嘁嘁喳喳間，入選名單不斷更換，但列為第一名的總是她，張可。

三

美貌是第一驚訝，英語是第二驚訝，第三驚訝更重大：這麼一個大美人，居然是老革命！

她在一九三八年末到十八歲就加入了中國共產黨的地下組織，長期潛伏在美國新聞處和上海戲劇界的一些單位工作。後來據幾位認識她的老人告訴我，正是她的美貌，給地下工作帶來很多方便，即使身上藏有情報也容易混過去。但是，這一定是沒有藏過情報的人的「外行臆想」。在真正的血火戰鬥中，外貌的作用並不太大，危險始終近在咫尺。年輕的張可就在危險中奮鬥了十多年，直到一九四九年新中國成立，真不容易。

共產黨掌握政權了，她還不到三十歲，本應風風光光地擔任某個部門的領導，卻又出現了第四個驚訝：她功成身退，決然退黨。

這第四個驚訝，讓人覺得不可思議。

為什麼？因為在中國共產黨的歷史上，退黨的人很多。有的是叛變，有的是觀念產生了嚴重分歧，有的是流亡海外失去了聯繫，更多的是在白色恐怖最嚴重的時刻考慮到了家人的安危……。張可是舉世罕例：在自己的黨隆重執政的時刻決定退黨。

僅僅是幾天之隔。幾天前，共產黨員只要被抓住就會被立即處決，她雖然沒被抓住，卻在心裡堅定自認；幾天後，共產黨員已經可以在大街上昂首闊步，她反而已經不是。在歷史轉折關頭的這種「反轉折」，足以震動十方。

關於她的退黨，有好幾個傳聞。

第一個傳聞，在地下黨員由暗轉明的「報到處」，負責接待的領導人是一位級別不低的軍事幹部。突然見到張可這麼一位美貌的「同志」和「戰友」，他眼睛特別亮，話語特別多，似乎就像前些天快速攻入一座城池一樣，便用很不恰當的語言表述自己的美好意圖。張可早就聽慣上海街市間對一個漂亮女性更「不恰當」的語言，但今天眼前這個人代表的，卻是自己以命相托的組織。能在這樣的話語中向組織「報到」嗎？憑著在地下工作時養成的那股硬氣，她扭頭就走。

她不是原來就有組織嗎？這就牽涉到第二個傳聞了。地下工作時的領導，也是一位不錯的文化人，看到戰爭結束，雨過天晴，準備重新安排生活，包括重建家庭。他一直有意於張可，但張可已經結婚。他希望兩頭都改變婚姻，這在當時的革命隊伍中比例極高，但張可不想進入這個比例。

據我的判斷，這兩個傳聞都未必虛妄。

她的退黨，其實也出於對共產黨的信任。終於掌權了，一切都會好起來，天下既然已經轉危為安，我也就可以投入心中最喜愛的文學藝術了。過去出生入死，不也就是為了建設更文明的社會嗎？

這也是她公開表述的退黨理由。

於是，上海戲劇學院出現了一個安靜的莎士比亞研究者。

在剛剛結束動盪的年代，在上海這樣的城市裡，一個安靜的人，極有可能封存著一部極為精采的傳奇。在革命資歷決定社會地位的上世紀五十年代，張可老師似乎變成了一個不懂政治的普通女性。

這讓我想起了上海戲劇學院的另一位奇特女性，黨委副書記費瑛。一九四九年之前，費瑛在復旦大學讀書，系裡的激進學生為了打擊「立場模糊的保守勢力」，把她當做了重點批判對象。他們不知道，恰恰是這位打扮時髦的女同學，是中國共產黨在上海很大一個片區的地下負責人，當時那些大家佩服的學生領袖，都是由她在幕後指揮。這種說法大概是不錯的，因為直到她退休之後，好幾位國家級高官每逢過年過節還會來問候這位當年的「神祕領導」。

但是，張可老師的資歷，還比費瑛女士高得多。當然，更不必說學識了。她們這兩位傳奇女性每次在學院草地間的小路上相遇，總會快步上前，長時間親熱地握手，然後看看周邊有沒有人注意，再退到樹蔭下講話。當時的費瑛女士是學院的實際掌權者，經常要作報告、發指示，氣勢很大，但一見張可老師，立即變成了溫順的小妹妹。其實在外貌上，張可老師要年輕得多。

四

好，現在可以說說我與張可老師的交往了。

我是一九六四年在江蘇瀏河的一個貧困農村首次見到張可老師的，那時我十七歲，算起來，張可老師應該是四十三歲了。

那個年代，凡是大學師生都要不斷地到農村去，名為「社會主義教育」，其實就是從事艱苦的農業勞動。每次下去的時間很長，半年到八個月。剛回來不久又下去了，一輪一輪接得很緊。我到今天還沒有想明白，當時上面的領導究竟出於什麼動機，讓學生不學習，教師不上課，校舍全空著，硬擠到破陋的農舍裡長時間煎熬。農民顯然不歡迎那麼些外來人擠到他們屋子裡住，卻還是去擠；農民更不樂意那麼些完全不會幹農活的城裡人擁到他們的田裡胡亂折騰，卻趕不走。

上級有規定，到農村後必須住在全村最貧困的家庭。而幾個農村幹部則皺著眉頭在選最貧困的幾家中最窩囊、最不會講話的那一家，免得今後不順心了與入住的人吵架。

我就被分配去了這樣一家，一起去這家的還有一位外地幹部和一位教師。外地幹部叫李惠民，他本是農村的，卻為什麼要換一個農村來勞動，一直沒搞清楚；而教師，就是張可老師。

這家農民有三間破爛的小泥屋。東邊一間擠著房東夫妻和子女，西邊一間住著房東年老的母親，還養了兩隻羊；中間一間放置農具和吃飯，又養著四隻羊。我和李惠民住在中間那間，與四隻羊相伴。張可老師住在西邊一間，與房東母親和兩隻羊相伴。這六隻羊都是集體所有的，在這家「借住」，和我們一樣。

我所說的這一間、那一間，中間隔著牆。但那牆是蘆葦稈加泥巴糊成的，六隻羊的叫聲全都聽得見。比羊叫更刺耳的是老太太連續不斷的咳嗽聲，這實在是讓張可老師受罪了。她住的那間泥屋，特別小，老太太的床又窄又髒，緊貼著張可老師的床。張可老師掛了一頂從上海帶去的白帳子，但兩隻已經髒成灰黑色的羊就蹲在帳子邊，臭氣和黴味撲鼻而來。

這就是我和張可老師初次見面的地方。

我看到這間泥屋的景象就立即大聲說：「不行，老師，妳絕不能住在這樣的地方！」

我當時只知道她是我們學院導演系的教師，還不知道她的名字，但看到這麼一個恐怖的住所，一下子就產生了一個男學生要保護女老師的責任感。

她豎起食指「噓」了一下，讓我小聲一點。隨即問了我的名字，便輕聲說：「規定要住最貧困的人家，只能這樣了。要換，也沒有理由。」

我說：「我小的時候在家鄉農村長大，也從來沒有見過這麼骯髒的房子。」

「骯髒，這個詞用得好。」她說，「你家鄉在哪裡？」

「餘姚。」我回答。

「餘姚？好地方。」她說，「考考你，你知道同鄉王守仁嗎？」

「考考你」，這是一個老師最能向學生表明身分的說法，在這爛泥屋裡聽到，我特別高興。

「王守仁就是王陽明。心外無理，知行合一，致良知。」我說，稍稍有一點學生式的小賣弄。

她這下認真看我了，滿臉微笑地說：「我只是隨口一問，你就端上了王陽明三個最重要的學說，真要刮目相看了。」

五

剛下鄉時，正逢雨季。村裡有規矩，天一下雨就要開會，開會的地方離我們的爛泥屋不近。這就太難為張可老師了，因為門外一片泥濘，她走一步摔一跤，渾身是泥。其實，她到河邊洗漱，也寸步難行。雨停了，就要下田勞動，但田埂還是泥濘，她仍然無法行走。

這就需要我來攙扶了。我小時候在農村時成天赤腳玩泥，不把泥濘當回事。因此，幾個月中，我成了張可老師最稱手的枴杖。

對於吃飯，當時還有一個奇怪的規定，儘管交了飯費，但絕不能吃飯桌上的任何葷菜，連農民在河溝邊自撈的小魚小蝦也不能動。幸好這家人家沒有這種麻煩，下飯的菜永遠是一碟鹽豆。為了怕費油，青菜都不炒一個。幾個月下來，我們的臉色已慘不忍睹。

張可老師看著我說：「你正在長身體，不能一直這樣。」但是，又能怎樣呢？她歎了一口氣，說：「現在上上下下都喜歡擺弄苦，炫耀苦，卻忘了當初革命是為了什麼。」

我當時一點也不知道，說這句話的人，最有資格說「當初」。

也有下雨不開會的日子，我們就可以在爛泥屋中間那一間的門內，看看書，說說話。

那天，我在一角看書，張可老師從她的泥屋子走了出來。只是遠遠地瞟了一眼，她就說：「不要唯讀蘭姆，要讀原文。」

這下我臉紅了。我確實在讀蘭姆姊弟（Charles and Mary Lamb）合編的《莎士比亞故事集》，從外文書店買來的英文版。原來以為已經很牛了，卻被真正的莎士比亞專家一眼看破。她怎麼粗粗瞟一眼就能認出哪一本書呢？這就叫專業。

我囁嚅著：「莎士比亞原文是上了年紀的英語，很難。」

「你真不知道讀原文的樂趣有多大！」她說這句話的時候，滿臉都是光輝。

「如果由中國的劇團來演出，用誰的譯本比較好？」我問。

張可老師說：「一般用朱生豪的，他只活了三十二歲就翻譯出了二十七部，令人感動。但也正因為太匆忙，有點粗糙，對那個時代的神韻傳達不夠。這些年北京大學吳興華等人進行了校譯，品質就提高了。梁實秋倒是翻譯全了，翻得從容不迫，但少了朱生豪的那種激情，又不太適合演出。」

頓了頓，她說：「記住，現在中國最好的翻譯家是傅雷，我們很熟。你聽說過他的兒子傅聰嗎？大鋼琴家……」

我知道，這就是上課，就恭恭敬敬地找了一把小小的竹椅子擺端正，請她坐下，我就坐在對面三塊疊著的泥磚上。她一笑，便坐下了，顯然，她也願意在這被大雨封住的小泥屋裡講這樣的課。以後每次這樣一坐，彼此心頭就都響起了學院的鈴聲。

「你能讀蘭姆，也算不錯了，那書是在福州路外文書店買的？」張可老師問。

我說：「蘭姆是我的中學英語老師孫珏先生吩咐買的，現在這樣的書買不到了，滿架都是《毛選》的各種外文版。前兩次下鄉，我為了學英語，把《毛選》的英文版讀了一遍。」

「那是偷懶的辦法。」她說，「中國人的思維，中國人的詞彙，猜都猜得出來。讀英語，先讀狄更斯，再讀莎士比亞。」

「你們系裡平常上一些什麼課？」她問。

「太差了。當時是以全國最難考的招牌把我們吸引來的，一聽課，多半是政治教條。我們等著顧仲彝先生來講貝克技巧。」我說。

她笑了一下，說：「貝克不重要。技巧只是技巧。」

「亞卻呢？」我追問。貝克和亞卻，都是美國的編劇教師，小有名氣。

「也不重要。」她說。

「勞遜呢？」我又問。勞遜的書，已在中國翻譯出版。

「稍稍好一點，講到了結構，但還是淺，而且囉嗦。」她說。

她三下兩下，就把我們所企盼的課程全給否定了。其實按照當時已經氾濫起來的以政治壓倒一切的極左思潮，這些課程也不可能進課堂了。這就像一群應招女婿還沒上門，就被她婉言謝絕了。當時我聽了，是心存懷疑的。

她看出了我的懷疑，就講了一段話：「藝術的最高處，不在技巧。一切都靠時代力量和個人天賦。莎士比亞是一位偉大的詩人，向他學什麼編劇技巧，實在是委屈了他。而且，學戲劇文學，目光也不能只在編劇。中國話劇的發展，關鍵在導演。戲曲，關鍵在演員。」

「那是不是要學習斯坦尼和布萊希特的表演理論體系？」我問。

「也不必。他們兩人都是好導演，但是一鑽到理論裡就誇張了，把架勢撐得太大。凡是藝術家自己搞的體系，都不能太相信。」她說。

——後來我每次回想，都感謝張可老師在我剛懂事的年代示範了如何做減法。這種減法思維，使我畢生受益。

別的老師喜歡把自己知道的一切全都當做寶貝往學生肩上壓，張可老師正相反，以自己的閱歷衡量輕重，對比高低，去蕪存菁，早早地為學生減省負擔。並且，把減省負擔當做一個重要的學術門徑，啟發學生。

我想，如果不是那間雨中爛泥屋，而是一直在高樓深院裡接受一系列正規教育，那麼，我不知道會在大量「看似重要的不重要」中浪費多少年月。

有一天又下雨，她與我談起了文學。她對中國現代小說，居然全都看不上，包括一系列已經上了現代文學史的「經典作家」在內。

「都不大氣，缺少人性和神性。只是社會化、觀念化、個人化的東西。既顯得神經兮兮，又顯得可憐兮兮。」這兩個「兮兮」是上海女性的口語，一說出口，她就笑得很開心。

「您會不會也去翻翻當代小說？」我問。

「翻得很少。粗粗的印象，我覺得陝西的作家比較認真，像柳青、王汶石。看起來王汶石更好一點，筆下有一種爽朗的勁道，可惜題材太窄。」

我對她讀過王汶石，有點吃驚。

接下來是她問我了：「外國小說你喜歡誰？」

「法國的雨果，俄國的契訶夫和美國的海明威。」我說。

「我知道了，你不喜歡精神撕裂型、心靈懺悔型的作品。」她說，「正好，我也不喜歡。」

就這樣，過了五個月。一天上午，鄉里一個通信員推著一輛很舊的自行車來通知，說上海戲劇學院的領導來慰問下鄉勞動的師生，今天就不用下田勞動了，大家到南邊一個舊祠堂裡去集中，中飯就在那裡吃。

這是讓人高興的事，我陪著張可老師走了不少路，找到了那個舊祠堂。來慰問的領導就是費瑛書記，她一見張可老師便著急地迎過來，握住手之後又一遍遍上下打量著，那表情的意思是，真不該讓她在這裡待那麼久。

分散在各村的同學和老師重新見面，都非常開心。這時才發現，舊祠堂的一角正燒著兩隻大鍋，飄出陣陣無法阻擋的香味。原來，費瑛書記聽說我們在鄉下不僅勞動艱苦，而且吃得很壞，就決定來一次最實際的慰問。那就是請學院食堂的廚師一起下來，辦一次聚餐，每人分兩塊草紮肉、兩個饅頭，進行「營養速補」。

所謂草紮肉，就是把五花肉切塊後用一根根稻草紮了，放到鍋裡燜煮。煮爛了也不會散塊，掂起稻草分給各人。由於已經有五個月沒有好好吃飯了，很多男同學打賭，能一口氣吃下十塊。女同學只悶笑，心想十塊怎麼夠。看到同學們的狼吞虎嚥，費瑛書記眼泛淚光，輕輕搖頭。張可老師只吃了一塊肉，把另一塊放到我的盤子裡，就起身又到費瑛書記那裡去了，我連推讓的機會都沒有。

這時，在我們鄰村勞動的胡導老師挨近我，問：「你知道為什麼費瑛書記這樣尊重張可老師嗎？」

我搖頭，看著胡導老師。

胡導老師打趣說：「看你和她在一起勞動快半年了，她都沒有透露。可見我也不能透露，這是地下工作的規則。」

看我發呆，胡導老師又加了一句感歎：「傳奇啊，了不起！」

六

「文革」開始後，舞臺美術系的同學帶頭「造反」，組織了一個叫做「革命樓」的造反組織，全系大約有三分之二的同學參加。表演系也有同學造反了，大約占全系人數的三分之一。我們戲劇文學系和導演系的同學沒有人造反，就由我帶領著，對抗造反派同學臨時學來的暴行，例如批鬥老師、抄家、打砸搶。他們開大會，我們也開大會；他們刷出了打倒誰的標語，我們就緊挨著刷出正面標語；他們準備要抄哪個老師的家，我們先趕到一步，貼出布告「這家已由革命群眾查檢完畢」；他們要燒圖書，我們就圍成三圈高喊反對的口號……

我的這些對抗行為，被造反派稱為「保皇派代表」、「三座大山之首」。但有一段時間，畢竟是反對暴力的師生要多得多，我一時廣受擁護。有一次，在紅樓前的熱鬧通道口，一位年邁的女教師大聲表揚我是「正派的好孩子」，邊上很多人鼓掌。我正為

「孩子」的說法煩惱，肩上被拍了一下，一個熟悉的聲音傳來：「最近有沒有見到李惠民？」

我轉身一看，居然是張可老師。李惠民，是我們在農村同住一家的那位地方幹部，幾乎忘了，她怎麼突然提起？原來，她是想用一個陌生的話題把那個女教師的表揚和別人的掌聲打斷，把有可能發酵的對話打斷，把我引開。

我跟著她走到一個無人的角落，她輕聲而快速地說：「你應該趕快躲起來。在學院裡我們是多數，但這是暫時的，從中央的勢頭看，會有大翻轉。你不能站在風口浪尖上。」說完，她拍拍我的手臂，轉身就走了。

其實我也在關心形勢，已經預判造反派會很快壓倒我們。既然這樣，張可老師說得對，應該往後退。正好我爸爸被他們單位的造反派打倒了，我要天天代筆為爸爸寫交代，就從學院隱退了。

此後，我經常想起突然拍肩又突然轉身的張可老師。她在「文革」中，沒有引起造反派的注意，因為她不是黨員，不是幹部，也不是正式教師。她原來所在的導演系沒有造反派，而後來她的編制又劃到了演出科，那是一個由裁縫、木匠組成的舞臺服務機構，沒有人對「文革」有興趣。但是，如此安全的張可老師那天對形勢作出的判斷，實在是一種充滿政治經驗的遠見。她喊一聲陌生人的名字把我引出來的情景，讓我聯想到了某些間諜片。

當時我的遭遇已經是一片淒風苦雨，爸爸被關押，叔叔被逼死，全家八口人失去經濟來源，而我又是大兒子。正在苦得不知道怎麼辦的時候，上面又下達通知，立即下鄉勞動。

下鄉不久前的一天，我拿著造反派掌權者為我做的「長期對抗文革」的最低等級思想鑑定，喪魂落魄地在學院裡走，又遇到了張可老師。與上次一樣，她喊了我名字後先從一個陌生人開頭：「我家鄰居是你中學時的同學，最近從北京回來了……」，邊說邊往小路引。看到周圍沒人了，就轉入正題。

「聽說你們又要下農村？」她急切地問。

「是的，已經動員過了。」我說。其實，動員到出發的時間很短，這兩天我正在想辦法用賣書所得的三元錢買一套防雨的棉衣，但還沒有買到。

「去多久？」她問。

「說是一輩子。」

她突然沉默了，低下頭去一會兒，又抬起頭來。

「一輩子，讓帶書嗎？」她艱難地問。我猜度剛才她沉默時也許會想起我們在爛泥屋裡靠談論書籍熬過了半年的往事。但這次是一輩子，而不是一年半載。

帶書，這事我也在想，前幾天賣書時還咬著牙齒留下了幾本，因而就對張可老師說：「讓不讓帶書還不知道，總可以帶幾本吧。」

說是這麼說，心裡卻明白，如果允許帶幾本，也一定不是張可老師所說的那種書。

「一輩子，與父母商量了？」她又問。

剛問，她又露出一個抱歉的表情。因為在那個年月一切命令都無法與父母商量，父母只有聽命的份。而且我想張可老師也聽說了，我家已陷於大禍。

她歎口氣，輕輕地拍了拍我的手臂，說：「好好照顧自己！」

沒想到，不是一輩子。

一九七一年，由於林彪事件、重返聯合國、準備歡迎美國總統，「文革」的邏輯斷了。在周恩來等人的努力下，文化建設悄悄地代替了文化破壞。

復課、編教材、編詞典、辦學報，都火燒眉毛般地著急推進。這是另一種邏輯的啟動，我們也就隨之從農村回到了上海。

上海戲劇學院遇到的第一件好事，是抽調專家去編《辭海》。抽到的第一個人，恰恰是張可老師。她當然合適，《辭海》裡的很多條目都能夠參與。

接下來的事情就分好幾個等級了。復課招生是第一等，既熱鬧，又有點權；編學院裡的專業教材是第二等；與外校一起編通用教材是第三等；到外校去編我們學院用不著的教材是第四等。我分到的是第四等，到復旦大學去編我們學院用不著的魯迅教材。第四等倒無所謂，比較麻煩的是復旦大學太遠，去一趟要換好幾路車，沒人想去。我同意去，是另有所圖，想利用復旦大學圖書館的外文書庫來充益我已經獨自悄悄在編的教材《世界戲劇學》。

從我們學院到復旦，我看到教育恢復的勢頭十分振奮。有趣的是，所有的造反派骨幹成員，全都置身在這個勢頭之外，他們氣鼓鼓地等待著一場「反擊」運動。

那天我回學院，看到教育樓的紅磚外牆上新貼出一條標語：

不要資產階級文痞，
寧要無產階級文盲。

這種標語在「文革」中看得多了，但這次，顯然是針對著教育恢復的勢頭來的。我歷來不怕極左派，現在更不怕了，就立即在標語邊貼了一張紙條，在當時叫「戳一槍」。我寫的是：

上海流氓總把別人說成流氓，
上海的文痞也是一樣。

寫完，簽上自己的名字。剛貼出，就圍著很多人在看，表情興奮。可見，社會氣氛已變。當天下午我還在那裡轉悠，看到張可老師也來了，她又把我拉到路邊，說：「那一槍，很準。」

我說：「看了那麼多年，發現破壞文化的，都是文人。他們是真正的文痞。」

張可老師說：「這我早就知道。但文痞很爛，你要小心。」

我說：「不怕他們。」

果然，第二天下午，在我貼紙條的下方，一條新標語又出現了：

警惕老保翻案！

我又在這條標語邊「戳一槍」：

天地大案尚未審，

何人翻案未可知。

這次我乾脆署名為「老保大山」。這是當年造反派封我的，「保皇派」、「三座大山之首」，我把它合在一起了。這條標語貼出後，他們不再來鬧，可見形勢確實變了。

這事的兩年之後，他們發動了全國性的反擊，叫做「反擊右傾翻案風」。但不到一年，「四人幫」被逮捕了，天佑中華。

其間事情太多，不去寫了。我只記得，自從那次在教育樓標語前討論「文痞」之後，一直沒有見到張可老師。偶爾想起，估計她還在編《辭海》，什麼時候有空，應該去拜訪。但是一直沒有找到有空的時間，而且我也始終沒問過她住在什麼地方。

就這樣，又過了三年，我遇到了一件與她有關的事。

這件事，讓我一時目瞪口呆。

七

一九七九年春天，我在學院資料室裡翻閱北京的一本學術雜誌，發現一篇用中西比較方法研究《文心雕龍》的文章，心中一喜，卻不知道作者王元化是什麼人。當時正好有一家上海報紙向我約稿，就寫了篇讀後感寄去。沒想到，幾天後報社的編輯親自來到我家，滿臉抱歉。

「感謝您終於為我們報紙寫了專文，而且寫得那麼好。但是，這篇文章暫時還不能發表。」編輯說。

「為什麼？」我笑著問，因為這是第一次遇到退稿。

「原因只有一條，王元化的歷史問題還沒有結論。學術雜誌發表他的論文可以，但我們報紙……」

「王元化究竟是誰？」我問。

「您寫了文章還不知道他是誰？」編輯十分驚訝，「我們編輯部還以為，是因為您與他愛人同在一個學院的關係呢。」

「他愛人在我們學院？」我好奇極了。

「張可嘛！您真的不知道？」

「啊！」這下我倒真是發呆了。

我從椅子上站起來，在房間裡走了幾步，又到窗口站了一會兒，回想著張可老師與我交往的點點滴滴。她怎麼一點也沒有吐露，而我怎麼一直也沒有追問一句？

這就是中國人的師生倫理。好像學生不應該去揣測老師的家庭生活，更不應該隨便打聽。結果，代代傳承，變成習慣，連想也不會去想了。

我懷著慌亂的心情，去找了那次在鄉下向我暗示張可老師有「傳奇」的胡導老師。胡導老師聽我一問，就把隔壁辦公室的薛沐老師也叫來了。他們都是見多識廣的長輩，興致勃勃地輪番敘述著，讓我知道了這篇文章前面寫到過的張可老師的歷歷往事。她寧肯退黨也不願意改變婚姻，正因為有這位丈夫王元化。

但是，在退黨事件後沒幾年，王元化被牽涉進了「胡風案件」，因為他是新文藝出版社的總編輯，與詩人胡風有業務交往。由於案件快速膨脹，他被逮捕入獄。那時張可才三十出頭，不僅對蒙冤入獄的丈夫不離不棄，而且還處處尋找經常變動的關押地點，又不斷地向各個相關部門上訪訴冤。王元化出獄後沒有單位，沒有工資，精神又有點失常，全靠張可一人撐持著照顧。一年年下來，直到眼下，形勢才有所變化，王元化可以在學術雜誌上發表論文了……

我聽了兩位長輩的敘述，非常激動。張可老師給人的一個個「驚訝」早已歎為觀止，沒想到還在不斷增加。這中間，還夾帶著我自己的一個驚訝。就在我們下鄉勞動的那些日子，她仍然處於為丈夫上訪、為丈夫治病的過程中。我哪能想像，那頂擠在老太太和羊窩之間的白帳裡，兜藏著中國女性最貞淑的品質，最堅毅的心靈。

外面，一天一地都是黑夜、暴雨和泥濘，而那頂小小的帳子，卻是如此潔白無瑕。

我托請《辭海》編寫組的一個年輕工作人員打聽，張可老師什麼時候會回學院一次。打聽到了，那天我就守在我們經常聊天的那個路口。

果然，她來了。

畢竟是「文革」之後的第一次見面，千言萬語不知從哪兒開頭。我突然覺得不如「中心突破」，一開口就說了對王元化先生文章的評價，並為他終於能發表文章而高興。

張可老師的表情很吃驚，連問我怎麼全都知道了。我正支支吾吾，她又拉著我的衣袖到一邊，輕聲說：「他到現在還沒有平反，但從種種消息看，快了。平反後一定請你到我們家去長談。」

「為什麼要等到平反才去？王元化先生什麼時候有時間，我隨即登門拜訪。」我說。

「他呀，什麼時候都有時間。」她笑得很開心。

我們又聊了很多話，臨別時，她又說：「我一定把你對文章的評價立即告訴他。」

過了三天，與張可老師一起在編《辭海》的柏彬老師找到我，交給我一封厚厚的信。拆開一看，署名是王元化。

王元化先生詳盡地敘述了以前如何在張可老師那裡一次次聽說我的過程，然後鄭重約請我去他家一聚。在長信的最後他寫了一段話：

> 秋雨，儘管身邊還有大量讓人生氣的事，但我可以負責地說，就學術文化研究而言，現在可能正在進入本世紀以來最好的時期。

這段話讓我感動，因為寫的人還沒有獲得平反。

收到信的第二天，我就按照地址找到了他們家。是在淮海中路新造的一幢宿舍樓裡，按當時上海的居住水準，已經算是不錯的了。他們是新搬進去的，我想，既然上面有了給他們分房的舉動，平反的事可能真的不遠了。這在中國官場，叫做「正在走程序」。

張可老師一見我樂壞了，忙忙顛顛地端茶、送點心。他們家裡僱了一個頭面乾淨的老保母，張可老師說：「她是你的同鄉，餘姚人」。老保母用餘姚話與我打過招呼，就去忙飯菜了。

王元化先生坐在我邊上，說：「開頭要說的話都寫在那封信裡了，今天開門見山吧。你讀了這篇文章沒有？」他拿起一本雜誌放在我眼前，我一看，是李澤厚的《論嚴復》。

「我覺得這一篇，比他五十年代發表的《譚嗣同研究》寫得好，儘管那篇資料收集得更細緻。」王元化先生說。

張可老師一聽，立即嗔怪起來：「人家秋雨那麼遠的路趕過來，茶都沒有喝一口，一下子就談得那麼嚴肅！」說著就拐身到廚房裡去了。

我就與王元化先生談李澤厚。我說王元化先生有眼光，這幾年李澤厚進步很大，遠超自己的五十年代。尤其是他以康得為背景的美學理論，已經把朱光潛、宗白華比下去了。

王元化先生睜大眼睛看著我，估計他會把朱光潛看得更高一點。但他還沒有開口，張可老師已經在招呼吃飯了。

菜不多，但很精緻。張可老師不斷地往我的盤裡夾菜，自己幾乎不怎麼吃。他們家的飯碗很小，我幾口就吃完了，張可老師忙著一次次添，添完又夾菜。連王元化先生看了也覺得有點過分了，不斷笑著說：「讓秋雨自己來，自己人不用太客氣。」

我看著張可老師，想起在爛泥小屋我們一起吃鹽豆五個月，想起她在老祠堂把草紮肉讓給我⋯⋯。她似乎也想起了什麼，對王元化先生說：「秋雨像駱駝，可以吃很多，也可以餓很久。」

吃完飯，王元化先生一揮手，要我到隔壁房間談學問。張可老師向我一笑，說：「你們談學問我就不參與了。」

乍聽這話像家庭婦女，但我分明記得，在農村，她一直在給我談學問啊，而且談得那麼好。

與王元化先生談了一會兒我就發現，他此刻渾身蘊藏著一個被廢黜已久的學者對於學術交談的強烈飢渴。反過來，他的知識結構又讓我不無驚喜。他出事，是在五十年代前期，那時，中國在文化領域的極左思潮還沒有形成氣候。等到他被羈押之後，社會上倒是愈來愈左了，他已經沒有權利投入，因此也就保持了一份特殊的純淨。

為此，我們兩人決定多談幾次。

在第一次拜訪之後，我又在一個月裡三次重訪。為了談得長一點，我一般都是下午二時去，不要與晚飯靠得太近。張可老師還是不參與，只是與老保母一起，在廚房準備點心和晚飯。大概在三點半左右，點心就端出來了，四個煎餛飩，或一小碗酒釀圓子。

通過幾次長談，我大體領略了王元化先生的知識結構。

由於父親是教師，他小時候住在清華園，「那裡連鞋匠都講英文」，因此有不錯的西學背景。原是基督徒，後來加入共產黨，較多的時間著力於革命思想的傳播。雖然沒有出國留學經歷，也沒有安心求學的可能，但對十八、十九世紀歐美的文化思潮都大致瞭解，又更多地受到俄國別林斯基、丹麥勃蘭兌斯和法國羅曼．羅蘭的影響。因此，在社會關懷、人文激情上，都超過了很多留學歸來的「民國學人」。

「胡風事件」使他改變了文化道路。從監獄釋放後，他隨妻子張可研究了莎士比亞，自學了黑格爾哲學，又把《文心雕龍》作為理論解析的中國標本。這使他從一個文化評論者轉化為專業研究者。

他文化視野的下限，大概止於德國社會學家麥克斯．韋伯，這也是「文革」結束後幾年他看書自學的。由於年齡的制約，他不可能學得更多。因此，對於弗洛依德的學說，對於榮格所代表的文化人類學，對於接受美學，對於由卡夫卡起頭的現代派文學，對於以薩特為代表的存在主義文學，他都沒有太多時間關注。因此，他是一個帶有十九世紀的文化印記，再加上二十世紀革命責任的學者。他的重返，對上海文化界來說，是一種隔代風格的隱約重現，頗為可喜。

在整個長談過程中，我一直等待著張可老師的出現。我暗想，即使在學術上，張可老師也會產生一些獨特的觀點，讓王元化先生和我驚喜。但是她一直沒有出現，始終在廚房裡忙碌。

夏衍曾說：「大家都在稱讚錢鍾書，我卻更欣賞楊絳。妻子比丈夫寫得更好。」我對張可老師，也有近似的判斷。至少在對文學藝術作品的直覺上，她一定強過王元化先生。而這種直覺，來自天性。不錯，張可老師應該比王元化先生更靠近無邪天性。

八

終於，我要寫出最沉痛的筆墨了。

就在我與王元化先生多次長談的三個月後，一九七九年六月，張可老師突然在一次會議上腦溢血中風。

送到醫院，情勢十分危急，昏迷十天不醒，半個多月一直處於病危之中。

王元化先生在醫院號啕大哭，一遍遍高聲呼喊著：「我對不起她！我對不起她！」醫院的走廊上，迴盪著一個蒼老學者撕肝裂膽般的聲音。

張可老師雖然暫時掙脫了死神，卻像徹底換了一個人。這種情景我不忍描述，一切略懂醫學的人都知道。其實，原來的張可老師已經不在了。

不到半年，王元化先生徹底平反。不久依照他的革命履歷，升任為上海市委宣傳部長。

這是一個不小的官職，家裡人來人往。張可老師已經不能招待了，躺在床上，眼睛直直地看著窗外的雲天，又像什麼也沒有看。那情景，就像一尊臥姿的漢白玉雕塑。

我想，這位傳奇女性又出現了一個令人震撼的「驚訝」拐點：在苦苦陪伴了半輩子的丈夫終於要恢復名譽的關鍵時刻，她走入了另一個空間。

就像在一九四九年，在終於要昂首闊步的關鍵時刻，她走入了另一個空間。

九

對於王元化先生擔任上海市委宣傳部長，我在高興過後，更多的是擔心。因為，他與這個社會已經脫離太久。

那天有通知下達，新任的市委宣傳部長要向全市各單位的宣傳幹部作一場報告，地點在淮海中路的社會科學院。我因為心中掛念，也趕去了。

我到現場一看，就知道大事不好。坐在會場前十排的，全是農民打扮，是郊區十縣趕來的，因為路遠，出發早，就先到了。城裡的宣傳幹部坐在後面，主要是工廠、街道來的，那個時期還整體貧困，都極其樸素。所有來聽講的宣傳幹部，每人都拿著一本土黃紙封面的「工作手冊」，準備記錄。

王元化先生那天的講題是「現代市民的理論素養」，講得很好，具有學術高度，但他沒想過這是在給誰講。出現最多的引文來自於恩格斯、黑格爾和羅曼．羅蘭，還兩次動用了《文心雕龍》裡的段落。那麼多「工作手冊」，幾乎一句也沒有記下來。

他知道自己講砸了，愈講愈快。在即將結束的時候，他看到了坐在第三排邊上的我。一講完，他為了不想聽隨從官員尷尬的評語，立即向我走來，並把我拉到了一間小小的休息室。他當著隨從官員的面說：「我有一件公事和一件私事，要與秋雨商量。」隨從官員聽說有私事，也就止步了。王元化先生隨手關上了休息室的門。

坐下他就說：「部裡的工作人員事先沒有提醒我聽報告的對象。」

我想，如果張可老師還像以前一樣，事先提醒的一定是她，因為這是第一場報告。失去了張可老師的提醒，王元化先生有點亂。但是此刻我必須安慰，便說：「這個報告如果在復旦、交大師大講，就會很好。」

他笑著搖了搖頭，隨即回到正題，說：「先商量公事。我上任後連續收到一個匿名者的三次揭發，說巴金參加過上海的『文革』寫作組。這事讓我撓頭，因為巴金太重要。」

我說：「這裡存在著詞語誤讀。」

「詞語誤讀？」他讓我講下去。

我說：「按照正常詞語，寫作組是幾個人聚在一起寫文章，但在『文革』中就不對了。那時流行小詞語，連最高權力機構『中央文革』都叫小組，下面跟著來，結果上海市政府也就變成了工業組、農業組、公交組、財經組等等，其實都是一個個大系統。寫作組是指當時全市文化宣傳教育系統，與那些組並列。」

「那為什麼不叫文化組、宣傳組？」他問。

「因為毛澤東斷言文化宣傳系統是閻王殿，誰也不敢了。」我說。

這下新任宣傳部長笑了：「哦，果然有詞語誤讀。這在中外歷史上比比皆是。」

我想，由於張可老師擋除了一切風雨，使得王元化先生長期隔絕世事，心地如此單純，居然對那樣的匿名信也有點相信了。我說：「巴金在『文革』中受盡迫害，最後被收留在寫作組系統獨自翻譯赫爾岑，有什麼問題？按照匿名信的邏輯，連張可老師也編過『文革辭海』呢！我肯定，匿名揭發者是一個迫害狂，當年迫害巴金留下了劣跡，所以要再度迫害，把水攪渾。」

王元化先生說：「你說到迫害狂，那就可以引出我的私人問題了。你們戲劇文學系有一個很壞的教師，在『文革』中負責張可的專案審查。一次次逼問張可，威脅張可，沒完沒了，成了我家的恐怖夢魘。現在我看到張可躺在床上這個樣子，很想為她出口氣，在哪篇文章中提一提這個教師的名字，你看可以嗎？」

我連忙問這個教師的名字，一聽，就傻了。

這個人一直躲躲閃閃，幾乎被所有人厭煩，包括造反派掌權者。從來沒有聽說過他在負責什麼專案審查，而且張可老師也根本不屬於戲劇文學系。我立即斷定，這是一個單人作案的詐騙事件，單位裡沒有第二個人知道，卻對張可老師造成那麼大的傷害。其實，那個不斷揭發巴金的匿名者，也是這樣的人。

但是王元化先生為了張可老師，要在文章中提到那個教師的名字，我認為萬萬不可，因為那會產生「佛頭著糞」的惡果。高貴永遠無法對付卑鄙，聖賢永遠無法對付蟲豸。一對付，反而抬舉了對方。這很無奈，實在是人世間巨大的悲哀，君子們難逃的宿命。

聽了我的勸說，王元化先生同意了我，不在文章中提那個人的名字。

那天與王元化先生分手後，我一路在想，以前一直認為張可老師總算在「文革」中大致平安，現在才知道並非如此。禍害的來源不去說它了，只覺得張可老師這一生，真是一天也不得消停。人世間的每一個磨難都不放過她，而且一個一個都咬得那麼緊。

她來不及訴說，也不想訴說。此刻不能講話了，只能讓所有的悽楚和蒼涼，全然消失於天地之間。

但是，未必全然消失。因為她有一個能夠用筆來追蹤天下善惡的學生。

我一直想找王元化先生好好談談張可老師，然後寫點什麼。在這麼大的城市當宣傳部長確實太忙了，找不出成塊的時間。好不容易等到他離休，他、黃佐臨、謝晉、我，成了上海市四大文化顧問，經常見面討論。但四個人一聚，我眼花了。黃佐臨和謝晉我也想寫一寫，藉以喚醒上海文化的自尊。而且，因為他們兩人的作品大家都知道，寫起來也會比較順手。最難寫的是張可老師，我把她放到最後，因此沒有在那個時候打擾王元化先生。

後來，國際大專辯論賽邀請王元化先生、我與哈佛、耶魯的兩位教授一起，擔任「四人總評委」，中間空閒的時間比較多，我開始不放過王元化先生了。

王元化先生說：「由你的文筆來寫張可，就會成為一座紀念碑。」

大概在兩個月後，我送去了《長者》文稿。

王元化先生看後，立即通知我到衡山飯店找他。

這是衡山飯店朝西的一間不大的客房，王元化先生在這裡生活和工作。這是怎麼回事？王元化先生說：「發生了一些不愉快的事，是一個企業家為我租這間房的。」

什麼「不愉快的事」？他不說，我也不問。這就像當年對張可老師，她不說，我都不問。胡導老師說，這是「地下工作的規則」。

王元化先生從抽屜裡拿出我的《長者》文稿，我以為他要提一些修改意見，卻不是。他鄭重地對我說：「能不能在你的文章中留出一個不大的篇幅，說說我對張可的評價？」

當然可以。而且，這樣也增加了這篇文章的分量，我太高興了。但是我還不太明白，為什麼一個很能動筆的丈夫，要把自己的對妻子的評價放在別人的文章裡？

王元化先生解釋道：「如果由我自己寫一篇文章，只能是丈夫對妻子的回憶，容易陷入過程性敘述，會顯得一般。出現在你的文章中就有了第三者的目光，而且，你的文章擁有最多的讀者，我不妨借一把力，把事情做得隆重一點。但是你最好標明一下，文章中這一段是以我的名義寫的，也算是我自己的一份紀念。」

這就清楚了。我就問：「你的評價，是你親自寫，還是我派人來記錄？」

他說：「我親自寫。」

「幾天？」我問。

「三天。」他說。

三天後，我又去了衡山飯店。一敲門，門立即就開了，開門的王元化先生，手上拿著幾頁文稿。

下面，就是王元化先生為張可老師寫的幾段文字。我數了數，共約一千二百個字——

張可，一九二〇年十二月出生於蘇州一個書香世家，受良好早期教育。十六歲時考進上海暨南大學，這是一所擁有鄭振鐸、孫大雨、李健吾、周予同、陳麟瑞等教授的大學，學風淳厚。一九三八年十八歲時加入中國共產黨，從此全力投身革命。大學畢業後主要在上海戲劇界從事抗日活動，自己翻譯劇本、組織小劇場演出，還多次親自參加表演。結識比她早參加共產黨的年輕學者王元化。

抗戰初年在一次青年友人的聚會中，有人戲問王元化心中的戀人，王元化說：「我喜歡張可。」張可聞之不悅，質問王元化什麼意思，王元化語塞。八年抗戰，無心婚戀，抗戰勝利前夕，有些追求她的人問她屬意於誰，張可坦然地說：「王元化。」以基督教儀式結婚。其時王元化在北平的一所國立大學任教，婚後攜張可到北平居住。但張可住不慣，說北平太荒涼，便又一起返回上海。

一九四九年五月上海解放，這兩位年富力強而又頗有資歷的共產黨人勢必都要參加比較重要的工作，但他們心中的文學寄託，在於契訶夫、羅曼・羅蘭、狄更斯、莎士比亞，生怕複雜的人事關係、繁重的行政事務和應時的通俗需要消解了心中的文學夢，再加上已有孩子，決定只讓王元化一人外出工作，張可脫離組織關係。

因胡風冤案牽涉，一九五五年六月王元化被隔離，還在幼稚園小班的孩子張著驚恐萬狀的眼睛看著父親被拉走。關押地不斷轉換，張可為尋回丈夫，不斷上訪。王元化被關押到一九五七年二月才釋放。釋放後的王元化精神受到嚴重創傷，幻聽幻覺，真假難辨，靠張可慢慢調養，求醫問藥，一年後基本恢復。當時王元化沒有薪水，為補貼家用，替書店翻譯書稿，後又與張可一起研究莎士比亞，翻譯西方莎學評論。張可還用娟秀的毛筆小楷抄寫了王元化《論莎士比亞四大悲劇》和其他手稿。

三年自然災害期間，王元化曾患肝炎，張可盡力張羅，居然沒有讓王元化感到過家庭生活的艱難。「文革」災難中，兩人都成為打擊對象，漫漫苦痛，不言而喻。「文革」結束之後，王元化冤案平反在即，一九七九年六月，張可突然中風，至今無法全然恢復。

一九七九年十一月，王元化徹底平反，不久，擔任上海市委宣傳部門主要領導職務。

王元化對妻子的基本評價：「張可心裡似乎不懂得恨。我沒有一次看見過她以疾言厲色的態度對人，也沒有一次看見過她用強烈的字眼說話。總是那樣溫良、謙和、寬厚。從反胡風到她得病前的二十三年漫長歲月裡，我的坎坷命運給她帶來了無窮傷害，她都默默地忍受了。人遭到屈辱總是敏感的，對於任何一個不易察覺的埋怨眼神，一種悄悄表示不滿的臉色，都會感應到。但她卻始終沒有這種情緒的流露，這不是任何因丈夫牽連而遭受磨難的妻子都能做到的，因為她無法依靠思想或意志的力量來強制自然迸發的感情，只有聽憑仁慈天性的引導，才能臻於這種超凡絕塵之境。

王元化又說：「當時四周一片冰冷，唯一可靠的是家庭。如果她想與我劃出一點界限，我肯定早就完了。」

我把王元化先生親筆寫下的這篇千字文放在《長者》的第六節，說明是他親筆所寫，並用楷體字排出，區別於其他文字。文章收入書中後，王元化先生寫來一封信深表感謝。他說，張可老師已經不可能閱讀，他分三次把我的長文讀給張可老師聽，張可老師躺在床上似聽非聽，但眼角有淚。王元化先生要我再送十本書過去，後來，又要了四本。

我建議朋友們再讀一遍王元化先生所寫千字文的最後兩段，也就是從「張可心裡似乎不懂得恨」，讀到「如果她想與我劃出一點界限，我肯定早就完了」。

我在讀了好幾遍後認定，這是王元化先生畢生最好的文字。一個孤獨的丈夫吐露的生命祕密，正是人類的祕密。

不錯，人很脆弱。不管多高的官職，多大的財富，多深的學問，多廣的人脈，毀滅都輕而易舉。毀滅的前兆，是在四周一片冰冷中敏感地打量身旁的眼神，卻失望了。

王元化先生的切身感受是，在這個過程中，無論是救助者還是被救助者，思想和意志都幫不上忙，唯一的希望，是仁慈天性所指引的超凡絕塵。

因此，人生在世，必須尋找這樣的人。

同時，尋找自己內心的仁慈天性。

簡單說來，尋找「張可」，或成為「張可」。

——幽幽長者，娉娉吾師，已成寓言。

二〇一七年一月

書架上的他

一

一九八六年夏天的一個黃昏，我剛回家，媽媽就急急地告訴，有一個家鄉人打來過電話，卻猜不出那人是誰。媽媽認為，能打電話到家裡來的家鄉人，她應該都認識，今天怎麼會猜不出來？這會不會失禮？因此著急了。

那時候，我在學院裡變得很忙，生活無人照顧，媽媽每三天來我家一次，用鑰匙開了門，給我做點飯菜就鎖上門，回去照顧爸爸了，不會等我。今天等著，證明她一直為那個家鄉人而不安。

我坐下來，問媽媽，怎麼知道對方是家鄉人？

「一口老式餘姚話，怎麼不是家鄉人？」媽說。

「老式餘姚話？」我問。

「就是你外公說的那一種，連我聽起來也像是長輩，因此更怕失禮。」她說。

這下我也納悶了，抬起頭來想了想，又問媽媽：「他難道沒報個名字？」

「報了，一個奇怪的名字，他說你知道。」媽媽說。

「奇怪的名字，叫什麼？」我問。

媽媽笑了，說：「聽起來就像我們鄉下隔壁大嬸的綽號。大嬸是種落穀的，大家都叫她落穀嬸。但打電話來的是男人，怎麼也是這個名？」

落穀是家鄉對玉米的叫法，在上海叫珍珠米。

「男人自稱落穀嬸？」我這個反問一出口，立即就笑了，因為我已經知道他是誰。

我說：「媽媽，他叫陸谷孫，復旦大學的教授。」

這下媽媽奇怪了：「他滿口餘姚話在上海做教授？」

我說：「他不單單會講餘姚話，還會講上海話、普通話，而且，英語講得特別好，把外國人都嚇了一跳。」

「那他怎麼知道要給我講餘姚話？」媽媽問。

我說：「我們是老朋友，他也是餘姚人，知道你在家鄉住過，所以在電話裡一聽說是你，他就改講餘姚話了。」

「他的餘姚話怎麼這樣老派？」媽媽又問。

我說：「他出生在上海，小時候回餘姚生活過一段時間，後來又到了上海。餘姚話是他的一種記憶，存放在那裡，就捂老了。」

媽媽笑了，說：「那你趕快給人家回個電話。」

我說：「我過一會兒就打。」

——這件電話往事，我很早就寫在長文〈鄉關何處〉裡邊。後來陸谷孫先生在復旦大學主持我的演講，我一開頭又說了這件事，聽講的學生笑得很開心。陸谷孫先生在臺上也笑著說：「因為你那篇〈鄉關何處〉，問我的人不下於一百個，至少一半是浙江人。」

今天我再寫這件往事，心中頗為傷感，因為陸谷孫先生已在二〇一六年七月二十八日去世，離那個電話，恰好整整三十年。

三十年是段不短的歷史，而這三十年的變化又是如此之大，真是難於表述。這篇文章的題目，本想用〈三十年前的一個電話〉，卻又覺得太纖巧、太私人化了。

其實由於文化著力點不同，我與陸谷孫先生的私人交往並不頻繁。只是互相確認是「老朋友」，復旦大學要我做什麼事，總會請他出面，而只要他出面了，我也立即答應，如此而已。比「君子之交淡如水」的說法，要濃一點。

但是，在他去世之後我幾度回想，覺得我們兩人之間的那些交往，也能從一個側面反映當代中國知識份子在歷史轉折時期的一些境遇，以前不會出現，以後也不會再有。因此，不妨寫一寫，也算留下一點資料。

二

我初次認識陸谷孫先生，比那個電話還早了十幾年，也與家鄉餘姚有關。

那應該是一九七三年吧，「文革」還在繼續，但風向有了改變。中國已經被暴虐的政治運動拖得筋疲力盡，近於崩潰，政治老人死的死，逃的逃，病的病，不得不轉向了。於是以最高規格接待美國總統，又熱熱鬧鬧地重返聯合國。這一下，就必須以最快的速度搶救外語、搶救教育、搶救教材、搶救人才了。

高校教師本來已發配到農村勞動，也都責令立即返校從事搶救工作。於是，陸谷孫先生被指派參加了一個由各校混合組成的詞典編寫組，我則被指派參加了一個同樣同由各校混合組成的教材編寫組。

我所在的教材編寫組設在復旦大學學生宿舍十一號樓底樓的幾間簡陋屋子裡，我分到的任務極少，不到三天就做完了。但我還是天天去圖書館，因為當時我已經悄悄在編一部更大的教材《世界戲劇學》，復旦大學圖書館的外文資料比較豐富。

圖書館離外語系不遠，我每次離開圖書館後都會順便到外語系看望翁義欽先生。他的夫人張立里女士也是餘姚人，我們早就熟識。

餘姚人見面總會大談餘姚，張立里女士也不例外。話題從楊梅、水磨年糕到王陽明、黃宗羲，當然，也少不了上海各校著名教師中的餘姚人。在把餘姚人胡亂吹捧一番之後，我們又產生了擔憂，似乎很多人會來冒充。張立里女士說，早有一個辦法可以識別，那就是說一句外地人不可能聽懂、餘姚人卻全都知道的土話，扔給對方。這句土話我只能用拼音來勉強摹聲：zao hedi fongfong ge，意思是：灶塘邊很髒。

翁義欽、張立里夫婦與我如此談餘姚，是想轉移我的心情。他們知道我家遭了大禍，爸爸早被關押，叔叔已被逼死，全家衣食無著，而我是大兒子，要承擔。每隔幾天，翁義欽先生都會拉我到教師食堂吃飯，讓我補充營養。教師食堂比我平日去的學生食堂要好一點，但也是一人一菜，很儉樸。翁先生幾乎每次都給我買一盆「大蔥炒豬肝」，在當時算是最好的了。

有一次，我們兩人並排坐著吃飯，翁先生突然站起來給我介紹一位外文系教師，說他也是餘姚人，正在編英漢詞典，叫陸谷孫。陸先生非常熱情地與我握手，我問他們的詞典編寫組在哪間宿舍，心想什麼時候去找他，說說灶塘邊髒不髒的事，但主要是編寫《世界戲劇學》時有一些英語翻譯上的疑難想去請教。但聽起來，他們的詞典編寫組設在校外，好像是在淮海中路，按照當時的交通條件，離復旦大學很遠。

後來在圖書館又見到過幾次陸先生，但都是他與幾個人一起來的，我與他打了招呼，卻不便當著那麼多人的面說《世界戲劇學》的事，因為當時編這樣的書還是犯忌的。

三

與陸谷孫先生的正式交往是在一九八四年。那時，「文革」結束已經有七、八年了，一切都發生了翻天覆地的變化，我的《世界戲劇學》也早已出版，並獲得了全國大獎。但當時各單位還在忙著安排老幹部、老前輩，作為青年教師並沒有地位。那天，院部通知我，有一位加拿大的戲劇專家要訪問學院，由幾位老幹部接待，但翻譯人員提出，有一些戲劇學的專用詞彙他翻不出來，希望我能到場幫助。於是，我就與翻譯人員一起，坐到了沙發背後。

加拿大的專家來了，居然是一位華人，講一口流暢的漢語，根本用不著翻譯。我發現，陪著這位加拿大專家來的，就是陸谷孫先生，但他並沒有注意到沙發背後的我。

那位專家與老幹部談不起來，客氣地胡扯了一會兒要起身離開，便與主人一一握手告別。最後，出於禮貌又與沙發背後的翻譯人員和我來握手。我在握手時也出於禮貌，輕聲介紹了自己的名字，沒想到那位專家突然停住，請我再說一遍。

「你，就是那部巨著的作者？」他誇張地問。

我點了點頭。

「為了找你，我跑了半個地球！」他更誇張地提高了聲調。

然後他轉身向陸谷孫先生介紹了我的《世界戲劇學》，句句都是我承受不住的讚美。

陸谷孫先生當時還沒有讀過《世界戲劇學》，卻立即認出了我，握住我的手說：「哈哈，是你！」又轉身對加拿大專家說：「這是我的同鄉兼老友，今天你沒有白來吧？」

「沒有白來，沒有白來！」專家一個勁地笑。

其實，這些年我早已從復旦大學一些朋友那裡知道了陸谷孫先生取得的學術成果。

他主編的《新英漢詞典》出版後，國內外反響熱烈。一九八二年八月他又與北京大學楊周翰先生一起到英國參加莎士比亞國際討論會，他發表的演講廣受各國專家好評。各國專家驚訝，這位中國學者並沒有出國留過學，為什麼能講這麼漂亮、典雅的英語，而且又掌握了那麼多國際間的專業資料？

當然，我也聽說了，就在不久前，美國總統雷根訪華時到復旦大學聽了他用英語講授莎士比亞的課。這事影響很大，更何況雷根是演員出身，當著他的面講莎士比亞，十分刺激。

那位加拿大戲劇專家自我介紹時說了一個比較通用的名字，聽了也沒怎麼上心。陸谷孫先生回去後倒是仔細讀了我的《世界戲劇學》，開始與我認真交往起來。他告訴我，很快要作為傅爾布萊特訪問學者到美國研修一年，問我今後有沒有興趣也沾一下傅爾布萊特的邊。

我說現在還沒有這個計畫，因為我手上有三部寫了多年的學術著作要結稿出版，忙不過來。

記得他逗留在美國的時間，是從一九八四年到一九八五年。這期間，我的那三部學術著作《中國戲劇史》、《藝術創造學》、《觀眾心理學》都一一出版了。這實在有點不容易，因為這些著作雖然在書名上看不出任何挑戰性，但在內容上卻比較徹底地改寫了原來全國推行的權威教材和「部頒教材」，系統地介紹了國際人文思維，建立了自己的結構。因此，出版前幾乎每一輪審稿都難以通過。

但是，這真是可愛的八十年代，在一片除弊立新的激情中，一切障礙都快速排除，這些著作不僅出版，還不斷獲獎。加上以前那部在災難時期動筆的《世界戲劇學》，我被國家人事部、國家文化部聯合授予「國家級突出貢獻專家」稱號。由於全國一共才十五名，產生了不小的社會影響。十五名中，我最年輕，但也已經三十九歲。國家原想在「中青年專家」的範圍內評選，卻由於十年浩劫的耽誤，都超齡了。

我從北京領獎回到上海，就收到一封有趣的短信，開頭只是大大地寫著「名至實歸」四個字，下面卻用漂亮的英文字寫了我所獲得的稱號的準確譯法，說是供我在印名片時採用。

署名是「谷孫」，我這才知道，他從傅爾布萊特回來了。

四

從美國回來的陸谷孫先生，在當時的重要性已經出乎他自己的意料。他被歷史，放置到了一個重要的文化地位上。

這是因為，到了一九八五年，誰都看出來了，中國向世界開放的勢頭已不可逆轉。因此，英語，已經從一種技術性工具上升為世代性文化。文化總要尋找代表，通觀海內外，能夠把英語文化和中華文化精密熔鑄的當代權威是誰？

面對這個躲不開的問題，人們也許能舉出幾位年邁前輩的名字，但這些前輩留下的，主要是精緻的小文化，而不是普及的大文化。哪像陸谷孫先生，憑著幾乎無遠弗屆的《新英漢詞典》，成了當代無數中國人走向世界的「日夜導師」。反過來說，編英漢詞典的專家也不少，卻又有誰像他那樣，長期在名校的講壇上娓娓品談英美散文、莎士比亞，主持講座而風靡全校？

因此，陸谷孫先生成了一個很難替代的文化代表。

把一個外文系教授說成是文化代表，往往是就外文而言的，但陸谷孫先生對中國文化的浸潤，使他具有了「雙重代表」的身分。依我的觀察，他除了對中國傳統的人格風範有一種整體親近外，還受到了清中期以來江南名士筆墨和五四以來京滬文人隨筆的不小影響。在中文上，他恰恰與那些「洋派文風」沾不上邊。這一來，使他在「雙重代表」的身分上，顯得兩相純粹，相得益彰。

這樣一位文化人，即使不是出現在一個文明古國突然開放時期，也會是傑出的，何況他恰恰碰到了這樣的時期。他面臨著自己的前輩和學生都不可能遇到的景象：一條條不同時代、不同空間的線索，都飄到他跟前，在他的衣扣上打了結。例如，他經常告訴我：梁實秋編的《遠東漢英大辭典》由於年代久遠需要修訂，集團老闆找到了他；甚至，有國際宗教團體與他商量，能不能用最標準的中文來重譯《聖經》……。其實很多事情都難以實現，但歷史出現了各種可能，都在向他招手。

五

飄到眼前的，還有其他一些線索，也是來自於不同時代，不同空間。

例如，海外的華裔學者很不習慣中國內地出現了水準高於他們的英語專家；國內的教學界同行很不習慣那麼多榮譽集中滑向幾個年紀不老的教師；其他辭書編寫者不相信這部詞典發行量超過千萬冊居然沒有炒作行為；出版社和相關單位永遠在苦惱該不該向辭書編寫者支付相應的高額報酬……

這些問題，現在說起來輕鬆，其實每次出現時都讓人相當鬱悶。

有一次陸谷孫先生與我高興聊天時突然想到了一件事，便放低了聲調，換了不悅的語氣。他說，有幾個人一直在向上面寫控告信，說《新英漢詞典》是在「文革」中編成的，是「文革產品」。有人更是一條條地舉報，例句裡有一些當時的語言。因此，一九八五年出「增補本」時不得不在書前聲明「更換了政治思想內容明顯不妥以及語言上有缺陷的例證」。陸谷孫先生說，這些控告者，恰恰就是在「文革」災難中向造反派掌權者控告我們「收羅大量西方語言垃圾」的人。

我一聽就笑了：「對，就是這批人！我在災難中編寫的教材《世界戲劇學》，也被揭發是『文革寫作』，揭發者就是當初反對復課、反對編教材的人。但我絕對不與他們囉嗦，因為他們成不了氣候。」

我當時很樂觀，卻沒想到後來他們還是成氣候了，而且把我當作了一個箭靶。

當時我並沒有這種預感，只把話題引向了陸谷孫先生在香港遇到的一些不愉快。好像是一家出版社邀請陸先生去的，但他們並不清楚陸先生的高度，只讓他做一些翻譯、編寫之類的普通事務，卻不讓別的文化單位接近陸先生。如果被邀請一次，還要來苛扣報酬。

我告訴陸先生，當時我也在香港，在一所大學做訪問學者，卻不知道他在受氣。香港有些教授當時面對內地學者頗為趾高氣揚，可惜讓我瞟見了，他們的書桌上都放著陸谷孫先生編的詞典。有一次一個香港教授對我們顯擺著中英文混搭的奇怪語言，還裝模作樣地拍拍書桌上的詞典，證明自己言必有據。我看不過，便輕聲插了一句：「這詞典是我的朋友編的，還好用嗎？」

「你朋友編的？」那教授非常奇怪，但剛才那種架勢顯然被壓下去了，講話時再也不夾帶英文字。

陸先生一聽便笑了，說：「感謝你問了一個好問題：『還好用嗎？』代我向他徵求意見。」這是陸先生在閒談時慣用的「輕度反諷」。

我說：「香港教授裡也有明白人，例如翻譯家金聖華教授就誠懇地對我說，整個香港都編不出這樣一部詞典。」

二十世紀八十年代的種種遭遇，反映了歷史轉折時期的一個重大課題。所謂歷史轉折，必然帶來一系列生態轉折和目光轉折，大家都不適應。不僅轉折者不適應，而且旁觀者也不適應。這中間，包含著大量啼笑皆非的事端，首先要讓文化人的敏感神經來承受。文化人，也就在這種承受中完成了更深刻的自身轉折。

在談論不愉快的香港事件時，我曾向陸谷孫先生講述了自己很滑稽的一些經歷，以便讓他在「同病相憐」中輕鬆一點。

例如，當時為了表彰我的所謂「重大學術成就」，上海市高教系統報請上海市人事局，為我連升兩級工資，這事上海各個報紙都報導了。但事實上，我的工資也就是從月薪七十八元人民幣上升為八十七元人民幣。不久我去香港，遇到一位與我同專業的教授，他的月薪是十五萬港幣。但他並沒有寫過書，他給研究生講課用的教材，就是我的那幾部學術著作。

在臺灣就更好玩了。由於長期的政治宣傳，那裡在整體上看不起中國文化。但是，在兩岸尚未交流的時候，他們首先盜版的，就是我的那部《中國戲劇史》，卻不注明作者的地域。後來交流了，我的《文化苦旅》、《山居筆記》在那裡創造了最高發行量，甚至形成了一種公認的時尚生活方式，叫做「到綠光咖啡屋聽巴哈讀余秋雨」。但他們始終無法相信，我是在一九四九年之後才在內地開始接受教育的。因此我在那裡每次演講都會擠進來幾千人，他們想當面看看我的年歲，有沒有「民國印痕」。

有一些更大的事情，使他們尤為訝異。例如，他們幾乎不相信中國二十世紀幾項最重要的考古發掘，都是在「文革」災難中完成的，例如，兵馬俑、馬王堆、河姆渡、婦好墓等等。在他們心目中，那十年，內地人天天都在砸文物。

說了這種種事情，我得出了一個結論：文化在本性上是一種錯位。與社會潮流錯位，與政治運動錯位，與四周氣氛錯位。古今中外真正的文化，都是如此。我們過去習慣的理論正好相反，宣揚「文化呼應時勢」、「到什麼山唱什麼歌」，但那是「跟風文化」。

我看著陸先生說：「你和我，都不跟風，所以讓大家有點驚奇。」陸先生用手拍著我的肩膀說：「文化就是錯位，講得好！我的老師徐燕謀、林同濟、葛傳槼都是一種錯位存在，所以非同凡響。」

我說：「他們就像兵馬俑、馬王堆，出現得不合時宜，才讓人眼睛一亮。」

後來我與他幾度見面，還談起過「錯位」的問題。他一再說：「現在太熱鬧、太風光了，我不能順著來，還是堅持錯位，躲在一角安心編詞典。」

六

我與陸谷孫先生交往最密切的，是一九八六年。

那年，以我所在的上海戲劇學院為基地，籌辦了一次非常成功的「中國首屆莎士比亞戲劇節」。整個過程，都少不了陸先生這位真正的莎士比亞專家。上文已經提及，四年前他在英國伯明罕的莎士比亞國際討論會上宣讀的那篇論文《跨越時空的哈姆雷特》（Hamlet Across Space and Time），已經顯示中國具有舉辦這項活動的資格。

當時處處貧困，活動餘地極小，但我們卻大膽決定要在這次活動中實現三種盛大的聚集——

一，讓國際間絕大多數莎士比亞專業劇團全部聚集到上海，首先要把英國皇家莎士比亞劇團請來；

二，讓國內所有歷盡浩劫後依然健在的老一輩莎士比亞專家，全都聚集到上海，包括被毛澤東點過名而長期入獄的《李爾王》譯者孫大雨在內；

三，讓國內一批優秀的地方戲曲劇種都移植莎士比亞，然後全都聚集到上海。

這幾個目標，有一種「空前絕後的匪夷所思」，但居然全部做到了。

第一個目標，當然是求助了外交部門，但起關鍵作用的，還是陸谷孫先生。他調動了國際間的專業友人，他們比外交部門更知道專業上的高低。

第二個目標，我們諮詢了曹禺先生和黃佐臨先生，陸谷孫先生也通過楊周翰先生等前輩，轉彎抹角地聯繫。多方努力，最後全都邀請到了。

只有第三個目標，與陸谷孫先生關係不大。

我印象最深的，是孫大雨先生的到來。因為是一個久困囹圄的教授，在那個年月有一種令人尊敬的高度。他的個子也確實很高，其他前輩專家在他跟前都有點畏怯。老詩人卞之琳夠有名的了，那時也已七十六歲高齡，很想與孫大雨打個招呼，說幾句話。孫大雨也看到了，卻轉過頭去，完全不理。

我把這個情景告訴陸谷孫先生，問：「孫大雨先生和卞之琳先生是不是有過什麼糾葛？」

陸谷孫先生說：「不太清楚，但孫大雨先生的特點是看不起大多數文人。他曾宣言，全世界英語最好的是兩個人，就是邱吉爾和孫大雨。」

陸谷孫先生說這句話的時候摹仿著孫大雨的口氣，因此在說邱吉爾的名字時也用了一種漂亮而婉轉的英語讀音，以便襯托孫大雨的名字出場，而出場的名字卻又讀得故意低沉，聽起來十分有趣。我估計，陸谷孫先生未必親自聽到過孫大雨先生這麼說，而是聽他的某位老師摹仿的，而老師摹仿時也用了漂亮而婉轉的聲調。

楊周翰先生與陸谷孫先生關係親切，在整個莎士比亞戲劇節期間來了上海多次。楊先生如此高齡了還穿著牛仔褲，顯得輕盈瀟灑。我一看就笑了，因為當時上海的報紙正連續發表評論，呼籲年輕人不要穿牛仔褲，說那是「垮掉的一代」的象徵。但眼前，巍巍教授穿到這個年紀，都沒有「垮掉」。

「余先生笑什麼？」楊先生問。

我不便說牛仔褲，就把話題扯開了。楊周翰先生早已讀過我的《世界戲劇學》，我本想請教他，其中歐洲某些歷史階段的資料至今還沒有翻成中文，不知有沒有差錯，但他說：「那些階段反而不太重要，你的著作最有分量的，是對古代東方各國戲劇學的論述。」

莎士比亞戲劇節從籌備到舉行的過程中，我知道了陸谷孫先生是懂得戲劇藝術的。他對焦晃、李媛媛主演的《安東尼和克里奧佩特拉》進行了發音腔調上的指導，使之更符合這臺戲的國際氣息，效果很好。他聽到我表揚，便調皮地說，他在年輕時就在復旦演過《雷雨》，也算老演員了。

但是，說是這麼說，陸谷孫先生更偏重的，還是學術上的莎士比亞，文本上的莎士比亞，而不是舞臺上的莎士比亞。或者說，更靠近歌德所說的適於朗誦的莎士比亞。難怪後來他還用歌德的一句話作為演講標題：《莎評無盡》（Shakespeare und kein Ende，一般譯作《說不盡的莎士比亞》）。

對於歌德式的莎士比亞和舞臺上的莎士比亞，我在《觀眾心理學》一書中有過專門論述。

對我而言，兩頭都有興趣，但更偏重的是舞臺上的莎士比亞。這種區別可以變得很具體，例如，這次由陸谷孫先生通過英國友人輾轉邀請來的英國皇家莎士比亞劇團，在演出時居然男女演員一律穿當代牛仔裝。這對陸谷孫先生來說實在有點不習慣，而我卻激動不已。陸先生問我激動的原因，我說：「只有這種遊戲式的穿越，才能證明莎士比亞的當代精神。」陸先生輕輕點頭，但顯然還是有不少猶疑。

同樣，中國各地方戲曲劇種搬演莎士比亞，往往在時代背景、歷史風格、人物定位上與原劇有不少差異，這也讓陸先生皺眉。但是這種差異，反而驗證著莎士比亞的博大，博大到有可能超越英倫文化，超越種種時空界線，就像尼采在《悲劇的誕生》中描述過的醉意狂歡，從本質上合乎藝術的終極天性。

然而，我覺得在這個問題上陸谷孫先生與我的分歧是必須存在的。「說不盡的莎士比亞」，這才符合多元文化的本義。因此，莎士比亞在復旦大學和上海戲劇學院，本應是不同的形象。

讓我高興的是，在中國首屆莎士比亞戲劇節期間，整個上海的大街小巷都激動了。例如我看見某個晚上，著名導演胡偉民先生剛剛在九江路的人民大舞臺為越劇《第十二夜》謝了幕，立即要跨上自行車飛馳到黃河路的長江劇場，為話劇《安東尼和克里奧佩特拉》謝幕。這還只是在說一個導演，而當時上海每夜演出的莎士比亞，總有幾十臺，臺臺觀眾爆滿。全國戲劇界人士，都紛紛到上海觀摩。上海市民更是傾心投入，通宵排隊買票。我想不起此前和此後，國內還有哪次文化活動，在實際影響力上超過這十幾天在上海的文化大聚集。

我是中國首屆莎士比亞戲劇節的學術委員會主席。在戲劇節期間成立的中國莎士比亞研究會，陸谷孫先生任副會長，會長是曹禺先生。

七

也在一九八六年，由於在國家文化部連續三次的全院民意測驗中都名列第一，我被迫擔任上海戲劇學院副院長、院長。本來我推拒再三，但上海市教育委員會的領導胡志宏先生前來勸說：「經過十年動亂，各個文化教育單位都爾虞我詐，難得有一個人竟三次第一，你不為蒼天為蒼生。如果你同意，我申請調到你的學院，來做你的副手。」這話，實在有點難於抵擋。

我打電話與陸谷孫先生商量，他說他認識胡志宏先生，並不熟，但就憑那句不為蒼天為蒼生，就憑身為上海市教育委員會的領導卻要主動調職來擔任你的副手，如果真的做到了，就可以擔任。

當然，還有一些別的因素，使我最終接受了任命。胡志宏先生果然來了，擔任書記，但當時高校的體制是校長負責制，書記只是配合，而我們兩人又親如兄弟，毫無矛盾，工作極有效率。正是效率，使我把繁忙當做了樂趣，原來的老友已經沒有時間交往。

但是，終於有一件難事，還是要麻煩陸谷孫先生。

我們學院有一位老教師，是從美國耶魯大學戲劇系留學回來的，據說回來時與錢學森先生坐的是同一艘輪船，因此資歷足夠。但是，直到我擔任院長，他還沒有評上副教授。這好像是太怠慢他了，旁人一聽都會為他叫屈。我親自查了他的專業檔案，發現他幾十年來既沒有上過課，也沒有寫過書，更沒有排過戲，只留下一些凌亂的英文筆記，裝訂成冊。我翻了一下，那些英文筆記也只是一些片段抄錄，沒有任何自己的觀點。麻煩的是，他幾十年來不斷地給中央寫信，控訴自己在職稱上的不公平待遇。哪位領導最大，就寫給哪位。

中央領導的辦公室人員一看是耶魯的留學生，與錢學森一起回國，都當做一件大事，立即批覆督辦。這些批覆，一看能嚇人一跳，因為毛、劉、周的辦公室都有，我收到的，發自鄧的辦公室。

我研究了整個過程，突然對我的歷屆前任院長產生了某種感動。不就是一個小小的「副教授」職稱麼，且不說耶魯、錢學森了，就看那麼多最高領導辦公室的批覆，竟然都一步不讓。他們對教師資職的堅守，令我佩服。這事拖了那麼久，應該在我手上做一個了結。

但是，我畢竟比歷屆前任院長更有「危機處理」的能力。我想，這件事情的混亂，在於一連串的外在重量，我們應該全部擱置，直取終極尺規。終極尺規很小，就是那一冊作為唯一「業務成績」的英文筆記。只要這一終極尺規打理清楚了，其他外在尺規再炫目，也可以一一排除。那冊英文筆記，我已經翻閱了，但我這個院長的分量還不足以對峙耶魯的學歷。因此，應該由公認的英語權威人士對這冊英語筆記作一個明確鑑定。以後再有上級的批覆下達，就把這個鑑定拿出來。

這位權威人士，當然就是陸谷孫先生。連美國總統訪華時都樂顛顛地來聽他的課，耶魯的學歷又能怎麼樣？

我立即給陸谷孫先生打了電話，只說請他參加一次特殊的評審，卻沒有說具體情況。他立刻回答：「院長有召，敢不從命？」

我隨即吩咐教務長臨時組建一個由陸谷孫先生掛帥的專項評審組，再從兩所不同的大學找兩位懂戲劇的英語教授，一起參加。

由於多時未見，那天我見到陸谷孫先生分外親切，他也對我的工作、身體問長問短。評審開始後，當時出現的情景今天回憶起來，還歷歷在目。

工作人員把那冊英語筆記遞給陸先生，陸先生鄭重地打開。但是，看了幾行，便抬頭看了一眼我們學院的教務長，然後就急急地翻頁。翻頁不久又翻頁，愈翻愈快，最後合攏筆記，對教務長說：「英文材料不用看了，只能算作零，看中文材料吧。」他邊說，邊把那本英文筆記遞給另外兩位教授。

教務長則告訴陸先生：「沒有中文材料。」

「沒有中文材料？就憑這本東西？」陸先生深感不解，就轉過身來看我，我這才把事情的來龍去脈簡單介紹了一下。

正好另外兩位教授也把那冊英語筆記翻完了，說：「不要說觀點，連完整的句子都很少」，「想找一段短文都找不出來」，「是不是精神有點問題？」

於是，我對陸先生說，請他們作一個明確而又簡短的學術鑑定。

陸谷孫先生二話不說，就要了一張白紙寫了起來。寫了大半頁，遞給另外兩位教授過目，然後，三位一起簽字。

這下，我就站起身來對三位教授深深道歉。他們那麼遠的路趕來，只是看這麼一份東西，真不應該，但他們的鑑定，實在是解決了我們學院幾十年來一個不大不小的難題。

我還對教務長說，可以把這份鑑定書給那位先生過目，並告訴他簽字教授的單位和身分，順便送一本陸谷孫先生編的英漢詞典給他。

果然，那人再也不向中央寫控訴信了。

八

此後，我與陸谷孫先生的聯繫愈來愈少。原因是行政工作有一種很難擺脫的自身邏輯，就像已經轉動起來的大水輪，上面的水流時時不斷地沖灌下來，下面的軸盤和石磨一刻也不能停息。如果見了老朋友，匆匆招呼後又匆匆離開，反而會讓朋友生疑，那就不如不見，等待餘暇的出現。只是，餘暇一直沒有出現，時間一長，覺得再見面也不知從何說起了。

但是，陸谷孫先生的形象卻經常出現在眼前，這有一個具體原因，那就是我還經常在用他的詞典。每次合攏詞典時，總會想起他幾次對我說的話：「一個個單詞，都是我一根根白髮換來的，你看我，已經徹底白頭，就像頭上頂著一部抖落了文字的空詞典。」

我經常想，此刻，他還在編。他對我說過，《新英漢詞典》還是太小了，應該大大擴充，同時，還要編一部像樣的漢英詞典。這麼熱鬧的天地，他仍然安靜地躲在一角，堅守著我所說的「錯位」。

他的這個形象，一直提醒著我。我暗下決心，要盡快辭職，也去做一件「錯位」的大事。

後來發生的事情，大家都知道了。我在一大堆更高的職位向我招手的時候斷然辭職，辭了整整二十三次才被批准。辭職後獨自一人去了西北高原，開始對所有重大的文化遺址進行實地考察。我在這之後的長年處境，比陸谷孫先生編詞典更冷僻、更孤寂了。

沒想到，冷僻和孤寂換來了兩番奇異的火燙。第一番火燙，是我在考察途中所寫的書籍在海內外空前暢銷；第二番火燙，是辭職和暢銷所帶來的名譽，引發了空前的誹謗。

一個遭受誹謗的人，想得最多的不是誹謗者，而是朋友。知道朋友一定看到了誹謗，卻不便來詢問，而自己也不便去解釋。最好的朋友會設法來安慰，卻又怕不適當的安慰傷及對方自尊，真是千難萬難。

終於，我家的電話響了。陸谷孫先生在千難萬難中要向我送話，但他只是平靜地說：「秋雨，請聽我讀兩句唐詩，兩岸猿聲啼不住，輕舟已過萬重山。」說完，電話就掛了。

他明白，我不願意向他解釋什麼，因此免去了我的回答。

幾個月後，他還來過一個電話，估計又讀到了幾篇誹謗文章。他重複著上一個電話：「秋雨，記住，輕舟已過萬重山。」這次，他連猴兒也不提了。

他沒有讓我在電話裡回答，我就採用了另一種回答方式，那就是連續不斷地發表新作品，讓他覺得，我連關注誹謗的時間都沒有。

其實這倒是事實，我從來不讀那些誹謗文章，心情比他想像的要輕鬆得多。

九

終於接到了他不必再借用唐詩的一個長長的電話，那已經是一九九六年六月份了。

他告訴我兩件事，一是《英漢大詞典》已經編出來了，他要送我一部；二是他在復旦大學主辦了一個叫做「白菜與國王」的名家講座，讓我一定要去講一次。

「白菜與國王？這個名稱很有童話意味，對演講有特殊要求吧？」我問。

他說：「這名稱確實來自童話《愛麗絲漫遊奇境記》，有趣而已，對演講沒有特殊要求。據說這些年我們復旦請你來演講，好幾次都被你拒絕了，他們打聽到我們是老朋友，要我出面，我拍了胸脯。」

當然，我不可能拒絕他。

說起來，我與復旦大學有很深的緣分。前面說過，在災難時期，我在復旦圖書館外文書庫收集了不少《世界戲劇學》的資料，又擁有翁義欽先生這樣每隔幾天讓我飽餐一頓的朋友。新時期開始以後，我在未擔任過一天「副教授」的情況下，直接破格升任當時全國最年輕的文科正教授，這種破格升任需要有最高學術層級的強力推薦，我的推薦者除了王元化先生外，其他幾位都是復旦教授，例如蔣孔陽先生、伍蠡甫先生等等。後來，我又擔任了復旦大學美學專業博士生論文答辯委員會主席。因此，每有復旦邀請我演講，我總是欣然前往。

復旦學生對我更是熱情，每次演講都人山人海。有一次演講後還是六名保安人員把我從人堆裡搶救出來的，我那時已被擠倒在地下動彈不得。後來我覺得有點奇怪，為什麼每次演講都選在每年的九月十八日？問了熟人才知，那一天復旦學生必定會舉行紀念抗日的遊行，學校怕失控，就用我的演講來「轉移情緒」。我一聽就覺得不對了，我的演講不應起這種作用，所以開始婉拒。

陸先生邀我演講的時間是六月分，他又不可能有什麼「轉移」的企圖，我就去了。演講是陸谷孫先生親自主持的，他的出場已經引來歡呼和掌聲。我因為多年不來，學生當然也熱情得出格。記得陸谷孫先生在作演講總結時說的最後一句話是：「今天的火爆情景證明，確實再也不能請余先生來演講了。」

過了兩年，我又收到陸谷孫先生的電話。他說：「復旦總想與你有更多的關係，但你總是推推託託。這次，是楊福家校長親自找到了我，他想請你吃頓飯，由我作陪，希望由校長直接續聘你為兼任教授，你以後就不好再推託了。」

那頓飯就是三個人，談得很開心。吃了一會兒，楊福家校長像是突然想起了什麼，從包裡拿出一份紫紅絲絨面的聘書，站起來交到我眼前。我也立即站起來，搓一搓已經油膩了的手趕快接過。陸谷孫先生笑著拍了三下掌，算是完成了一個儀式。

接著又坐下吃飯，陸谷孫先生向楊校長介紹了我以前的那個說法：「文化是對社會潮流的錯位」，楊校長聽了點頭，但還沒有完全明白我的意思。我說，我願意把這個問題說得更充分一點。當年胡適之先生把新文化運動分為談「主義」和談「問題」兩派，他自己是「問題」派。但是，真正的文化是連「問題」也不談的，只著力基礎建設。「主義」和「問題」，在文化上都只是潮流而已，哪裡比得上基礎建設？

我說，陸谷孫先生編了一部又一部大詞典，就是基礎建設。我的學術著作、文化考察，也算是基礎建設。在很多人看來，我們那麼多年既沒有驚世觀點，又沒有尖銳批判，是落伍。他們不知道，我們選擇的文化，就是一枝安靜的筆，是一雙孤獨的腳，卻又龐大到永遠無法完成。無法完成，還不離不棄。

楊校長說，在這方面，復旦的理工科比較好，文科就比較鬧。

我說，最近幾年我也發現，復旦文科的一些畢業生在上海和廣州的報刊上太熱中談「問題」了，其實只是小圈子裡的互相喝采，又愈談愈乖戾。應該讓他們學習陸谷孫先生和章培恒先生，投入基礎建設。中國當代文化，少的是基礎。

陸谷孫先生在一邊附和我，說：「確實，復旦浮躁了，嚴重浮躁了。」

那次聚餐告別時，陸先生還問候了我的媽媽，他還記得那個電話。

十

在那次三人聚餐後不久，我開始了更大規模的文化考察。那就是幾度貼地穿行幾萬公里，尋訪人類一切重大文明的遺址。那些地區集中著大量恐怖主義武裝，處處都有生命的危險，我是國際間第一個走完全程的文化學者。由我取得這個資格具有文化上的合理性，因為我背靠的中華文化是曾經與那些重大文明共存於世而又至今未潰的唯一倖存者。然後，我又走遍了歐洲文明的任何一個穴點和拐點。全程都有文字記錄發表，走完後又到聯合國和美國各大學演講，報告我的考察結論。

在這個漫漫長程中，我再也沒有機會到復旦大學探望陸谷孫先生。

從表面看，他埋首詞典，我縱橫萬里，完全是兩種風範。其實，我在驚悚不已的陌路，在不知停步還是前進的關口，腦子中老是會蹦出陸先生所喜歡的一些英語短句。例如count myself a king of infinite space, across space and time等等。是啊，空間，沒有邊沿的空間，我為什麼不能自命為空間之王，還連帶著時間？自許，自認，然後橫穿一切，這是他內心的聲音，我正在遠方步步實踐。

我離開那個既裝腔作勢又不肯吃苦的文化圈子愈來愈遠了，覺得神清氣爽。相比之下，素來安靜的陸谷孫先生似乎愈來愈忙了。他淡泊名利，但是，一直有那麼多重大獎項、教育職務、緊要翻譯追蹤著他。他是一個「耳順」了的大好人，很難拒絕，只求在熱鬧中保持一份人格獨立的風骨。這很不容易，但他做到了。

繁忙中的時間總是過得飛快。有一年我和楊福家校長一起被澳門科技大學授予榮譽博士的稱號，兩人見面後一算大吃一驚，居然離那次三人聚餐已經過了整整十二年。

我向楊校長道歉，自從那天他發給我聘書之後，我仍然沒有為復旦做任何事情，因為一直身在萬里之外。楊校長笑著說：「這我就管不著了，早已不做復旦校長。」

我知道他到英國一所大學做了校長，順便就問起在那裡的治校方式。楊校長說：「沒有專業問題，只有語言問題。我的英語，說比聽容易。說，可以揀自己會的說，聽就沒譜了。」一提英語，立即又想起了陸谷孫先生。

楊校長說：「陸先生正趕著編寫《中華漢英大詞典》，又是一項重大的文化基礎建設。什麼時候，我們三個人再聚聚吧。」

但是，想聚就聚，是要有條件的。例如，一要年輕，二要不忙。上了年紀的忙人，很難找到這樣的機會。

我與陸谷孫先生，曾經如此友好，後來那麼多年，彼此老掛念著，卻很少有機會見面。現在，再也沒有機會了。

然而，文化不死，他一直在我的書架上。

他曾說，詞典上的一個個單詞，都是他用一根根白髮換來的。他還說，他的滿頭白髮，是抖落了文字的「空詞典」。黑的字，白的頭髮，交錯在一起，我眼前出現了一個黑白恍惚的面影，抽象地在書架上沉默。

這個面影，捂住了一層層漂亮的倫敦口音、上海口音、餘姚口音，卻不再作聲。不再作聲，也不再蒼老，但應該還有靈魂。

在這裡，不妨重讀他生前寫下的一段話：

有時感到自己肉身可以留在地面，元神可以跳到太空，懸停上方，俯視人間……

那麼，在他的那些詞典和書籍間，必有元神在俯視。我每次在書架前抬頭，總會讓目光稍稍停留，體會生命的短暫和悠長，感歎友情的堅實和淒傷，領受文化的冷寂和悲壯。

二〇一六年十二月三十日

欠君三拜

一

只在二十八年前，與你無語地點過一次頭。因此，很難說認識你。

近年來，我很想來拜訪一次，當面說一聲「謝謝」。但又覺得這樣不夠，應該請你吃一頓飯，並在席間站起身來，說明請你吃飯的理由，然後向你深深作三個揖。這在古代，叫做「拜謝」。

這事需要有人聯絡，否則就有點冒昧。聯絡人終於找到了，那就是復旦大學出版社的董事長賀聖遂先生。他一聽，很願意充當東道主。我說，東道主只能是我，他負責拉線搭橋。

賀先生是一個令人快樂的情義中人，說起你，就兩眼發光，滔滔不絕地介紹起你的成就、為人和酒量。那正好也是一個聚餐的場合，他既然說到了你的酒量，也就興奮地舉起了酒杯，才幾杯就醉了。

幾次邀他聚餐，原來都是為了商量在什麼時間、什麼地點拜謝你，但他每次都醉得那麼酣暢，因此一直定不下來。

我以為，總有時間。心想不妨讓他在每次醉前多介紹你幾句，也好使我當面拜謝時增加一些話題。

事情就這麼拖了下來。

而我，則一直沒有向賀聖遂先生說明，為什麼要拜謝你。

終於，到了可恨的二〇一一年六月七日，那個漆黑的凌晨。我沒有來得及向你拜謝，你就離開了這個世界。

得知噩耗那天我站到窗口看著雲天，然後輕輕地搖了搖頭，在心裡說一聲：「欠君三拜。」

——上面所說的這個「君」，是誰？

二

是我國當代著名文史學家章培恒教授。

熟悉我文風的讀者都知道，我筆端空曠，從不膩情，但這次，是怎麼了？

原因是，我欠得奇特，又失之瞬間。

由此可見，天下一切感謝，都要及時。

天下之謝，分很多等級。其中稱得上「重謝」的，也分五級，逐級遞升。

第一級，謝其厚賜；

第二級，謝其提攜；

第三級，謝其解困；

第四級，謝其一再解難解之困；

第五級，謝其一再解難解之困而並不相識。

我對章培恒教授的感謝，屬於第五級，也就是最高級。

這裡有一個關鍵字彙——「難解之困」，必須認真作一點解釋。

那就讓我先把章培恒教授讓過一邊，繞一個道兒再來請出他吧。

三

飢寒交迫、路斷橋塌，難不難？難。但難得明確，難得乾脆，難得單純，因此還不是最難。最難的是有人當眾向你提出一系列問題，你明知答案卻不能回答。因此眾人對你懷疑、起鬨、追逼、嘲笑、投汙，你還是不能回答。

例如，在極左年代，一個著名的國際刑偵專家因為被懷疑是「西方特務」而被發配到一家工廠燒鍋爐。鍋爐房裡經常出現一些小物件如手套、茶杯失竊的瑣事，大家要他偵查，他都寂然沉默，全廠便傳開了一種輿論：「什麼專家？一個笨瓜！」直到兩年後發生了一宗極為重大的國家安全案件，中央政府著急地到處尋找他，他才離開鍋爐房，去了北京，並快速偵破。

後來他被問起鍋爐房裡寂然沉默的原因，只淡淡說了一句：「人是平等的，但專業是分等級的。真正的將軍、元帥，都不擅長街市毆鬥。」

又如，「文革」災難中造反派歹徒發起過一個「考教授」的運動。醫院裡的醫學權威都被趕進了考場，被要求回答打針、抽血、消毒等一系列只需要護士操作的技術問題。大學裡的著名教授也都被集中起來，接到了「革命群眾」出的一大堆所謂「文史知識」考題。很快造反派歹徒宣布，這些權威和教授「全是草包」。後來終於傳出消息，那些「考卷」幾乎都是空白。

這兩個例子說明，一切自立的人，不必回答別人提出的一切問題。選擇問題，就是選擇人生。

以前我也曾相信過「無事不可對人言」、「群眾的眼睛是雪亮的」、「真理愈辯愈明」、「勇於回答一切問題」、「真相終究大白於天下」之類的格言。等漸漸長大才知道，完全不是那麼回事。很多問題，在設定之初就是陷阱，一旦開口回答，就會愈陷愈深。

我也曾設想，在當事人不便回答的時候，是否能出現另一種聲音，讓周圍很多無知的人醒悟：沉默不僅僅是沉默，空白不僅僅是空白。但這很難，當「民間法庭」大行其道，各種「判官」大呼小叫，媒體輿論助紂為虐，如果發出另一種聲音，頃刻就會被淹沒掉。

因此，如果真要發出這種聲音，必須有足夠的勇敢、充盈的道義，又全然不計利鈍。

說到這裡，我們已漸漸靠近了章培恒教授。

四

問題出在我身上。那年我遇到了難解之困。

我由於受那位國際刑偵專家和那批繳白卷教授的影響很深，歷來不願意回答一切等級不對或來路不明的問題。近年來，不少文化傳媒為了從負面刺激讀者，已經習慣於把提問的品格降到最低，並且把提問變成了逼問。後來，又把逼問變成了審判。我一如既往，連眼角也不會去掃一掃。

但是，也有讓我左右為難的時候。

二〇〇三年，上海有一個人聲稱從我的《文化苦旅》裡「咬」出不少「文史差錯」，便寫成一本書。這本書立即進入亞洲暢銷排行榜，全國一百五十多家報刊熱烈呼應，成了震動全國的重大事件。不少文化界朋友翻閱了那本書後告訴我，千萬不要去看，那些「差錯」，至多只是一些有待請教我的問題。既然已經哄鬧起來，就無法正常回答了。

按照慣例，我當然不理。但麻煩的是，《文化苦旅》中的很多文章早已選入海峽兩岸的大學、中學語文課本十餘年，我怎麼能讓那麼多教師、學生陷入困頓？而且，我這本書還有幸受到過當代諸多名家的褒獎和點評，例如饒宗頤、金克木、季羨林、柏楊、潘受、歐陽子、余光中、蔣勳、馮牧等等，有的還寫了專著出版。我如果完全不理，好像連他們這些大學者也都有了「差錯」嫌疑，那我又怎麼對得起他們？

因此，看來還是需要簡單回答幾句。但在回答之前似乎應該粗粗瞭解一下，這個人是誰？從何而來？從事什麼職業？

據傳媒介紹，他是《辭海》的編寫者。但顯然不是，因為我本人就是《辭海》的編寫者，又兼《辭海》正版形象代表，知道編寫者名單。媒體又說，他是上海文藝出版社《咬文嚼字》編輯部的編輯。但上海文藝出版社說，他們沒有這個職工。再問，終於知道是那個編輯部裡一個人從外面「借」來的。外面什麼地方？誰也說不清楚。

就在這時，重慶市一位八十多歲的退休語文教師馬孟鈺先生寫來長信，憑藉細緻的詞語分析，斷言那個人在「文革」時期的文化暴虐中一定擔當過特殊角色。原上海師範學院的幾個退休教師也聯名來信，回顧了不寒而慄的往昔。

對這一切，我沒有興趣去查證，但這樣一來，對於關心此事的社會各界，還是沒有交代。

現在中國文化又一次面臨著精神結構的大轉型，而阻礙轉型的一個個泥坑卻都振振有詞地迷惑著人們。在八十多年前的上一次大轉型中，魯迅塑造過一個知道茴香豆的「茴」字有四種寫法的「咬文嚼字專家」孔乙己，卻又讓他斷足，讓他死亡，成為一種象徵性的文化宣判。魯迅、胡適、陳獨秀這些新文化闖將，遠比孔乙己他們更有能力「咬文嚼字」，因此宣判得特別有力。現在，面對新一次轉型，還有沒有這樣的人？

對此，我頗感蒼涼。中國當代文人，雖也缺少學問，卻更缺少道義勇氣。他們連最簡單的真相、最淺顯的常識都不敢守護。結果，攻擊者、炒作者、旁觀者一起，聯成了一個又一個「共犯結構」。文化領域，群鴉回翔，又寒氣砭骨。

突然，完全出乎意料，耳邊傳來了噹然響聲，似乎有人拍案而起。

五

遠遠看去，那個拍案而起的人，有一系列很高的專業身分。例如，全國高等院校古籍整理研究工作委員會副主任、國家教育部社會科學委員會副主任、復旦大學中國古代文學研究中心主任……他，就是章培恒教授。

我記得有一位日本漢學家曾經說過：「章培恒教授是錢鍾書先生之後最淵博的文史百科全書。」

——寫到這裡，我心中默念著「罪過、罪過」。何處閒漢在廟門外高聲喧鬧，本來讓幾個護院沙彌舉著掃帚驅趕一下就可以了，怎麼驚動了巍峨法座上的大菩薩？他舉起的，當然不是掃帚，而是禪杖。

二〇〇三年十月十九日，章培恒教授親自撰寫文章並在《文匯報》上刊出。他顯然完全不知道那個「咬嚼」的人是誰，卻通過實例解析作出判斷，此人發表的「咬嚼」文章，本身就包含著「駭人的錯誤率」，有的是連高中學生也不會犯的錯誤。章教授還以實例進一步推斷，此人連一些最基本的文史典籍的目錄都沒有翻過。

因此，章培恒教授得出明確的結論：此人對我的「咬嚼」，是「無端的攻擊乃至誣陷」；造成這麼大的惡性事件，主要原因是「媒體的炒作」。

不管怎麼說，章培恒教授幫我解決了一個難題。我作為當事人固然不能被他們纏進去，但是如果大家都不「纏」，中國文化真要被他們纏暈了。

由於都發生在二〇〇三年，我立即想到了抗SARS的英雄鍾南山教授。他一次次勇敢地深入病區，直面病毒，最後終於帶領著大家戰勝了SARS。如果他嫌棄病毒太卑微、太邪惡，不予理睬，那就不是受人尊敬的醫學專家了。

遺憾的是，章培恒教授的運氣遠不及鍾南山教授。他在《文匯報》上發表了那篇文章後，國內一百五十多家熱烈傳播了「咬嚼」事件的「涉案媒體」，卻完全沒有反應，毫無表情。

幾年後，我與鍾南山教授一起被一所大學授予「榮譽博士」稱號，得以相聚。鍾南山教授對我說，他正在籌建一門「人文醫學」，希望我參與。我說：「至少在目前，中國的人文學科需要獲得醫學的說明，尤其在傳染病的防治上。」

六

一百五十多家「涉案媒體」的統一表情，顯然使那個「咬嚼」的人快活極了，他徹底放鬆，便異想天開地偽造了一個事件，讓章培恒教授與我對立起來。偽造什麼呢？是說我寫的《中國戲劇史》中有關洪昇生平的一段資料，「剽竊」了章培恒教授《洪昇年譜》中的相關內容。這一下，全國的報刊以北京的一家讀者報、天津的一家文學刊物領頭，又鬧翻天了。

接下來的事情變得有點驚險。他們好像預判章培恒教授不會進來蹚渾水，便由北京的一個盜版者領頭，以我「剽竊」章培恒教授為理由，在網路和媒體上發起了一個把我「驅逐出世界遺產大會」的運動。因為這個大會之所以在中國蘇州召開，與我密切相關。大會的各國組織者們不知道怎麼回事，只怕他們到會場外面聚眾鬧事，便安排我避開會議。

誰知，章培恒教授本人在最短時間內發表了一篇洋洋灑灑的長文：〈余秋雨何曾剽竊我的著作〉。

他以當事人身分發布最權威的結論，所謂「剽竊」云云，純屬「蓄意誣陷」。就在這時，一位記者打電話給「咬嚼」的人，說我的原著中並無任何「剽竊」痕跡。誰知那個人回答：「我當時有點想當然。」他居然沒有任何歉意。

稍懂法律的人一看便知，有了章教授本人的證詞，再配合相應的物證，我只要到法院起訴，被告必輸無疑。而且，由於誣陷的內容是「剽竊」，又牽涉到那麼多媒體，牽涉到國際會議，這應該是一個不小的刑事案件。按照英國法院處理《世界新聞報》事件的標準，應該還有一批報社、出版社的社長、總編要進監獄。

反之，面對這樣重大的刑事犯罪，我如果繼續忍氣吞聲不起訴，倒會讓人產生疑惑。

但是，大家都看到了，我沒有起訴。

原因是，我仔細梳理了一遍事件始末，突然對那個「咬嚼」的人擔憂起來。乍一看，此人太不像話，但再一想，不對。一個人，只要有一點點正常思維，絕對不會這麼做。

試想，章教授剛剛還在嚴厲批斥他，他卻要做章教授的保護人，這已經夠離譜的了；何況，他自己心裡知道，所謂「剽竊」，是徹底的捏造。把這種捏造發表到全國那麼多報刊，他怎麼會一點兒也不害怕？

世間當然也有人為了巨大的利益而不顧一切，鋌而走險，但是，他拋出這麼一個一戳就破的捍造，對他又有什麼好處呢，哪怕一絲一毫？

說到這裡，我想很多讀者都已經靠近我的推斷：這個人，恐怕存在精神方面的障礙。

這種障礙的一個顯著特徵，就是單維度的破壞性亢奮，不講邏輯，不計後果，不問成敗，不知羞愧，既不膽怯，也不後悔。三十多年前我作為受害人曾旁觀過很多「造反派」暴徒的言談舉止，似乎都有一點這種特徵。由此我早就發現，很多變態的政治事件背後，都埋伏著病理原因。

在一個聚會的場合，上海長海醫院的一位醫生告訴我，這個「咬嚼」的人確實患有重病。

七

文壇本是一個精神病患的多發地，中國文壇更是。

很多文人只學會了攻擊別人的本事，沒有任何謀生專業，在轉型時期患上了「恐慌性瘋癲」。

出現這些情況並不可怕，可怕的倒是媒體。大概是從二十世紀的末尾開始，我國很多文化傳媒和出版社，把那些特別喜歡用文字攻擊他人的精神失控者當作了寶貝。其實仔細一想，他們這樣做，最對不起的，並不是被攻擊者，反倒是那些精神失控者本人。慫恿這些病人在公共領域如此瘋瘋癲癲地犯法，很不人道。

我由於看得太多，心生悲憫，從不反駁精神失控者，就連他們出版了一大堆「找不出十句真話」（楊長勳教授評語）的誹謗書籍，我也完全不理。我很健康，不怕蒙汙。如果我還手了，分量就會太重，人家畢竟是病人。

為此，我還破例接受邀請，擔任了上一屆世界特殊奧運會的文化總顧問。「特殊」，是指智障。為了構思那場後來震動國際的開幕式，我與很多外國專家探討了很久。他們都驚訝我對智障者的熟悉程度，以為我親族中有這樣的人。我搖頭，然後告訴他們，這些年來，託中國文化傳媒和出版社之賜，我已經近距離地觀摩過大量進攻型的智障人群。我必須從整體上幫助他們。

我估計，章培恒教授也看出了這一系列事件背後的「病理原因」，因此他在一篇篇文章中絕不和那個鬧事的人對話，只是向著上當的民眾宣布學術結論，並厲聲責斥那些傳媒。

但是，無論如何，讓這麼一位年逾古稀的大學者去面對一堆精神錯亂的文句，我至今想來還十分心疼。

八

幸好，世上一切劣行都有可能引出美事。

那個人和那些報刊為了偽造，硬把我的戲劇史和章培恒先生的《洪昇年譜》扯在一起，但他們哪裡知道，這裡埋藏著一段珍貴的記憶。

事情還要回到二十八年前，一九八三年。那年，章先生還只有四十九歲，我三十七歲。我們兩人，同時獲得「全國戲劇理論著作獎」。他的獲獎作品，正是《洪昇年譜》；我的獲獎作品，是《世界戲劇學》（初版名為《戲劇理論史稿》）。

現在社會上評獎太多，誰也不當一回事了。但在二十八年前，情況完全不同。「文革」災難過去不久，中國學術界人數不多，開始有機會抱著悲涼的心情從頭收拾極為稀少的已有成果了。可以獎勵的項目，很難尋找。

在這番艱難的尋找中，有一個禁區邊緣的倔強生命，引起了人們的高度注意。

這個禁區，就是作為「文革」起點的戲劇領域。不管是《海瑞罷官》，還是「革命樣板戲」，都成了生死的符咒、全民的蠱惑。

這股以戲劇為核心的極端主義浪潮，在一九五七年之後已經很有勢頭。在那種氣氛下要遵循學術規範研究一點不同時代、不同地域的戲劇史論，那就需要一點嶙峋風骨了。

章培恒先生恰恰在一九五七年之後，頭頂著與「胡風集團」有關的政治惡名，開始研究清代昆劇作家洪昇。當時，還有一些更年長的學者堅守著與左派政治格格不入的戲劇史論，甚至在「文革」期間，還在悄悄進行。因此，一九八三年的這次全國戲劇理論著作獎的評選，其意義也遠遠超越了戲劇，而是對一種文化氣節的重點檢視。

那次獲獎的著作有二十部，但其中有一半作者，已不在人世。因此，授獎儀式頗為隆重，幾乎當時北京各個文化領域的重要人物都來了。當那些去世者的家屬上臺領獎時，全場一片唏噓。

但是，八十年代又是一個敢於面向未來的年代。代表獲獎者上臺發言的，是最年輕的那一個，我。

我獲獎的那部著作，長達六十八萬字，通論世界古代十四個國家的戲劇學，當然不可能在短時間內完成。任何人都能判斷，那必定是在「文革」中已經偷偷開始了的一個龐大工程。

記得那次我要代表獲獎者發言之前，一一徵求了其他獲獎者的意見，卻沒有找到章培恒先生。據會議工作人員說，他去看望自己在北京的學生了。等到頒獎大會開始，他才出現，但我已經不可能向他徵求意見了，只是在上臺發言前向他點了點頭。他一笑，也向我點了點頭。

那時國家很窮，主持評獎活動的杜高先生抱歉地在會上說，他幾度爭取，想給每個獲獎者發一千元獎金，但沒有爭取到。好像是發了幾百元吧，忘了。但是，給每個獲獎者都發了一個獎座，是一件仿製的駱駝唐三彩。

我抱著獎座離開會場的時候，看見章培恒先生正在門口與他的一位學生爭執。章先生硬要把這個獎座送給那個學生，不斷地說著理由：「我沒法把它帶到上海，路上非碎了不可，非碎了不可……」

學生不斷地用手推拒著，連聲說：「這怎麼可以，這怎麼可以……」

章培恒先生的表情嚴肅而誠懇，說：「你再推，現在就碎了，現在就碎了……」

我沒有再看下去，抱著那個獎座回到了住處。

對於這個獎座，我在《借我一生》中曾有過一段記述——

我的第一部學術著作獲得的一個獎座，是一件仿製的駱駝唐三彩。陶質，很大，屬於易碎物品，不容易從北京捧回上海。更麻煩的是，這只駱駝的嘴裡還翹出一條又長又薄的舌頭，一碰就斷。據評獎部門的工作人員說，他們拿到發獎地點時已斷了一大半，因此不斷去換。

既然這樣，為什麼不去更換一種獎品呢？

他們說，這個駱駝太具有象徵意義了：在那麼荒蕪的沙漠中居然也能走下來。看到它就想起沙漠，那個剛剛走出的文化沙漠。

一位小姐壓低聲音補充道：「還有一層象徵，走過那麼乾涸的沙漠居然還驕傲地翹著舌頭。但這個舌頭，時時就可能斷了。」正因為這種種象徵，他們不換。

我抱著駱駝小心翼翼地坐飛機回到上海，舌頭沒斷；到家，沒斷；放在寫字臺上，沒斷。

我鬆了一口氣，見駱駝上有一點灰塵，拿著一方軟布來擦，一擦，斷了。

九

由於再也沒有遇到章培恒先生，我就一直不知道他的那件駱駝唐三彩到底有沒有被學生接受。如果由他帶回上海，斷了沒有，碎了沒有。

但是，回想我那座駱駝的舌頭終於折斷的那一刻，耳邊確實響起了章先生幾天前的聲音：「非碎了不可，非碎了不可……」

斷了，碎了；碎了，斷了——這難道就是沙漠跋涉者永遠的宿命？

我想，二十八年前的章培恒先生和我，剛從一場昏天黑地的災難中走出，以為在這荒原之上，風會漸清，沙會漸停，「碎了」、「斷了」的只是唐三彩，而不是我們。

怎麼也沒有想到，二十八年過去，風沙卻愈來愈大。

那些風沙，鋪天蓋地，氣勢非凡，卻從來不會站在駱駝一邊。

從微觀上看，風沙那麼瑣細，甚至無形。對於龐然大物的駱駝，它們有太多攻擊的理由。它們自稱「弱勢群體」，但一旦成勢，沒有一頭駱駝能夠躲避，只能蹲伏大地，任其肆虐。

駱駝有自己的遠行目標，而風沙沒有目標，除了肆虐還是肆虐。遺憾的是，駱駝會死，風沙卻不會死。

如果順著二十八年前那個象徵性的獎座來比喻，那麼，當時二十頭獲獎「駱駝」中，有十頭在獲獎前已經死於沙漠。留下的十頭，當時在場並由我代表的，後來也都漸漸老去，逐一倒下。他們是怎麼被風沙掩埋的，互相之間都不清楚。最後兩頭，應該就是章培恒先生和我。

章先生這頭駱駝，聽說後來一直重病纏身。他在重病之中還向我呵了兩口熱氣。現在回想，這已經是他在沙漠殘照中的艱難呼吸。

世上何謂高貴？那就是，連最後的艱難呼吸，也在向風沙抗爭。

現在，只剩下我這頭駱駝了。

再往前走一程吧，低頭看一排孤獨的腳印。很快連腳印也找不到了，因為這年月，風沙為王。

但是，我總是心存樂觀。雖然眼下沒有腳印，但在我眼睛看不到的地方，應該還有駱駝走過。

「石一歌」事件

一

二十世紀末，最後那個冬天。我考察人類古文明四萬公里，已由中東抵達南亞、中亞之間。處處槍口，步步恐怖，生命懸於一線。

那天晚上，在巴基斯坦、阿富汗邊境，身邊一個夥伴接到長途電話。然後輕聲告訴我，國內有一個也姓余的北大學生，這兩天發表文章，指控我在「文革」時期參加過一個黑幫組織，叫石什麼。

「石什麼？」我追問。

「沒聽清，電話斷了，」夥伴看我一眼，說，「胡謅吧，那個時候，怎麼會有黑幫組織，何況是您……」

還沒說完，幾個持槍的男人走近了我們。那是這裡的黑幫組織。

二

終於活著回來了。

各國的邀請函件多如雪片，要我在世紀之交去演講親眼所見的世界，尤其是恐怖主義日漸猖獗的情況。

但在國內，多數報紙都在操作那個北大學生的指控。我也弄清楚了，他是說我在「文革」中參加過一個叫「石一歌」的寫作組，沒說是黑幫組織，卻加了一頂頂令人驚悚的大帽子。

「石一歌？」

這我知道，那是周恩來總理的事兒。

一九七一年十月十日下午，他到上海啟動文化重建，布置各大學的中文系復課，先以魯迅作品為教材。由於那年正好是魯迅誕辰九十週年、逝世三十五週年，他又要求上海的各個高等院校帶頭寫魯迅傳記、研究魯迅。於是，上海先後成立了兩個組，一是設在復旦大學的《魯迅傳》編寫小組，二是設在作家協會的魯迅研究小組，都從各個高校抽人參加。我參加過前一個小組，半途離開。「石一歌」，是後一個小組的名字。

我不清楚的是，這後一個小組究竟是什麼時候成立的，有哪些人參加，寫過哪一些研究魯迅的文章。

我更不清楚的是，「石一歌」怎麼突然變成了一個惡名，而且堆到了我頭上，引起那麼多報刊的聲討？

估計有人指揮，又契合了世紀之交的文化顛覆狂潮。

按照常理，我應該把事情講清楚。但是，遇到了三大困難——

一、狂潮既起，自己必然百口莫辯，只能借助法律，但這實在太耗時間了。我考察人類各大文明得出的結論，尤其是對世界性恐怖主義的提醒，必須快速到各國發表，決不能因為個人的名譽而妨礙大事。

二、狂潮既起，真正「石一歌」小組的成員哪裡還敢站出來說明？他們大多是年邁的退休教授，已經沒有體力與那些人辯論。我如果要想撇清自己，免不了要調查和公布那個小組成員的名單，這又會傷著那些老人。

三、要把這件事情講清楚，最後只能揭開真相：那兩個小組都是根據周恩來總理的指示成立的。但這樣一來，就會從政治上對那個北大學生帶來某種終身性的傷害。其實周恩來啟動文化重建的時候，他還是牙牙學語的孩童，現在只是受人唆使罷了。這一想，又心疼了。

於是，我放棄自辯，打點行李，應邀到各國家和地區講述《各大文明的當代困境》。但是，不管是在中國臺灣、日本、馬來西亞，還是在美國、法國、匈牙利，前來聽講的華文讀者都會問我「石一歌」的事情。

「石一歌？」……

「石一歌？」……

原來，圍繞著這古怪的三個字，國內媒體如《南方週末》、《文學報》等等已經鬧得風聲鶴唳。各國讀者都以為我是逃出去的，兩位住在南非的讀者還一次次轉彎抹角帶來好意：「到我們這兒來吧，離他們遠，很安靜……」

冒領其名幾萬里，我自己也愈來愈好奇，很想知道這三個字背後的內容。但是，那麼多文章雖然口氣獰厲，卻沒有一篇告訴我這三個字做過什麼。

時間一長，我只是漸漸知道，發起這一事件的，姓孫，一個被我否決了職稱申請的上海文人；鬧得最大的，姓古，一個曾經竭力歌頌我而被我拒絕了的湖北文人；後期加入的，姓沙，一個被我救過命，卻又在關鍵時刻發表極左言論被我宣布絕交的上海文人。其他人，再多，也只是起鬨而已。

媒。

他們這三個老男人，再加上那個學生，怎麼鬧出了這麼大的局面？當然是因為傳

三

好奇心是壓抑不住的。

雖然我不清楚「石一歌」小組的全部成員，卻也知道幾個。我很想找到其中一二個聊聊天，請他們告訴我，這個魯迅研究小組成立後究竟寫過什麼文章。

可惜，「石一歌」小組集中發表文章的時候，我都隱藏在浙江山區，沒有讀到過。記得有一次下山覓食，在小鎮的一個閱報欄裡看到一篇署有這個名字的文章，但看了兩行發現是當時的流行套話，沒再看下去。因此現在很想略做瞭解，也好為那些擔驚受怕的退休教授們說幾句話。

那次我從臺灣回上海，便打電話給一位肯定參加過這個組的退休教授。教授不在家，是他太太接的電話。

我問：那個小組到底是什麼時候成立的？當時有哪些成員？

沒想到，教授太太在電話裡用哀求的聲音對我說：「那麼多報刊，批判成這樣，已

經說不清。我家老頭很脆弱，又有嚴重高血壓，余先生，只能讓您受委屈了。」」

我聽了心裡一哆嗦，連忙安慰幾句，就掛了電話，並為這個電話深感後悔。這對老年夫妻，可能又要緊張好幾天了。

這條路斷了，只能另找新路。

但是，尋「石」之路，並不好找。

要不，從進攻者的方向試試？

終於，想出了一個好主意。

我在報刊上發表了一個「懸賞」，堂而皇之地宣布：那幾個進攻者只要出示證據，證明我曾經用「石一歌」的署名寫過一篇、一段、一節、一行、一句他們指控的那種文章，我立即支付自己的全年薪金，並把那個證據在全國媒體上公開發表。同時，我還公布了處理這一「懸賞」的律師姓名。

這個「懸賞」的好處，一是不傷害「石一歌」，二是不傷害進攻者。為了做到這兩點，我真是花了不少心思。

《南方週末》沒有回應我的「懸賞」，卻於二〇〇四年發表了一張據說是我與「石一歌」成員在一起的照片，照片上除了我還有兩個人，其中一個就是那個姓孫的發動者。照片一發，《南方週末》就把「石一歌」的話題繞開，轉而聲言，這個姓孫的人

「清查」過我的「文革問題」。於是，又根據他提供的「材料」進行「調查」，整整用了好幾個版面，洋洋灑灑地發表。雖然也沒有「調查」出我有什麼問題，但是，讀者總是粗心的，只是強烈地留下了我既被「清查」又被「調查」的負面影響，隨著該報一百多萬份的發行量，覆蓋海內外。

按照中國的慣例，「喉舌」撐出了如此架勢，那就是「定案」，而且是「鐵案」。但是，在英國《世界新聞報》出事之後，我覺得有必要向《南方週末》的社長請教一些具體問題。

這些問題，當初我曾反覆詢問過該報的編輯記者，他們只是簡單應付幾句，不再理會。據我所知，也有不少讀者去質問過，其中包括一些法律界人士，該報也都不予回答。但是，今天我還是要勸你，尊敬的社長，再忙，也要聽一聽我下面提出的這些有趣問題。

四

第一個問題：貴報反覆肯定那個孫某人的「清查」，那麼請問，是誰指派他的？指派者屬於什麼機構？為什麼指派他？他當時是什麼職業？有工作單位嗎？

第二個問題：如果真的進行過什麼「清查」，這個人怎麼會把「材料」放在自己家裡？他是檔案館館長嗎？是人事局局長嗎？如果是檔案館館長或人事局局長，就能截留和私藏這些檔案材料嗎？

第三個問題：他如果藏有我的「材料」，當然也一定藏有別人的「材料」，那麼，「別人」的範圍有多大？他家裡的「檔案室」有多大？

第四個問題：這些「材料」放在他家裡，按照他所說的時間，應該有二十七年了。這麼長的時間，是誰管理的？是他一人，還是他家裡人也參加了管理？有保險箱嗎？幾個保險箱？鑰匙由誰保管？

第五個問題：我在二十世紀八十年代擔任高校領導很多年，級別是正廳級，當時上級機關考察和審查官員的主要標準，恰恰是「文革表現」，而且嚴之又嚴。他既然藏有「清查」的「材料」，為什麼當時不向我的上級機關移送？是什麼理由使他甘冒「包庇」、「窩藏」之罪？

第六個問題：他提供的「材料」，是原件，不是抄件？如果是原件，有哪個單位的印章嗎？

第七個問題：如果是抄件，是筆抄，還是用了複寫紙？有抄寫者的名字嗎？

第八個問題：這些「材料」現在在哪裡？如果已經轉到了貴報編輯部，能讓我帶著我的律師，以及上海檔案館、上海人事局的工作人員，一起來看一眼嗎？

第九個問題：如果這些「材料」繼續藏在他家裡，貴報能否派人領路，讓我報請警官們搜檢一下？

……

先問九個吧，實在不好意思再問下去了。

我不知道社長是不是明白：這裡出現的，從一開始就不是什麼「歷史問題」，而極有可能是刑事案件。因為偽造文書、偽造檔案，在任何國家都是重大的刑事犯罪。

說「偽造文書」、「偽造檔案」，好像很難聽，但是社長，你能幫我想出別的可能來嗎？我願意一聽。

當然也可能是「盜竊檔案」，但概率不大。因為要盜竊，必定有被盜的機關。那是什麼機關？被盜後有沒有發現？有沒有追緝？我曾經詢問過上海的檔案機關和公安機關，他們粗粗一想，似乎沒有發現類似的案底。

那麼，更大的可能是偽造了。但仔細一想，偽造要比盜竊麻煩多了，為什麼要費那麼大的功夫去做？是一次性偽造，還是偽造了多次？貴報的人員有沒有參與？

我這樣問，有點兒不禮貌，但細看貴報，除了以「爆料」的方式宣揚那次奇怪的「清查」外，還「採訪」了很多「證人」來「證明」我的「歷史」。但是這麼多「證人」，為什麼沒有一個是我熟悉的？熟悉我的人，為什麼一個也沒有採訪？這種事，總不能全賴到那個姓孫的人身上吧？

據一些熟悉那段歷史的朋友分析，第一次偽造，應該發生在十一屆三中全會否定「文革」之後，他們匆忙銷毀了大量的材料，只能用偽造來填補；第二次偽造，應該發生在我出任上海市教授評審組組長一再否決了他們的職稱申請之後；第三次偽造，應該發生在不少文人和媒體突然都要通過顛覆名人來進行自我表演的時候。當然，如果貴報涉嫌參與，不會是第一、第二次。

除了這件事，貴報十幾年來還向我發起過好幾撥規模不小的進攻，我都未回一語。今天還想請社長順便查一查，這些進攻中，有哪幾句話是真實的？如果查出來了，哪怕一句兩句，都請告訴我。

五

在「石一歌」事件上，比《南方週末》表現得更麻辣的，是香港的《蘋果日報》。香港《蘋果日報》二〇〇九年五月十五日A19版發表文章說：「余秋雨在『文革』時期，曾經參加『四人幫』所組織的寫作組，是『石一歌』寫作組成員，曾經發表過多篇重大批判文章，以筆桿子整人、殺人。」

這幾句密集而可笑的謊言，已經撞擊到四個嚴重的法律問題，且按下不表。先說香港《蘋果日報》為什麼會突然對我失去理智，又給我戴上了「石一歌」的破帽？細看文章，原來，他們針對的是我在汶川「五一二」地震後發表的一段話。我這段話的原文如下——

有些發達國家，較早建立了人道主義的心理秩序，這是值得我們學習的，但在大愛和至善的集體爆發力上，卻未必比得上中國人。我到過世界上好幾個自然災害發生地，有對比。這次汶川大地震中全民救災的事實證明，中華民族是人類極少數最優秀的族群之一。

五一二地震後，正好有兩位美國朋友訪問我。他們問：「中國的五一二，是否像美國的九一一，災難讓全國人民更團結了？

我回答說：「不。九一一有敵人，有仇恨，所以你們發動了兩場戰爭。五一二沒有敵人，沒有仇恨，中國人只靠愛，解決一切。」

開始我不明白，為什麼這段話會引起香港和內地那麼多中國文人的排斥。很快找到了一條界限：我願意在中國尋愛，他們堅持在中國尋恨。

與此同時，我在救災現場看到有些遇難學生的家長要求懲處倒塌校舍的責任者。我對這些家長非常同情，卻又知道這種懲處在全世界地震史上還沒有先例，難度極大，何況當時堰塞湖的危機正壓在頭頂，便與各國心理醫生一起，勸說遇難學生家長平復心情，先回帳篷休息。這麼一件任何善良人都會做的事情，竟然也被《蘋果日報》和其他政客批判為「妨礙請願」。

對此，我不能不對某些香港文人說幾句話。你們既沒有到過地震現場，也沒有到過「文革」現場，卻成天與一些內地來的騙子一起端著咖啡杯指手畫腳，把災難中的高尚和恥辱完全顛倒了。連你們，也鸚哥學舌地說什麼「石一歌」！

六

寫到這裡，我想讀者也在笑了。

一個不知所云的署名，被一個不知所云的人戴到了我的頭上，就怎麼也甩不掉了。連懸賞也沒有用，連地震也震不掉！這，實在太古怪了。

有人說，為別人扣帽子，是中國文人的本職工作。現在手多帽少，怎麼可能摘掉？

但是，畢竟留下了一點兒遺憾：戴了那麼久，還不知道「石一歌」究竟寫過什麼樣的文章。

終於，一個陽光明媚的日子來到了。

二〇一〇年仲夏的一天，我在河南省鄭州市的一個車站書店，隨手翻看一本山西出版的雜誌《名作欣賞》（總第三二八期）。開始並不怎麼在意，突然眼睛一亮。

一個署名「祝勇」的人，在氣憤地批判「石一歌」幾十年前的一次「捏造」。「捏造」什麼呢？原來，一篇署名「石一歌」的文章說，魯迅在住處之外有一間祕密讀書室，在那裡閱讀過馬克思主義著作。

這個人斷言，「石一歌」就是我，因此進行這番「捏造」的人也是我。

不僅如此，這個人還指控我的亡友陳逸飛也參與了「捏造」，因為據說陳逸飛畫過一幅魯迅讀書室的畫。那畫，我倒是至今沒有見到過。

任何人被誣陷為「捏造」，都不會高興，但我卻大喜過望。

十幾年的企盼，就想知道「石一歌」寫過什麼。此刻，我終於看到了這個小組最讓人氣憤的文章，而且是氣憤到幾十年後還不能解恨的文章，是什麼樣的了。

我立即買下來這本雜誌，如獲至寶。

被批判為「捏造」的文章，可能出現在一本叫《魯迅的故事》的兒童讀物裡。在我印象中，那是當時復旦大學中文系按照周恩來的指示復課後，由「工農兵學員」在老師指導下寫的粗淺作文，我當然不可能去讀。但是，如果有哪篇文章真的寫了魯迅在住處之外有一間讀書室，他在裡面讀過馬克思主義的著作，那可不是「捏造」。

因為，那是魯迅的弟弟周建人公開發表過多次的，學員們只是照抄罷了。

周建人會不會「捏造」？好像不會。因為魯迅雖然與大弟弟周作人關係不好，卻與小弟弟周建人關係極好，晚年在上海有頻繁的日常交往。周建人又是老實人，不會亂說。何況，周建人在「文革」期間擔任著浙江省省長、全國人大副委員長，學員們更是沒有理由不相信。

其實，那間讀書室我還去參觀過，很舒服，也不難找。魯迅時代的中國知識份子，讀馬克思主義著作很普遍，魯迅也讀了不少。他連那位擔任過中共中央主要負責人又處於通緝之中的瞿秋白都敢接到家裡來，還怕讀那些著作嗎？

原來，這就是「石一歌」的問題！

七

我懸了十幾年的心放了下來，覺得可以公布「石一歌」小組的真實名單了。但我還對那個電話裡教授太太的聲音保持著很深的記憶，因此決定再緩一緩。

現在只能暫掩姓名，先粗粗地提幾句：

一九七二年根據周恩來指示在復旦大學中文系成立的《魯迅傳》編寫小組，組長是華東師範大學教師，副組長是復旦大學教師，組內有復旦大學六人，上海社會科學院一人，上海藝術研究所一人，華師大附中一人，上海戲劇學院一人即我，半途離開。由於人員太散，該組又有一個「核心組」，由正、副組長和復旦大學一人、上海藝術研究所一人組成。

後來根據周恩來指示在上海市巨鹿路作家協會成立的「石一歌」魯迅研究小組，成立的時間我到今天還沒有打聽清楚，組長仍然是華東師範大學教師，不知道有沒有副組長，組內有華東師範大學二人，復旦大學三人，上海社會科學院二人，華師大附中一人。由於都是出於周恩來的同一個指示，這個小組與前一個小組雖然人員不同，卻還有一定的承續關係，聽說還整理過前一個小組留下的魯迅傳記。在這個小組正式成立之前，復旦大學中文系的部分學員也用過這個署名。

這些事，已經過去整整四十年了。

對於今天像「祝勇」這樣的批判者，我無話可說，只有一個勸告：今後無論如何也不要隨意傷害已經去世，因此不能自辯的大藝術家，如陳逸飛。中國，大藝術家實在太少。

八

好了，既然有了結果，我也不想寫下去了。

最後，我不能不說一句：對「石一歌」事件，我要真誠地表示感謝。這三個字，給我帶來了好運。我這麼說，不帶任何諷刺。

第一，這三個字，給了我真正的輕鬆。

本來，我這個人，是很難擺脫各種會議、應酬而輕鬆的，但是這個可愛的謠言救了我。當今官場當然知道這是謠言，卻又會百般敬畏造謠者，怕他們在傳媒上再次鬧事而妨害社會穩定。這一來，官場就盡量躲著我。例如我辭職二十多年，從未見過所在城市的每一任首長，哪怕是在集體場合。其實，這對我是天大的好事，使我不必艱苦推拒，就可以從各種頭銜、職務中脫身而出，擁有了幾乎全部自由時間。這麼多年來我種種成績的取得，都與此有關。貌似棄我，實為惠我。國內雜訊緊隨，我就到國外講述中華文化。正好，國際間並不在乎國內的什麼頭銜。總之，我摸「石」過河，步步敞亮。

第二，這三個字，讓我清晰地認知了環境。

當代中國文化界的諸多人士，對於一項發生在身邊又延續多年的重大誣陷，完全能夠識破卻不願識破。可能是世道不靖，他們也膽小了吧，同行的災難就成了他們安全的印證，被逐的孤鶩就成了他們窗下的落霞。於是，我徹底放棄了對文化輿論的任何企盼，因全方位被逐而獨立。獨立的生態，獨立的思維，獨立的話語，由至小而至大，因孤寂而宏觀。到頭來，反而要感激被逐，享受被逐。像一塊遺棄之石，唱出了一首自己的歌。這，難道正是這三個字的本意嗎？

第三，這三個字，使我愈加強健。

開始是因為厭煩這類誹謗，奉行「不看報紙不上網，不碰官職不開會，不用手機不打聽」的「六不主義」，但這麼一來，失去了當代敏感管道的我，立即與自然生態相親，與古代巨人相融。我後來也從朋友那裡聽說，曾經出現過一撥撥捲向我的浪潮，但由於我當時完全不知，居然纖毫無損。結果大家都看到了，我一直身心健康，快樂輕鬆，氣定神閒。這也就在無意中提供了一個社會示範：真正的強健不是呼集眾人，追隨眾人，而是逆反眾人，然後影響眾人。「大勇似怯」，「大慈無朋」。

由於以上三個原因，我認真考慮了很久，終於決定，把「石一歌」這個署名正式接收下來。

然後，用諧音開一間古典小茶館叫「拾遺閣」，再用諧音開一間現代咖啡館叫「詩亦歌」。或者，乾脆都叫「石一歌」，爽利響亮。

不管小茶館還是咖啡館，進門的牆上，都一定會張貼出各種報刊十幾年來的誹謗文章，證明我為什麼可以擁有這個名號。

如果那一批在這個名號後面躲了很多年的退休老教授們來了，我會免費招待；如果他們要我把這個名號歸還給他們，我就讓他們去找《南方週末》、《蘋果日報》。但他們已經年邁，要去廣州和香港都會很累，因此又會勸他們，不必多此一舉了。

我會端上熱茶和咖啡，拍拍他們的肩，勸他們平靜，喝下這四十年無以言表的滋味。

我也老了，居然還有閒心寫幾句。我想，多數上了年紀的人都會像那些退休老教授，聽到各種鼓噪絕不作聲。因此，可憐的是歷史，常常把鼓噪寫成了課本。

二〇一一年十月十五日

祭筆

《秋雨合集》二十卷，在除夕的爆竹聲中終於編成了，我輕輕放下手上的筆。

放下又撿起，再端詳一番：筆。

人的一生會觸碰到很多物件，多得數也數不清。對我來說，最重要的物件，一定是筆。

我至今還沒有用電腦，一切文字都用筆寫出，被出版界譽為稀世無多的「純手工寫作」。會不會改變？不會。雖然我並不保守，但一個人的生命有限，總需要守住幾份忠貞，其中一份，就是對筆。

也許很多人會笑我落伍，但只要讀了我下面的片段記憶，一定就會理解了。

一

我人生的第一支筆，是一支竹桿小毛筆。媽媽在代村民寫信，我用這支小毛筆在邊上模仿，那時我才三歲。第二年就被兩個新來的小學老師硬生生地從我家桌子底下拖去上學了，媽媽給我換了一支好一點的毛筆。我一上課就黏得滿臉是墨，惹得每個老師一下課就把我抱到小河邊洗，洗完，再奔跑著把我抱回座位。

七歲時，媽媽給了我一支比毛筆還長的蘸水筆，外加一瓶藍墨水，要我從此代她為村民寫信、記賬。把筆頭伸到墨水瓶裡蘸一次，能寫七個字。筆頭在紙上的劃動，吸引著鄉親們的一雙雙眼睛。鄉親們幾乎不看我，只看筆。

這也就是說，媽媽在我很小的時候就已經有意無意地告訴我，這筆，對鄉親們有一種責任。

九歲小學畢業到上海讀中學，爸爸狠狠心為我買了一支「關勒銘」牌的鋼筆，但很快就丟了，爸爸很生氣。後來知道我得了上海市作文比賽第一名和數學競賽大獎，爸爸氣消了，但再也不給我買好鋼筆。我後來用的，一直是別人不可能拿走的那種廉價鋼筆。我也樂意，因為輕，而好鋼筆總是比較重。

二

我第一次大規模地用筆，是從十九歲到二十一歲，替爸爸寫「交代」。那是「文革」災難的初期，爸爸被「革命群眾」揭發有政治問題和歷史問題，立即「打倒」，停發工資，而我們家有八口人要吃飯。爸爸希望用一篇篇文字敘述來向「革命群眾」說明事實真相，因此一邊擦眼淚一邊寫，很快眼睛壞了，就由他口述，由我代筆。一開始他還沒有被關押，天天晚上在家裡他說我寫。後來被「革命群眾」上綱上線為「反對偉大領袖」，不能回家了。他告訴當權者說自己已經不能寫字，必須由我代筆。因此，還能幾天放回一次，但不能在家裡過夜。

我一共為爸爸寫了六十多萬字的「交代」。我開始時曾勸爸爸，沒有必要寫，但後來寫著寫著，知道了從祖父和外公開始的很多真實往事，覺得很有歷史價值和文學價值，便寫了下去。而且，又主動追問了爸爸很多細節，再從祖母、媽媽那裡核實。這一切，就是我後來寫作《吾家小史》的起點。這書，斷斷續續寫了四十多年。

當時為爸爸寫「交代」，用的是圓珠筆。一根塑膠直桿，每支三角錢，我寫完了很多支。用這種圓珠筆，要比鋼筆使力，筆桿又太細，寫著很不舒服。但爸爸要求，在寫的材料下面必須墊一張藍紫色的「複寫紙」，使材料交上去之外還留個底，因此只能用這種圓珠筆。寫一陣，手指發僵，而中指挨著食指的第一節還有深深的筆桿印。再寫下去，整個手掌都會抽搐，因為實在寫得太急、太多了。

三

正在這時，一場更大的災難降臨，全國城裡的學生必須斷學廢學，上山下鄉，不准回城。上海學生，有不少更是被懲罰性地發配到了遙遠的邊疆。出發前，所有的家長和學生都必須去看一臺徹底否定教育和文化的戲劇《邊疆新苗》。我看過這臺戲後去農場時，把所有的筆都丟進了垃圾桶，包括為爸爸寫「交代」的圓珠筆。當時，爸爸的「罪行」加重，不能離開關押室了，我也就無法再為他代筆。

為什麼要把筆丟進垃圾桶？首先是一種抗議性決裂。助紂為虐的「革命樣板戲」和《邊疆新苗》使我對戲劇產生了一種專業性恥辱。其次，是因為發現沒有機會寫字了。到農場後給誰寫信？爸爸那裡不准通信，如果給媽媽寫信，她又能用什麼樣的話語回信？而且，我打聽到，我們勞動的地方根本沒有郵局，寄信要在休息的日子步行很遠的路才能找到一個小鎮，但實際上並沒有休息的日子。由於這兩個原因，理所當然，折筆、棄筆、毀筆、葬筆。

實際情況比預料的更糟。我們在農場自搭茅草屋，四根竹子撐一塊木板當床，睡著睡著就陷到泥淖裡去了。用筆的地方完全沒有，用筆的時間也完全沒有。永遠是天不亮下田，天全黑才回，累得想不起字，想不起筆，想不起自己是一個能寫字的人。

四

一九七一年的一個政治事件使周恩來總理突然成了中國的第二號人物，他著手領導復課，試圖局部地糾正「文革」災難。這就使很多瀕臨滅絕的「邊疆新苗」有可能回城讀書了，也使我們有機會回上海參與一點教材編寫。我被分配到「一個各校聯合的教材編寫組」，這又拿起了筆。記得那筆是從靜安寺百樂商場買的，一元錢的吸墨水鋼筆。當時的鋼筆也已經有了幾個「國內名牌」，像「英雄」、「金星」什麼的，那就要二三元錢一支了，我買不起。

編教材，我分到的事情很少，幾天就寫完了。但是，既然已經能夠編教材，我就開始另一個勇敢的行動，那就是利用圖書館一個熟人，偷偷摸進了當時還視為禁地的外文書庫，開始了《世界戲劇學》的寫作。我的筆，大量抄寫外文原文，再借著各種詞典一段段翻譯。同時還要通覽大量背景材料，最後彙集起全世界十三個國家的全部戲劇學理論。這件事，在工作量上非常巨大，因為這些內容直到四十幾年後的今天還沒有被完整翻譯過來。我當時居然憑一人之力，在密閉的空間，以筆為杖，步步潛行。更不容易的是，當時在外面，一窗之隔，只要說一句不利於「革命樣板戲」的話，就會有牢獄之災。為此，我不能不對那支一元錢的鋼筆表示敬意，對自己的青年時代表示敬意。

五

由於我在災難中的表現，災難過去之後全院三次民意測驗均名列第一，被破格提升為院長。

災難中的形象往往會傳播得很廣，當時我的社會聲望已遠遠超出學院，被選為整個上海市的中文專業教授評審組組長，兼藝術專業教授評審組組長。每次評審，我們對那些在災難歲月投機取巧、喪失天良的文人都斷然予以否定。於是，我又拿起了那支筆，一次次重重地寫下了否定結論，又濃濃地簽上自己的名。那支筆在當時，幾乎成了法官敲下的那個錘子，響亮、果敢、權威、無可爭議。

這就是二十世紀八十年代，我那時說得上仕途暢達，官運亨通。已經是全國最年輕的高校校長，卻還常有北京和上海的高官竭力要把我拉進更高的權力圈子，這在當時很容易。於是，有了一次次長談，一次次規勸。這些高官，後來都成了非常顯赫的領導人。但是，我太明白我的筆的秉性。它雖然也有能力寫出種種「批示」，但它顯然並不願意。

於是，我在上上下下的萬分驚愕中辭職了。辭了二十三次，才被勉強批准。然後，穿上一件灰色的薄棉襖，去了甘肅高原，開始踏訪西元七世紀的唐朝。

當年尋找古蹟，需要長時間步行，而那些路並不好走。在去陽關的半道上，我幾度蹲下身去察看墳丘密布的古戰場，把我插在褲袋口上的舊鋼筆弄丟了。那支舊鋼筆不值什麼錢，但正是它，我在辭職前反覆搓弄，它總是頑強地告訴我，只願意把我的名字簽在文章上，而不是檔上。

既然它對我有點重要，我還在沙原上找了一會兒。但那地方太開闊、太蕪雜了，當然找不到。轉念一想也釋然了：這支筆是陪了我很久的老朋友，從現在起，就代表我陪陪一千多年前的遠戍將士和邊塞詩人吧。

我考察的習慣，不在現場抄錄什麼，只在當天晚上回到旅舍後才關起門來專心寫作。記得在蘭州我曾長時間住在一個極簡陋的小招待所裡，簡陋到上廁所要走很遠的路。當地一位年長的文人范克峻先生讀過我的不少學術著作，又看到我行李簡薄，便送來了一支圓珠筆和兩疊稿紙。這種圓珠筆的筆桿較粗，比我為爸爸寫「交代」的那一種更好用。只不過那稿紙太薄，一寫就穿，落筆要小心翼翼。

我把白天的感覺寫成一篇篇散文，寄給在《收穫》雜誌做編輯的老同學李小林。郵局找不到，就塞到路邊一個灰綠色的老郵筒裡。這時才覺得范克峻先生給我送薄稿紙算是送對了。稿紙薄，幾篇文章疊在一起也能塞得進那郵筒。

寫了就及時寄走，是怕在路上丟失。有的地方連路邊郵筒也找不到，那就只能將寫好的文章隨身帶了。隨身帶，又要求稿紙愈薄愈好。由此我養成了習慣，只用薄稿紙。即使後來可以用較好的稿紙了，也選擇薄稿紙。這一來，那種容易劃破薄稿紙的圓珠筆，就需要更換了。

當然，寫起來最舒服的還是吸墨水的鋼筆。但這對我這個不斷趕路的旅行者來說，就很不方便，因為必須帶墨水瓶。墨水瓶都是玻璃做的，夾在行李裡既容易灑，又容易碎。

據說過去安徒生旅行時是把墨水瓶拴根繩子掛在脖子上的，那就不會灑，也不會碎了。但我不會模仿他，因為那樣不僅難看，而且有顯擺自己「很有墨水」的嫌疑。安徒生旅行時還肩扛一大圈粗麻繩，那是準備在旅館萬一失火時可以滑窗而逃。可見，他走得比我還麻煩，但我走得比他遠得多，時間也長得多。

後來我還是學了安徒生的一半，隨身帶墨水瓶，但不掛在脖子上。選那種玻璃特別厚的瓶子，瓶口擰緊處再墊一個橡膠圈。但這樣還是不保險，因為幾經顛簸後，瓶蓋易裂。所以再加一個笨辦法，在瓶蓋外再包一層塑膠紙，用細麻繩繞三圈紮緊。行李本來就很小，把墨水瓶安頓在衣服中間。

我從甘肅路邊郵筒寄出的一疊疊薄稿紙，如果有可能發表，似乎應該起個總題目。因此，在寄出第三疊時，我在信封背後加了一句：「就叫《文化苦旅》吧。」後來，路還在一直走，風餐露宿，滿身煙塵，卻永遠帶著那支鋼筆，那瓶墨水。我想應該對筆表示一點什麼了，因此為接下來的文集起名時加了一個「筆」字，叫《山居筆記》。

六

筆之大難，莫過於在北非、中東、南亞、中亞的極端恐怖地區了。

我寫了那麼多中華文明遺跡，為了對比，必須去尋找同樣古老或更古老的其他文明。但那路，實在太險峻、太艱難、太無序、太混亂了。我必須貼地而行，不能坐飛機，因此要經過無數關口。查啊查，等啊等，翻啊翻，問啊問。他們在問我，我卻永遠問不清，前面可以在哪裡用餐，今晚可以在哪裡棲宿。

由於危機天天不斷，生命朝不保夕，因此完全不能靠事後記憶了，必須當天寫下日記。但寫日記的地方在哪裡？在廢棄的戰壕邊，在吉普的車輪上，在崗亭的棚架下。這一來，筆又成了問題。顯然不能帶墨水瓶，如果帶了，那些人很可能會讓我當場喝兩口看看是不是危險物品。圓珠筆他們也查得仔細，又擰又拆，要判斷那是不是特製的微型手槍。

好在，這時世界上已流行一種透明塑膠桿的輕型墨水筆，一支可以寫好幾天，不必吸墨水。沿途見不到超市、文具店，因此我不管入住什麼樣的小旅館，只要見到客房裡有這種筆，立即收下，以防哪一天寫日記時突然接不上。

在行經伊拉克以及伊朗、巴基斯坦、阿富汗、尼泊爾那漫長的邊界地區時，一路上黑影憧憧、堡壘隱隱、妖光熠熠、槍口森森，我把已寫好的日記手稿包在一個塑膠洗衣袋裡緊抱在胸前，手上又捏著一支水筆。我想，即使人被俘虜了，行李被搶走了，我的紙筆還在，還能寫作。當然更大的可能是不讓寫，那我也要盡最大努力，為自己保留一絲最後的機會，為筆保留一絲最後的機會。

這種緊抱稿子緊捏筆的情景，我一直保持到從尼泊爾入境西藏的樟木口岸。

那支水筆，連同我在歷險行程中一直藏在行李箱中一支較好的鋼筆，很快被一個慈善機構高價拍賣，所得款項全部捐獻，以補充北京市殘障兒童的乳品供應。

後來我在進一步研究中國文明與世界現代先進文明的差距時，又考察了歐洲九十六座城市。雖然也非常辛苦，但那種懸生命於一線的危險沒有了，而且一路上也比較容易得到順手的筆。

當我考察完世界那麼多地方之後，從聯合國開始，很多國際機構和著名大學紛紛邀請我作主題演講。所謂主題，大多是「全球背景下的中國文明」、「一個中國學者眼中的當代世界文化」、「五萬公里五千年」、「全球面臨的新危機」等等。華盛頓國會圖書館、聯合國世界文明大會、哈佛大學、耶魯大學、哥倫比亞大學、紐約大學等等都去了，還應邀在我國香港、澳門、臺灣長期授課。我想，既然沿途用了那麼多筆，現在正該用一支更好的筆把考察成果系統地寫出來了。

但是，萬萬沒有想到，遭遇了意想不到的情況。

七

妻子馬蘭，那麼優秀的表演藝術家，由於幾度婉拒據說是「頂級重要的聯歡會」，被地方官員「冷凍」，失去了工作；而我，則不知為什麼成了文化誹謗的第一焦點，「文革派」、「自由派」和官方一些媒體親密合作，聯手造謠，我即便無聲無息，也永遠濁浪滾滾。我們夫妻兩人，又不願向權力求助，因此註定無處可去。

照理應該移民，但我們沒有條件，只能逃到當時還算邊緣的一個城市，躲了很多年。國內無人理會，國際間卻一直在熱心地尋找我們，邀請演講和演出。臺灣更把我當作了中華文化的主要演講者，邀請尤其殷切。這使我產生了一個矛盾：要不要繼續系統地來闡釋中國文化？

還是以前遇到過的老問題：是折筆、棄筆、毀筆、葬筆，還是再度拾筆、執筆、振筆、縱筆？

相比之下，要剝奪我妻子的演出權利是容易的，因為她已經離開了地區依賴性很強的創作群體；但是，要剝奪我的筆卻不很容易，因為這只是個人的深夜堅守，除非我自己覺得沒有意思了。

到底自己覺得有沒有意思呢？妻子一次次無言地看著我，我玩弄著筆桿一次次搖頭。還去闡釋中國文化？請看報刊上永遠在噴瀉的千百篇誹謗我的文章，用的全是中國漢字、中國語法、中國惡氣、中國心計。而且，所有的誹謗只要稍作調查就能立即識破，但整整二十年，沒有任何一個文化機構和文化團體，做過一絲一毫的調查，發過一絲一毫的異議。這些報刊、機構和團體，都不是民間的。

民間，也好不到哪裡去。我妻子的觀眾，我自己的讀者，在數量上都曾經長期領先全國，在熱度上更是無以復加；但一夜之間，聽說被官員冷凍了，被媒體圍毆了，大家也就立即轉變立場，全都樂滋滋地期待著新的拳腳。

這與我在「文革」時期對民眾的觀察，一模一樣。

因此，我除了搖頭，還是搖頭。

後來，突然發現了幾個材料，我才開始改變態度。第一個材料告訴我，始終盯著我的筆不放的，居然正是上海幾十年前鼓吹斷學廢學的那個劇作者；第二個材料告訴我，其他幾次試圖阻斷我文字寫作的造謠事件，策劃者也是當年上海造反派司令部的兩個首領；第三個材料告訴我，在上海竭力參與誹謗的，正是從近代以來永遠在傷害一切文化創造者的「海派文痞」。他們的隊伍，一代代生生不息。

這幾個發現讓我默然良久。他們都不重要，而且都很卑微，卻為什麼會受到媒體和讀者的如此歡迎？難道，毀損文化，是社會的本性？由此想起，歷來很多傑出的文化人半途失蹤，正是受不了這種整體氣氛。顯然，這次輪到我了，我思慮再三，決定咬咬牙，反著來，不失蹤。

一切文化孽力都會以文化的方式斷滅文化。簡單說來，也就是「以筆奪筆」。因此，我應該擔負一點守護文化的責任，不讓他們把筆奪去。

因此，我又鄭重地執筆了。

在誹謗聲依然如狂風暴雨的一個個夜晚，在遠離無數「文化盛典」的僻靜小屋，由失業很久的妻子陪伴著，我一筆筆地寫出了一批書籍。它們是：《中國文脈》、《君子之道》、《極品美學》、《北大授課》、《境外演講》、《臺灣論學》、《吾家小史》、《門孔》、《冰河》、《空島》，以及它們的部分初稿《尋覓中華》、《摩挲大地》、《借我一生》……。此外，我還精選了從莊子、屈原到佛經等重要文化經典，全都用當代散文做了翻譯和闡釋。以前的那些「文化大散文」文集如《文化苦旅》、《千年一歎》、《行者無疆》和多部艱深的學術著作如《世界戲劇學》、《中國戲劇史》、《藝術創造學》、《觀眾心理學》等等，也都認真地整理了出來。

至此，我不敢說對得起中國文化，卻敢說我對得起自己的筆了。當然，筆也對得起我。

我還可以像老朋友一樣對筆開一句玩笑：你耗盡了我的一生，我卻沒有浪費你太多的墨水。

不僅沒有浪費太多的墨水，也沒有浪費什麼社會資源。這二十卷書，每一卷都沒有申請過一元錢的資助。據說現在國家有錢，這樣的資助名目非常之多，諸如研究基金、創作補助、專案經費、學術津貼、考察專款、資料費用、追加資金……，每項都數字驚人。我始終沒有沾染分毫，只靠一支筆。

有了筆，一切都夠了。

八

在行將結束此文的時候，突然冒出來一個回憶，覺得有意思再說幾句。

記得那一次考察歐洲，坐船過英吉利海峽，正遇風急浪高，全船乘客顛得東倒西歪、左仰右合。只有我，生來就不暈船，居然還在船艙的一個咖啡廳裡寫作。有兩位英國老太太也不暈船，發現我與她們同道，高興地扶著欄杆走到了我身後。我與她們打過招呼之後繼續埋頭書寫，隨即傳來這兩位老太太的驚歎聲：「看！多麼漂亮的中國字！那麼大的風浪他還握得住筆！」

這兩位老太太完全不懂中文，因此她們說漂亮不漂亮，只是在指一種陌生的文字記號的整齊排列，不足為憑。但是，我卻非常喜歡她們的驚歎。不錯，漂亮的中國字，那麼大的風浪還在寫。這一切，不正是有一點象徵意義嗎？

我是一個握筆之人，握在風浪中，竟然還能寫那麼多，寫得那麼整齊。

寫的目的，不完全是為了讀者。寫到後來，很大一部分是為了那風浪，為了那條船，為了那支筆。甚至，為了那些願意讚賞漢字外形美的外國老太太，或者老大爺。

其實，更主要是為了自己。看看過了那麼多年，這個七歲就為鄉親們代寫書信的小男孩，還能為鄉親們代寫點什麼；這個二十歲左右就為父親代寫「交代」的青年人，還能為中國文化向國際社會「交代」點什麼。

看自己，並不是執著於「我」，而是觀察一種生命狀態，能否擴展和超脫。這是佛教的意思。

於是，謹此祭筆。

且拜且祭，且憶且思，且喜且泣。

癸巳除夕至甲午春節

仰望雲門

一

近年來，我經常向內地學生介紹臺灣文化。

當然，從文化人才的絕對數量來說，內地肯定要多得多，優秀作品也會層出不窮。但是，從文化氣氛、文化品行等方面來看，臺灣有一個群落，明顯優於內地文化界。我一直主張，內地在這方面不妨謙虛一點兒，比比自己到底失去了什麼。

我想從舞蹈家林懷民說起。

當今國際上最敬重哪幾個東方藝術家？在最前面的幾個名字中，一定有林懷民。真正的國際接受，不是一時轟動於哪個劇場，不是重金租演了哪個大廳，不是幾度獲得了哪些獎狀，而是一種長久信任的建立，一種殷切思念的延綿。

林懷民和他的「雲門舞集」，已經做到這樣。雲門早就成為全世界各大城市邀約最多的亞洲藝術團體，而且每場演出都讓觀眾愛得癡迷。雲門很少在宣傳中為自己陶醉，但亞洲、美洲、歐洲的很多地方，卻一直被它陶醉著。在它走後，還陶醉。

其實，雲門如此轟動，卻並不通俗。甚至可說，它很艱深。即使是國際間已經把它當作自己精神生活一部分的廣大觀眾，也必須從啟蒙開始，一種有關東方美學的啟蒙。對西方人是如此，對東方人也是如此。

我覺得更深刻的是對東方人，因為有關自己的啟蒙，在諸種啟蒙中最為驚心動魄。

但是，林懷民並不是啟蒙者。他每次都會被自己的創作所驚嚇：怎麼會這樣！他發現當舞員們憑著天性迸發出一系列動作和節奏的時候，一切都遠遠超越事先設計。他自己能做的，只是劃定一個等級，來開啟這種創造的可能。

舞者們超塵脫俗，赤誠袒露，成了一群完全洗去了尋常「文藝腔調」的苦行僧。他們在海灘上匍匐，在礁石間打坐，在紙墨間靜悟。潛修千日，彈跳一朝，一旦收身，形同草民。

只不過，這些草民，剛剛與陶淵明種了花，跟鳩摩羅什誦了經，又隨王維看了山。

二

罕見的文化高度，使林懷民有了某種神聖的光彩。但是他又是那麼親切，那麼平民，那麼謙和。

林懷民是我的好友，已經相交二十年。

我每次去臺灣，旅館套房的客廳總是被鮮花排得滿滿當當。旅館的總經理激動地說：「這是林先生親自吩咐的。」林懷民的名字在總經理看來，如神如仙，高不可及，因此聲音都有點兒顫抖。不難想像，我在旅館裡會受到何等待遇。

其實，我去臺灣的行程從來不會事先告訴懷民，他不知是從什麼途徑打聽到的，居然一次也沒有缺漏。

懷民畢竟是藝術家，他想到的是儀式的延續性。我住進旅館後的每一天，屋子裡的鮮花都根據他的指示而更換，連色彩的搭配每天都有不同的具體設計。他把我的客廳，當作了他在導演的舞臺。

「這幾盆必須是淡色，林先生剛剛來電話了。」這是花店員工在向我解釋。我立即打電話向他感謝，但他在國外。這就是藝術家，再小的細節也與距離無關。

他自家的住所，淡水河畔的八里，一個光潔如砥、沒有隔牆的敞然大廳。大廳是家，家是大廳。除了滿壁的書籍、窗口的佛雕，再也沒有讓人注意的家具。懷民一笑，說：「這樣方便，我不時動一動。」他所說的「動」，就是一位天才舞蹈家的自我排練。那當然是一串串足以讓山河屏息的形體奇蹟，怎麼還容得下家具、牆壁來礙手礙腳？

離住家不遠處的山坡上，又有後現代意味十足的排練場，空曠、粗糲、素樸，實用。總之，不管在哪裡，都洗去了華麗繁縟，讓人聯想到太極之初，或劫後餘生。

這便是最安靜的峰巔，這便是《呂氏春秋》中的雲門。

三

面對這麼一座安靜的藝術峰巔，幾乎整個社會都仰望著、佑護著、傳說著、靜等著，遠遠超出了文化界。

在臺灣，政治辯論激烈，八卦新聞也多，卻很少聽到有什麼頂級藝術家平白無故地受到了傳媒的誣陷和圍攻。這幾乎是不可能的事，因為傳媒不會這麼愚蠢，去傷害全民的精神支柱。林懷民和雲門，就是千家萬戶的「命根子」，誰都寶貝著。

林懷民在美國學舞蹈，師從葛蘭姆，再往上推，就是世界現代舞之母鄧肯。但是，在去美國之前，他在臺灣還有一個重要學歷。他的母校，培養過大量在臺灣非常顯赫的官員、企業家和各行各業的領袖，但在幾年前一次校慶中，由全體校友和社會各界評選該校歷史上的「最傑出校友」，林懷民得票第一。

這不僅僅是他的驕傲。在我看來，首先是投票者的驕傲。

在文化和藝術面前，這次，只能委屈校友中那些官員、企業家和各行各業的領袖了。其實他們一點兒也沒有感到委屈，全都抽筆寫下了同一個名字。對此，我感慨萬千。熙熙攘攘的臺北街市，吵吵鬧鬧的臺灣電視，乍一看並沒有什麼文化含量，但只要林懷民和別的大藝術家一出來，大家霎時安靜，讓人們立即認知，文化是什麼。

記得美國一位早期政治家J．亞當斯（John Adams，一七三五－一八二六）曾經說過：

我們這一代不得不從事軍事和政治，為的是讓我們兒子一代能從事科學和哲學，讓我們孫子一代能從事音樂和舞蹈。

作為一個政治家的亞當斯我不太喜歡，但我喜歡他的這段話。

我想，林懷民在臺灣受尊敬的程度，似乎也與這段話有關。

四

有一件事讓我想起了這段話。中國國民黨榮譽主席連戰先生首度訪問內地，會見了內地的領導人。他夫人寫了一本記錄這一重大政治事件的書，由連戰先生親自寫了序言。但是，他們覺得在這個序言前面還要加一個序言，居然邀請我來寫。他們對我並不熟悉，只知道政治職位上面，應該是無職位的文化。結果，這本書在內地出版時，大家怎麼也想不明白這個奇怪的排位。

同樣讓我想起亞當斯這段話的，還有臺灣的另一位文化巨匠白先勇。

白先勇是國民黨名將白崇禧的愛子，照常理，很難完全不理會這個重大政治背景。如果他自己不理會，別人也會用各種方式牽絲攀藤。

但是，他對政治背景的不在意程度，已經到了連別人都不好意思提及。他後來也寫過一本書《父親和民國》，筆調平靜而簡潔，絲毫沒有我們常見的那種「貴冑之氣」。

二十幾年前海峽兩岸還處於極為嚴峻的對峙狀態，但白先勇先生卻超前來了。不是為了尋親，不是為了紀念，也不是為了投資，而是只為文化。他的《遊園驚夢》在內地排演，由俞振飛先生擔任崑曲顧問，由我擔任文學顧問。這一來，他就讀到了我的文章。

他把我的文章，一篇篇推薦給臺灣報刊。臺灣報刊就把一筆筆稿酬寄給他，讓他轉給我。但他當時還在美國西海岸的聖塔芭芭拉教書，而那時美國到中國的匯款還相當不便。他只能一次次到郵局領款，把不整齊的款項湊成一個整數，然後再到郵局去寄給我。

我至今還保留著他寄來的一大堆信封，上面密密麻麻地寫著收匯人和寄匯人的複雜地址，且以中文和英文對照。須知，這可是現代世界最優秀的華人作家的親筆啊，居然寄得那麼多，多麼勤，多麼密。兩岸的政治對立，他自己的政治背景，全被文學穿越，全被那些用重筆寫出的地址所穿越。

我二十多年前第一次去臺灣，就是白先勇先生花費巨大努力邀請的。他看到了我寫崑曲的一篇文章，我在那篇文章中，以明代觀眾癡迷的人數、程度和時間，來論證世界範圍內曾經最深入社會肌膚的戲劇範型是崑曲。他極為讚賞，讓我到臺灣發表演講。這也算是內地學者的「第一次」吧，一時十分轟動又十分防範，連《中國時報》要採訪我都困難重重。一天晚上，聽說《中國時報》派了一名不能拒絕的重要記者來了。我一看，這名「記者」不是別人，而正是白先勇先生。那個晚上，他真像記者一樣問了我很多問題，絲毫沒有露出他既是文學大家又是崑曲大家的表情。第二天，報紙上刊登他採訪我的身分，竟然是「特約記者」，這真讓我感動莫名。

對於地位高低，他毫不在乎；對於藝術得失，他絕不讓步。

對於我的辭職，他聽了等於沒聽。但有一次他不知道從哪兒聽來傳言，說我有可能要「擱筆」了，便立即遠道趕到上海，在我家裡長時間坐著，希望不是這樣。

那夜他坐在我家窗口，月亮照著他儒雅卻已有點兒蒼老的臉龐。我一時走神，在心中自問：眼前這個人，似乎什麼也不在乎，卻那麼在乎文學，在乎藝術。他，難道就是那位著名將軍的後代嗎？

但是我又想，白崇禧將軍如果九天有知，也會為他的後代高興，因為這符合了那位美國將軍亞當斯的構思。

五

從林懷民先生在旅館裡天天布置的鮮花，到白先勇先生以記者的身分對我的採訪，我突然明白，文化的魅力，就在於擺脫名位，擺脫實用，擺脫功利，走向儀式。只有儀式，才能讓人拔離世俗，上升到千山肅穆、萬籟俱靜的高臺。

有人問我：「臺灣文化最重要又最難以摹仿的亮點是什麼？」

我回答：「儀式。那種融解在生活處處的自發的文化儀式。」

從四年前開始，臺灣最著名的《遠見》雜誌做出一個決定，他們雜誌定期評出一個「五星級市長」，作為對這個市長的獎勵之一，可以安排我到那個城市做一個文化演講。可見，他們心中的最高獎勵，還是文化。這樣的事情已經實行了很多次，每當我抵達的那天，那個城市滿街都掛上了我的巨幅布幔照片，在每個燈柱、電線杆上飄飄忽忽，像是我要競選高位。我想，至少在那一天，這座城市進入了一個文化儀式。直到我講演完，全城的清潔工人一起動手，把我的巨幅布幔照片一一拉下、捲起，扔進垃圾堆。

扔進垃圾堆，是一個儀式的完滿終結。終結，是為了開啟新的儀式。

我在臺灣獲得過很多文學大獎，卻一直沒有機會參加頒獎儀式。原因是，從評獎到頒獎，時間很短，我的簽證手續趕不上。但終於，二〇一一年，我趕上了一次。

先有電話打來，通知我榮獲「桂冠文學家」稱號。光這麼一個消息我並不在意，但再聽下去就認真了。原來，這是臺灣對全球華語文學的一種隆重選拔，因此這次的評委主任是原新加坡作家協會主席、新加坡國立大學中文系主任王潤華教授。設獎至今幾十年，只評出過四名「桂冠文學家」，我是第五名。前面四名中，兩位原來我認識，那就是白先勇先生和高行健先生，其他兩位已經去世。

頒獎儀式在元智大學，要我做獲獎演講。然後，離開會場，我領到一棵真正出自南美洲的桂冠樹，由兩名工人推著，慢慢步行到栽植處。到了栽植處，我看到一個美麗的亭子，亭子前面的園林中，確實已種了四棵樹，每棵樹下有一方自然形態的花崗石，上面刻著獲獎者的簽名。白先勇先生的簽名我熟悉，而他那棵樹，則長得鬱鬱蒼蒼。我和幾個朋友一起鏟土、挖坑、栽樹、平整。做完，再抬頭看看樹冠，低頭看看簽名石，與圍觀者一一握手，然後輕步離開。

我想，這幾棵桂冠樹一定會長得很好。白先勇先生當年給我寫了那麼多橫穿地球的信，想把華語文學拉在一起，最後，居然是相依相傍。

於是，頒獎儀式也就成了生命儀式。

六

文化是一種手手相遞的炬火，未必耀眼，卻溫暖人心。余光中先生也是從白先生推薦的出版物上認識了我，然後就有了他在國際會議上讓我永遠汗顏的那些高度評價，又有了一系列親切的交往，直到今日。

余光中先生寫過名詩《鄉愁》。這些年內地很多地方都會邀請他去朗誦，以證明他的「鄉愁」中也包括著當地的省份和城市。那些地方知道他年事已高，又知道我與他關係好，總是以我有可能參加的說法來邀請他，又以他有可能參加的說法邀請我。幾乎每次都成功，於是就出現了一場場「兩余會講」。

「會講」到最後，總有當地記者問余光中先生，《鄉愁》中是否包括此處。我就用狡黠的眼光看他，他也用同樣的眼光回我。然後，他優雅地說一句：「我的故鄉，不是這兒，也不是那兒，而是中華文化。」

我每次都立即帶頭鼓掌，因為這種說法確實很好。

他總是向我點頭，表示感謝。

順便他會指著我，加一句：「我們兩個都不上網，又都姓余，是兩條漏網之魚。」

我笑著附和：「因為有《余氏家訓》。先祖曰：進得網內，便無河海。」

但是，「兩余會講」也有嚴峻的時候。

那是在馬來西亞，兩家歷史悠久的華文報紙嚴重對立、事事競爭。其中一家，早就請了我去演講，另一家就想出對策，從臺灣請來余光中先生，「以余剋余」。

我們兩人都不知道這個背景，從報紙上看到對方也來了，非常高興。但聽了工作人員一說，不禁倒抽冷氣。因為我們倆已經分別陷於「敵報」之手，只能挑戰，不能見面。

接下來的情節就有點兒艱險了。想見面，必須在午夜之後，不能讓兩報的任何一個工作人員知道，甚至，連懷疑的可能都沒有。後來，通過馬來西亞藝術學院院長鄭浩千先生，做到了。鬼鬼祟祟，輕手輕腳，兩人的外貌很多人認識，而兩家大報的耳目又是多麼密集。終於，見面，關門，大笑。

那次我演講的題目是反駁「中國崩潰論」。我在臺灣經濟學家高希均先生啟發下，已經懂一點兒經濟預測，曾在《千年一歎》、《行者無疆》中提早十年準確預測了歐洲幾個國家的嚴重經濟趨勢，因此反駁起來已經比較「專業」。

余光中先生在「敵報」會演講什麼呢？他看起來對經濟不感興趣，似乎也不太懂。要說的，只能是文化，而且是中華文化。如果要他反駁「中華文化崩潰論」，必定言辭滔滔。

那麼，我們還是緊密呼應，未曾造成「以余剋余」的戰場。

七

從林懷民，到白先勇、余光中，我領略了一種以文化為第一生命的當代君子風範。他們不背誦古文，不披掛唐裝，不抖擻長髯，不玩弄概念，不展示深奧，不扮演精英，不高談政見，不巴結官場，更不炫耀他們非常精通的英語。只是用慈善的眼神、平穩的語調、謙恭的動作告訴你，這就是文化。

而且，他們順便也告訴大家：什麼是一種古老文化的「現代型態」和「國際接受」。

雲門舞集最早提出的口號是：「以中國人作曲，中國人編舞，中國人跳給中國人看。」但後來發現不對了，事情產生了奇蹟般的拓展。為什麼所有國家的所有觀眾都神馳心往，因此年年必去？為什麼那些夜晚的臺上臺下，完全不存在民族的界限、人種的界限、國別的界限，大家都因為沒有界限而相擁而泣？

答案，不應該從已經擴大了的空間縮回去。雲門打造的，是「人類美學的東方版本」。

這就是我所接觸的第一流藝術家。

為什麼天下除了政治家、企業家、科學家之外還要藝術家？因為他們開闢了一個無疆無界的淨土，自由自在的天域，讓大家活得大不一樣。

從那片淨土、那個天域向下俯視，將軍的兵馬、官場的升沉、財富的多寡、學科的進退，確實沒有那麼重要了。根據從屈原到余光中的目光，連故土和鄉愁，都可以交還給文化，交還給藝術。

藝術是「雲」，家國是「門」。誰也未曾規定，哪幾朵雲必須屬於哪幾座門。僅僅知道，只要雲是精采的，那些門也會隨之上升到半空，成為萬人矚目的巨構。這些半空之門，不再是土門，不再是柴門，不再是石門，不再是鐵門，不再是宮門，不再是府門，而是雲門。

只為這個比喻，我們也應該再一次仰望雲門。

星雲大師

一

新春時節，獲贈一箱子書，星雲大師的《百年佛緣》。四函，十五冊，可謂洋洋大觀。同時收到慧寬法師的信函，說星雲大師希望知道我讀這部書的感想。

要讀完這麼多書，需要花一些時日。我隨手拿起一函，抽出一本翻閱，發現文句清順流暢，如恂恂口語。看前言才知，原來是星雲大師在八十五歲高齡時所做的一次系統口述。我耳邊，又響起了他溫厚的揚州口音。

剛翻幾頁就停下了，因為看到了書上的一幀照片。

照片上有十幾個人，最中間的是星雲大師。他的左邊，站著辜振甫先生，而他的右邊站著的那個人，有點兒眼熟。比他們兩位年輕，樂呵呵地閉著眼睛。照片下面注著的日期是一九九七年一月二十三日。

終於想起來了，那個人就是我。那一天，是辜振甫先生的八十大壽。

辜振甫先生的壽宴，全家子女到齊，濟濟一堂，圍坐成一個大圓桌。客人只有兩人，那就是星雲大師和我。壽宴設在佛光山臺北道場，辜先生向全家介紹我們這兩個客人後，鄭重地說：「過生日，就是紀念生命，因此每年這一天都吃素，不殺生。」

我一聽，心想，真是慧言嘉行。

然後，辜先生向我們兩人一一介紹在場的子女。「這個是賺錢的」，「這個是籌錢的」，「這個是數錢的」，「這個是存錢的」，「這個……」

「這個是花錢的！」這是他的女兒辜懷群自己在搶著說，全場都笑了。辜懷群我知道，是戲劇家，排戲、辦劇場，當然是花錢的活兒。她隨即以同行的口氣對我說：「余先生，我一直在找你！」

我一笑：「還想花錢？」大家又樂了。

壽宴結束後，全體人員拍攝了那幀合影。辜振甫先生夫婦又邀著我，在外面的客廳裡談了一會兒話。他們很懂文學，也都讀過我的書，因此一起說：「每次從報紙上知道你來，又找不到你。下次再來臺灣，一定要告訴我們！」

我點頭，順口對辜先生說：「與您會談的汪道涵先生，倒是我的書友。他凡是見到好書，都會多買一本，與我分享。」

辜先生說：「請代我向他問好！」

我轉而對他夫人說：「尊祖父嚴復先生，是十九世紀到二十世紀最重要的啟蒙思想家。真正的中國近代，由他開始。」

辜夫人笑著說：「謝謝！」

看我們談得差不多了，星雲大師就走了過來。星雲大師比辜先生年輕十歲，但辜先生面對他，卻像面對兄長。

二

那麼，我怎麼會被邀參加辜先生家宴的呢？

完全是因為星雲大師。

星雲大師從各種新聞媒體上看到，我在臺灣太忙碌了。怕我累著，他請陸鏗先生轉告，讓我從鬧市區的福華飯店搬到佛光山臺北道場來住，那兒清淨，可以免去很多打擾。

這對我來說，是求之不得。倒不是為了逃避忙碌，而是為了再次向他靠近。

星雲大師的大名，我早就知道，但首度當面拜識，卻在壽宴前的五年，一九九二年。當時他邀請我到「世界佛教徒友誼會」暨「世界佛教青年友誼會」發表演講。演講是由星雲大師親自主持的，他是世界佛教徒友誼會的「永久榮譽會長」。

那個演講現場頗為壯觀，世界各國的佛教徒按國別層層排開，以同樣的經誦、同樣的儀姿禮拜。我那天的演講，題為《行腳深深》，講述中國古代一個個佛教旅行家的事蹟。講稿的摘要，後來收入臺灣爾雅出版社的《余秋雨臺灣演講》中。

那次演講的地方，在高雄佛光山總部，因此我是從臺北松山機場飛過去的。陪我去的，便是陸鏗先生。陸鏗先生比星雲大師還年長八歲，早已是古稀老人，但在接獲星雲大師指令後，居然變成了一個小夥子，一路上對我這個晚輩殷勤照拂，甚至一次次試圖來攙扶我，幫我提包。當時我就想，在通向佛光山的路上，好像大家都沒有了年齡。

那天到了高雄佛光山總部，星雲大師一見我便說，昨天有一位年輕的比丘尼拿著我的書找到他，建議邀請我到山上來講課。大師當時哈哈一笑，說：「妳想到的，我早就想到。余先生明天就上山。」

為了證明這件巧事，星雲大師隨即吩咐身邊兩位年輕僧人把那位比丘尼找來。很快找來了，幾個僧人不分尊幼地就在廟簷下談起了我的散文，包括大師本人。

我至今還記得，星雲大師對我散文的評語是「迴腸盪氣」。

這情景讓我吃驚了。我寫的並不是宗教書籍，在這裡居然可以談得那麼熱烈。可以想像，他們對一本哲學著作、社會學著作、經濟學著作，也會這樣。這就是佛光山嗎？精神體量之大，遠遠超出了我的預計。

星雲大師領著我，走進一間山景滿窗的敞亮辦公室，向我介紹慈惠法師和其他法師。慈惠法師微笑著看了我一會兒，說：「我覺得《山居筆記》比《文化苦旅》更好。從這本書可以推測，你的寫作目標不只是散文，更是整體文化研究。但是，散文讓你的研究有聲有色。」

我又吃驚了，說：「沒想到在佛光山遇到了文化知音。」

星雲大師知道我擔任過上海戲劇學院院長，話題就從文學轉到了戲劇。他說：「我老和尚很少看戲，前不久在美國西來寺，花了很長時間看完了一部內地的電視劇，非常精采。因此我想托你辦一件事。」

我說：「什麼事？儘管吩咐。」

他說：「我們剛剛建立了一個佛光電視臺，想播出那部電視劇，但幾條聯繫管道都不通暢。你能不能直接找到那個女主角？我們與她商量一下。」

我問：「是哪部電視劇，哪位女主角？」

他說：「電視劇叫《嚴鳳英》，女主角叫馬蘭。」

「這好像不太難找。」我邊說邊笑。

星雲大師看我笑得奇怪，便用眼神問我怎麼回事。

我說：「馬蘭就是我的妻子。」

這下輪到他笑了。

那天，我與星雲大師暢談了整整一下午。他那時身體還很健碩，引著我走遍了佛光山的各個重要所在，還參觀了他小而整潔的臥室，以及臥室外他每天運動的一個小球場。走走坐坐，坐坐走走，一路都在談話。他在茫茫塵世間的經歷，他在臺灣和世界各地所做的事情，他在五大洲興建一個個佛教道場的努力……這一切，都娓娓道來，聲聲入耳。

我側身注視著他袈裟飄飄的高大身影，心想，這實在是一種人間奇蹟：氣吞山河卻依然天真，成功連連卻與世無爭，立足經典又非常現代，面對仇怨只播灑愛心。

為什麼說是奇蹟呢？因為按照常例，大成功總是離不開權謀，老法師總是免不了孤寂。星雲大師和佛光山，完全打破了這種常例。因為不合常例，也就構成了奇蹟。

我在五年以後住進佛光山臺北道場，就是想進一步深入這種奇蹟，進行文化思考。

三

在辜振甫先生壽宴前後，我在臺北道場住了十天，每天都有幸與星雲大師交談很長時間。

這十天中，我思考的問題很大，主要有這樣三個——

第一，當代社會，資訊密集、科學發達、溝通便捷、流轉迅速，與各大宗教的形成期和發展期已經有了極大差別。那麼，還有可能讓大批年輕人接受神聖的感召，進入一種脫離家庭生活的宗教團體之中嗎？

第二，進入宗教團體的僧侶隊伍，在今天還有可能以自己由衷的快樂、純淨、高尚，帶動周邊廣大的信眾嗎？有可能為今天紛亂無比的社會，增加健康的精神力量嗎？

第三，這種在宗教旗幟下的健康精神力量，有可能給世界各地的大中華文化圈帶來友愛，減除彼此間長久的隔閡嗎？

這幾個問題，是當代人文科學中的宏觀難題。星雲大師都以自己的實踐，做了精采的回答。

而且，這種回答具有極大的歷史開創性。因為千百年來的佛教大師，沒有一個遇到過那麼強大的現代衝撞，也沒有一個組建過像佛光山那樣的盛大歡樂。

我把自己觀察和思考的結果，先後發表在很多文章裡。在我的《中國文脈》一書中，有專文研究佛教的盛衰歷史，其中有一段結論性的闡述——

我重新對佛教的前途產生喜悅的憧憬，是在臺灣。星雲大師所開創的佛光山幾十年來致力於讓佛教走向現實人間、走向世界各地的宏大事業，成果卓著，已經擁有數百萬固定的信眾。我曾多次在那裡居住，看到大批具有現代國際教育背景的年輕僧侶，笑容澄澈無礙，善待一切生命，每天忙著利益眾生、開導人心的大事小事，總是非常振奮。

我想，佛教的歷史重要性已被兩千年時間充分證明，而它的現實重要性則要被當今的實踐來證明。現在好了，這種證明竟然已經展現得那麼輝煌。

我的這一論述，曾被內地的權威佛教學刊和其他學術刊物一再轉載。

早在一九九七年那十天間，我就把這種感受告訴了星雲大師。他謙虛地說：「過獎，過獎！」

當我說到以佛教精神減除大中華文化圈長久隔閡的時候，他給我談到了一九八九年收留許家屯的事。他講述了事情的全部經過，又談了自己超越政治對立的包容情懷。但是，這一件事，已經阻斷他再度返回內地的行程好幾年。

從臺北返回上海的飛機上，我一直想著如何由自己出面來疏通一下。星雲大師在那個事件中本來也是想起疏通作用的，卻被誤解了。我既然聽了他的敘述，也就承擔了責任。但是，我自從辭職後就徹底割斷了與權力結構的關係，不再與官員接觸，因此找不到疏通管道。我在飛機上想來想去，突然想到了一個人，覺得看到了一線光亮。

似有神助，我下飛機後剛進關，在機場過道的轉彎處，恰恰見到了這個人，那就是我的忘年書友汪道涵先生。他像是在等一位接他的人，獨自站在一個角落。由於做過上海市市長，很多人都認識，他便把臉轉向過道外面，背對人群。我上前招呼，他轉身一見我，高興極了。

我立即告訴他，辜振甫先生向他問好。然後，我頓了頓，說想約他長談一次，內容非常重要，有關星雲大師。

「星雲大師？」他略一遲疑，便扳著指頭算日子，約我再過一個星期，到康平路一六五號找他。

到了那天，我把星雲大師講的話，幾乎一句不漏地告訴了汪先生。汪先生非常耐心地聽完，又反覆追問了幾個細節，然後用手輕拍著椅子的扶把，想了好一會兒。

最後他對我說，由於事情複雜而又重大，我必須把剛才講的內容寫成一個完整的書面材料，交給他，由他負責遞送。

書面材料我很快寫好，送去了。過了幾天，他又告訴我：「材料已經轉送，想必事態會緩和下來。但不要急，此事牽涉比較複雜，需要時間。」

四

在這之後，我離開了上海，離開了眾聲喧譁的熱鬧，全身心投入了對世界文明的進一步考察。其間還被香港鳳凰衛視聘為特邀主持，貼地歷險四萬公里，遍訪了埃及文明、巴比倫文明、克里特文明、雅典文明、希伯來文明、阿拉伯文明、波斯文明、印度文明的遺跡。在這過程中，更是虔誠地巡拜了佛教文化的聖跡。從尼泊爾釋迦牟尼的出生地，一直到他山洞苦修、菩提悟道、初轉法輪等等遺址，全部一一到達，並長久留連，細細詢問，詳盡記述。從四萬公里返回後，我又應邀到世界各地演講考察成果，特別是提醒人們注意正在發酵中的恐怖主義和經濟危機。

那些年，我也曾遇到過比汪道涵先生更大的高官。一見面，他們總是談我的書，而我則與他們談星雲大師的事。我說，哪片土地如果連星雲大師也容不下了，那不是他的損失。

直到二〇〇二年春天，鳳凰衛視告訴我，星雲大師可以回內地了，而且領銜到陝西法門寺恭迎佛指舍利到臺灣。他會在三月三十一日護送舍利回來，鳳凰衛視希望我到西安機場迎接，到時接受採訪。

我歷來不會在公共場合接受媒體採訪，但這次由於星雲大師，立即動身。

那天在西安機場，採訪我的不僅僅是鳳凰衛視，還有別的很多電視臺。那些電視臺一見到我，便一下子奔湧過來，全都把話筒塞在我嘴邊。我覺得這是一個難得的好機會，就比較完整地講述了佛教精神對於當代世界的意義，以及法門寺佛指舍利的行藏與中國歷史興衰的關係。很多電視臺都播出了我的這段講話，這也就讓佛教話語罕見地在內地傳媒上成了主流話語。

後來，法門寺重建立碑，邀我書寫碑文，我就把那天在西安機場講話的內容概括進去了。大家可以從《秋雨碑書》的《法門寺碑》中看到：

佛指在此，指點蒼茫。遙想當初，隱然潛藏，中土雄魂，如蒙寒霜。渺渺千年，再見天光，蒼生驚悅，世運已暢。覺者頓悟，興衰巨掌……

後來，我把自己書寫的《法門寺碑》拓片，連同我為普陀山書寫的《心經》碑刻拓片，一起送給了星雲大師。

回想那天在西安機場見到星雲大師時，他顯得相當疲憊。連續三十七天大規模的迎送活動，每個環節都離不開他，他太勞累了。畢竟，他已經七十五歲高齡。

五

在這之後，我見到星雲大師的機會還是很多。儘管，我仍然是一個嚴格拒絕傳媒、拒絕集會、拒絕熱鬧、拒絕廣泛交往的人。

去臺灣時，曾一再地與星雲大師同臺進行對話，同桌圍爐過年。更多的是在內地，只要是他的行跡，我常常會「不期而遇」。這中間，似乎有某種神祕的天意。當然也有事先安排的，例如，我陪他去普陀山。

記得那天的普陀山，凡是他要走過的地方，都鋪上了紅地毯。兩邊全是僧人執禮恭迎，黃紅兩色連成長廊，蜿蜒盤旋。我是普陀山的「榮譽島民」，便以主人的身分扶著他，在長廊間緩步行進。

他與普陀山當時的總方丈戒忍法師見面時，方丈說：「大師，我在這兒幫您看山。」

星雲大師回答道：「其實佛光山也算是普陀山的一脈。」

第二天一早，我又陪著他，到普陀山一個安靜的高處，為太虛法師的遺跡奠基、栽樹。他在那裡，即興發表了一個充滿文學性的演講。

他平日的演講，絕大多數是面對千萬信眾開示。但這天就不一樣了，他在與太虛法師進行了一場私密的「隔代相晤」。一個在全世界弘揚了「人間佛教」的實踐者，突然來到了「人間佛教」先驅者留下的精舍，有很多心裡話需要傾訴。這種傾訴，情真意切，細語綿綿，當然具有文學性，全被我「偷聽」到了。

我與他最近一次見面，是偶遇，在山西大同。大同華嚴寺請大師開光，而我，正巧也與妻子一起在大同考察北魏文化的遺跡。於是，我們又有了愉快的夜談。

據我長期研究，西元五世紀，北魏孝文帝拓跋宏以北方少數民族領袖的慓悍雄姿問鼎中原，既虛心學習漢文化，又大力接迎佛教文化。在接迎佛教文化的過程中，又順理成章地引入了犍陀羅文化，以及犍陀羅身後的印度文化、希臘文化、波斯文化、巴比倫文化。於是，以佛教文化和漢文化為中心，當時整個世界的優秀文化全都浩浩盪盪地集中了，互融了。由此產生的成果，就是偉大的唐代。

因此，我應邀為大同雲岡石窟書寫並鐫刻了一方碑文，文曰：「中國由此邁向大唐」。人們看完了那些雄偉石雕，就能看到這方碑刻。

大同的雲岡石窟和古城牆都修復得很好，受到海內外專家的高度評價。星雲大師那天在大同講經，就有當地的佛教信眾遞紙條上去，熱情稱讚對修復工程做出重大貢獻的耿彥波市長是「活菩薩」。星雲大師當天晚上就以佛教的立場，對耿市長深表感謝。

在大同聖潔的夜空下，與星雲大師輕聲交談著千餘年來的輝煌和岑寂，文明和信仰，實在是一種醇厚的精神體驗。

癸巳年春日

（星雲大師收到本文後，在第一時間就請助手朗讀了一遍，他聽得非常仔細。不久，我家的電話鈴聲響了。我拿起聽筒，裡邊傳來熟悉的聲音：「我是星雲。」他高度評價了這篇文章，說是「小篇幅，大作品」。我說：「愧不敢當。」）

侍母日記

二〇一二年十一月十八日

馬蘭來電急告，我媽媽的病情突然危重，已經失去意識，但暫無生命危險。馬蘭遇到急事，總是會用一種平靜的口氣，但今天卻無法平靜了，要我盡快從北京回到上海。

已經失去意識？這對我來說，簡直是晴天霹靂。

北京我剛到兩天，是來講課的，半年前就安排好了的課程。

我急忙給講課單位去電話。對方說：「啊呀不好，聽課的都是忙人，已經從各單位請假，集中在一起了。這門課，實在很難調。」

我一再道歉，說：「最後陪侍媽媽，也是我的一門大課。這門課，一輩子只上一次，沒法調。」

對方被感動了，稱讚我，但又支支吾吾地說：「能不能……」

我知道，他是想讓我先搶著講幾次課，再回上海。

我說：「各種模範人物為了工作而犧牲親情的事，老是被宣揚，我卻不大贊成。親情是生命哲學，又是中國哲學，正是我要講的課。」

我又加了一句：「欠你們的情，我以後一定加倍補上。」

二〇一二年十一月十九日

在上海長征醫院的病房裡，我看到了媽媽。

她閉著眼，沒有表情。

我俯下頭去，輕輕呼喊，還告訴她，我是誰。

幾十年來，只要聽到我的聲音，她都快速反應，而且非常高興。只要聽到我的聲音，她可以在酣夢深處猛然醒來，她可以在喧鬧街市突然回頭。但今天，她沒有反應。在我記憶中，這還是第一次。

馬蘭湊在她耳邊說：「媽，阿雨來了。媽，是阿雨呀……」

還是沒有反應。

按照我們都看熟了的文藝作品，媽媽雖然沒有反應，卻有可能在眼角沁出一痕淚水。

但是，媽媽沒有。

馬蘭直起身來對我說：「如果眼角有淚，證明媽媽還很清醒，但這種清醒就是痛苦。」

我說：「對。子女不應該對老人做最後的情感索取。」

醫院病房裡經常傳來年輕人對老人的大呼小叫，其實是不應該的。老人敏感，平日稍稍聽到一點噪音就不能入眠，此刻更想安靜。因此，在這樣的時刻不吵不鬧，可能也是一份孝心。如果想用大呼小叫換來老人的一點點反應，則是在踩踏一種極不對稱的生理天平。

我想，在生命幽微的時刻，老人已經進入一種煙水迷濛的「漸隱」狀態。如果再讓他們愴然睜眼，重新感受生離死別，實在有點過分。

幸好，我媽媽的「漸隱」過程沒有被阻斷，滿臉安詳，眼角乾爽。

二〇二二年十一月二十日

我幾經詢問，終於打聽到了媽媽畢生的最後話語。前天進醫院後，保母小許問她，想吃什麼。媽媽嘴角一笑，說：「蝦。」其實不是她現在想吃，而是順口念叨了一種晚年最喜愛的食物。她說的蝦，是小蝦，清水煮的，不腥不膩，口味很鮮。記得小時候在農村，生活貧困，媽媽到河邊淘米時，會順手在長滿青苔的埠頭石上摸下一把小螺，我們鄉下叫「絲螺」，算是葷菜了。偶爾，也會用淘籮撈到幾隻小蝦，那就是當天盛事，會在飯桌上讓來讓去。

媽媽晚年，常用筷子撥著餐桌上那一碟子清水小蝦，回想起家鄉小河邊的薀藻蝌蚪、蘆葦蜻蜓。專家證明，人們在食物上的畢生愛好，大多與早年有關。

小蝦對於媽媽的早年，只是稀罕，卻不常見。比較常見的美食是一種小點心，叫「橘紅糕」。其實是一些軟軟的米粉粒，製作時加了一點橘子皮和糖。我家有一個遠房親戚是一家南貨店裡的製作工匠，因此吃到的機會比較多。我每次拉著祖母的衣襟到南貨店去，那位老闆娘與祖母年齡相仿，總會抬起手來，用一個大拇指按到祖母嘴裡，那是按進去了一粒橘紅糕。第二下，就會按到我嘴裡了。

這種小點心，居然留在了媽媽的記憶深處。

醫生來查病房時，想與媽媽說幾句話，便彎下腰去問：「奶奶，您最想吃什麼？」

媽媽看著陌生的醫生，隨口說：「橘紅糕。」

她似乎立即覺得不太對，怎麼把幾十年沒吃過的東西說出來了，便害羞地笑出聲來。

媽媽笑得很敞亮、很天真。

後來的事實證明，這是她留給這個世界的最後語言，最後笑聲。

你看她，先說清水蝦，晚年最愛；再說橘紅糕，早年最愛。媽媽用兩種最小的食品，「起點性的食品」和「終點性的食品」，概括了自己的一生。

在這兩種食品之間，無限的風雨，無盡的血淚，都刪去了。她把人生壓到了最低最簡，讓她自己都覺得不好意思，因此就用笑聲自嘲。

自嘲之後，她不再有片言隻語。

我聽保母和醫生一說，便用一字總結：「禪。」

「什麼？」醫生沒聽明白。

「禪。只記住一種最簡單的生活方式，打破了虛假常規，至低即是至高。」我說。

醫生點頭。

二〇一二年十一月二十一日

媽媽好些天已經不能進食，用「鼻飼」的方式維持生命。我妻子定時用棉籤蘸一些蒸餾水，濕潤她的嘴唇。

媽媽的嘴，一直很好看，到了九十高齡還是不癟不垂，保持著優美的形態。

舅舅多次說，我媽媽年輕時是個大美女，沒嫁到鄉下去時，走在上海的馬路上，多少人都在看她，走過去了還不斷回頭。

舅舅是從上海路人的眼光來判斷美麗的，在這一點上，我比舅舅厲害。我小時候在那個貧瘠的小山村中，並沒有路人的眼光幫助我，只憑著一個孩子的自然天性，就知道媽媽很美。

美具有一種「跨界傳染性」。我從媽媽的美，擴展到對自然美的認知，最後，抵達藝術美和文學美。

為此，我對美學的理解，與別的學者不同。我相信人類與美，在起點上是一種天性對應，並不是通過教育。小孩子都會在五六歲時就被山光水色驚呆，為秋山晚霞癡迷，並無任何課堂指引。

當然，僅有天性並不夠，還必須加注內涵。這內涵，主要不是來自學問，而是來自經歷。例如此刻馬蘭用棉籤在一點點濕潤的媽媽的嘴，曾經面對過一大堆小嘴。那些小嘴要吞食，要咀嚼，要飲啜，要滋潤。這個包圍圈，一直延續了很多年。這就使媽媽的嘴有了另一番生命力度和美學力度。

在我的記憶中，媽媽和祖母一樣，喜歡在我們吃東西的時候看我們的嘴。有時，是她們餵我們，勺子送到我們嘴邊，她們的嘴先張開了，直到我們把食物咽下。轉眼，下一勺又來了，她們的嘴又再度張開。這就是我對她們的嘴的最鮮明記憶，卻怎麼也記不起來她們自己吃東西的樣子。

那麼多年天天坐在一起吃飯，竟然記不起來她們吃東西的樣子，可見我們的注意力全都集中在眼前的飯菜了。真是不懂事的後輩，現在想來，還是萬分羞愧。

直到今天，隨著馬蘭手上的棉籤，我才細看媽媽的嘴。它的張合，是我們的童年；它的緊閉，咬過了飢餓和災難；它的微笑，是我們的家園。此刻，它終於乾涸了，乾涸在不懂事的後輩前面。

二〇一二年十一月二十二日

昨天晚上媽媽呼吸急促，今天早上又回到了常態。

我們家兄弟眾多，一批又一批來輪流守候。各家的「另一半」也都不斷地來，再加上舅舅、舅媽、親戚、朋友，這個病房肯定是整個醫院最擁擠的。好在，所有來的人都輕手輕腳，細聲交談，沒有出現一絲嘈雜。

開始，醫生和護士們見到這麼多人有點皺眉。但不久，他們感動了。一位醫學博士對我說：「現在很少再有這樣的家庭了，全體出動，又那麼有序。而且，像您和馬蘭老師這樣的大名人，也都天天陪著……」

這麼多人來來去去，需要有一個總指揮。這個人既要與醫生密切聯繫，商討各種醫療方案，又要安排輪流值班，還要接待老老少少的探望者，更要讓所有的人都由衷地服從，發現任何特殊情況都要立即調整。這個總指揮，就是我的妻子馬蘭。

整整二十幾年，馬蘭一直是余家上下最有威信的「大嫂」。各種事情，只要產生了糾纏或麻煩，大家都會等待她來處理。而她一處理，總是乾脆俐落，各方心服。

媽媽最早是從電視上認識馬蘭的。待到我們成家後，媽媽看到我原來亂麻般的生活狀態，突然變得井井有條，輕鬆愉快，她實在吃驚不小。馬蘭有語言才能，很快學會了媽媽那種半是慈溪話、半是上海話的奇怪語言，兩人就變得非常親熱了，一見面便摟在一起。

馬蘭有一種不露聲色的感染力。在她的影響下，我們四兄弟的四個媳婦，都變成了知心姊妹。她們與媽媽之間，從來沒有發生過一絲一毫的「婆媳糾紛」。無論是她們還是媽媽，對這種「糾紛」完全無法想像。

那時候，媽媽的觀察能力和判斷能力還非常健全。她始終認為，我作為她的大兒子，畢生的最大成績並不是寫了那麼多書，也不是擁有那麼多讀者和學生，而是找到了一個好妻子。

直到一個月前，我們全家一起吃飯，媽媽當時還沒有生重病，拍了一下坐在身邊的我，附耳說了一句：「看來看去，馬蘭是真正的漂亮，你長得一般。」

說完她笑了一下，輕輕地搖頭，為她把我生得「一般」而抱歉。

對誰抱歉？當然不是對我。好像，是對馬蘭的父母親。

二〇一二年十一月二十三日

醫生說，媽媽發生了腦萎縮，有一段時間了。

已經有一段時間了？我們都在回想。

不錯，最大的標誌，是迷路。

前年，媽媽就有過一次讓全家緊張的長時間迷路。她歷來喜歡獨自走路，而且對認路頗有自信。但那一次，她怎麼也找不到回家的路了。

她邊走邊看路牌，相信前面一條路應該認識。但是，到了前面一看，還是不認識。她不認為這是迷路，因此絕不問人。

我兒時在鄉下跟著她走遠路，在田埂間也迷過路，她同樣不問人。那時是因為害羞，一切漂亮的女孩都會有這種障礙。後來年紀大了，但羞於問路的習慣卻留了下來。這次迷路，非常嚴重。她這麼大的年紀，竟然在上海的街市間步行了整整十一個小時！我們全家上下十幾個人一起出動，分頭尋找，還報了警。直到幾近絕望之時，終於接到了警方的電話：「發現了一個頭面乾淨又大汗淋漓的老太太。」

見到她時，她已經喝了員警提供的熱豆漿，還吃了一個漢堡包，體力又恢復了。她完全不承認，自己在外面走了那麼久。

「最多兩三條街，不到一個小時。」她說。

那時她已經八十八歲，我們不能不讚歎她驚人的生命力。但也曾掠過一絲擔憂：她其實一直在近處繞圈子，腦子是否出了一點小毛病？

儘管她嘴上很硬，但在行動上，從此再也不敢一人走長路了。我們也吩咐保母小許一直跟著，不要離開太久。

我相信，她在找路的十一個小時中間，已經深深受到驚嚇。不知道自己今天怎麼了，不知道街道今天怎麼了，不知道上海今天怎麼了，不知道世界今天怎麼了。

這種生命體驗十分恐怖。眼見的一切都是陌生，連任何細節也找不到一點親切。她要擺脫這種恐怖，因此走、走、走，不敢有一步停息。

與她有關的一大堆生命都在尋找她，但不知是誰的安排，有那麼長時間，她「不被找到」。而且，是沒有理由地「不被找到」。

這是一次放逐，又是一個預兆。

為了感謝那幾位員警，我送去幾本自己寫的書。員警一看，笑著說：「原來是您的母親，連迷路都讓人震驚。」

二〇一二年十一月二十三日

媽媽今天有點發燒，醫生在吊針裡加了藥，過幾小時就退了。

蔡醫生把馬蘭拉過一邊，問，如果媽媽出現了結束生命的信號，要不要採取那些特殊搶救方式？

馬蘭問：「什麼樣的特殊搶救方式？」

醫生說：「譬如電擊，切開器官，等等。」

馬蘭問：「這樣的搶救能讓意識恢復嗎？」
醫生說：「那是不可能了，只是延續生命。」
馬蘭問：「能延續多久？」
醫生說：「最多一兩個星期吧。」
馬蘭說：「這事要問秋雨，但我已有結論：讓媽媽走得體面和尊嚴。」
我和弟弟們聽說後，一致同意馬蘭的結論。
很多家庭在這種情況下，一定會做出相反的選擇。為了短暫的延續，不惜做出「殘忍搶救」。他們認為，不這樣做就沒有孝心，會被別人指責。
其實，讓老人保持最後的體面和尊嚴，是子女的最大責任。我相信，我們的結論也就是媽媽自己的結論。
在這一點上，我們遺傳了她，有把握代她發言。
媽媽一生，太要求體面了。即使在最艱難的日子，服裝永遠乾淨，表情永遠典雅，語言永遠平和。到晚年，她走出來還是個「漂亮老太」。為了體面，她寧肯少活多少年，哪裡在乎一兩個星期？
記得幾年前，我曾用輕鬆的筆法寫過一篇〈體面人生二十項〉的小文章，其中三項與死亡有關。那就是：一，拒絕「殘忍搶救」；二，拒絕穿統一的「壽衣」；三，拒絕在碑文上寫官職。

媽媽從來沒有官職，前面兩項當然都會做到。

二〇一二年十一月二十四日

媽媽今天的臉色，似乎褪去了一層灰色。

馬蘭輕聲在我耳邊說：「媽媽會創造生命的奇蹟嗎？」

我說：「但願，卻不會。」

媽媽，您真要走了嗎？我童年的很多故事，只有您我兩人記得。即使忘了，一提起還會想起。您不在了，童年也就破碎了。

我的一筆一畫，都是您親手所教，您不在了，我的文字也就斷源了。

我每次做出重大選擇，總會估量會不會對您帶來傷害。您不在了，我可以不做這種估量了，但是，那些行動也就失去了世代，失去了血脈，失去了力量。

媽媽，您知道嗎，您雖然已經不會言語，卻打開了我們心底的千言萬語……

（注：日記太長了，先選八天吧。）

為媽媽致悼詞

感謝諸位，來與我們一起，送別親愛的媽媽。

我媽媽於一九二二年一月六日出生，於二〇一二年十二月九日凌晨去世，在這個世界上生活了整整九十年，也算高齡了。媽媽在最後的日子裡沒有任何痛苦，只因老年性的心血管系統疾病失去了意識。我們這些晚輩一天天都輪流陪在她身邊，她走得很安詳。

因此，我要求幾位弟弟，在今天的追悼會上不要過於悲傷，更不要失聲痛哭。悲傷和痛哭，容易進入一種共同模式，這是媽媽不喜歡的。記得十年前我們也在這裡追悼爸爸，從頭到尾，媽媽一直都沒有哭，大家以為她過度悲痛而失神了。但是，回到家裡，在爸爸那個小小的寫字臺前，她突然號啕大哭，哭得像一個小女孩一樣。馬蘭抱住她，撫摸著她的背，她哭了很久很久。從此，整整十年，直到她自己去世，她不再哭過一聲，不再流一滴眼淚。她此生的哭聲和眼淚，全都終止於爸爸。

媽媽拒絕一切群體化的悲傷，避過一切模式化的情感。我們今天，也要順著她。那就讓我們在心底，為這獨一無二的生命，唱一首獨一無二的送別之歌。

媽媽的獨一無二，可以從一件小事說起。幾天前，我們守在媽媽床邊，為她服務了十年之久的保母小許動情地說，整整十年，沒有聽到過她的一句責備，一句重話。

我說：「你只有十年，我是她的大兒子，多少年了？從小到大，也沒有聽到過。」

其實，今天到場的舅舅、舅媽和所有年長的親友都可以證明，在你們漫長的人生記憶裡，有沒有留下一絲一毫有關我媽媽稍稍發火的記憶？

我看到你們全在搖頭，對，肯定沒有。我一生見到的媽媽，永遠只是微笑，只是傾聽，只是靦腆，最多，只是沉默。直到半年前一起吃飯，我說她毛筆字寫得比我好，她還靦腆得滿臉通紅。

但是，我要告訴今天在場的年輕人，不要小看了微笑和靦腆。你們眼前的這位老人，還留下了一系列艱深的難題。

對於這些難題，我曾多次當面問過媽媽，她只是三言兩語匆匆帶過。每次，我總以為還有機會細問。也許在一個沒有旁人的安靜下午，讓她一點點地回答我。但是，這個機會再也沒有了，她把一切答案都帶走了。

於是，我心中的難題，也就成了永遠的難題，無人可解。

第一個難題。她這麼一個大城市的富家之女，為了在戰爭年月支撐一個小家庭，居然同意離別在上海工作的丈夫，到最貧困的鄉村度過自己美麗的青春，一切生活細節都回到她完全不熟悉的原始起點。對她來說，就像一下子跌進了石器時代。這，怎麼可能？

第二個難題。回去的鄉村，方圓多少里只有她一個人識字，她卻獨自挑起了文明啟蒙的全部重擔。開辦識字班，為每家每戶寫信，讀信，記柴賬、穀賬……她每天忙得不可開交，卻沒有任何人要她這麼做，也沒有得到過任何報酬。這，又怎麼可能？

第三個難題。她和爸爸，這對年輕夫婦，當初是怎麼冒險決定的，讓他們剛剛出生的大兒子，我，在如此荒昧的農村進入至關重要的早期教育？在那所極其簡陋的小學開辦之前，是由媽媽獨自承擔嗎？在我七歲的時候，媽媽又果斷地決定，我每天晚上不再做功課、寫作業，而是替代她，來為所有的鄉親寫信、記賬。她做出這個決定，顯然是為了培養我的人生責任感，但她難道完全不考慮我的學業了嗎？

第四個難題。有些親友曾經認為，媽媽是在瞎碰瞎撞中很偶然地完成了對我的早期教育。這確實很有可能。但是，我到上海讀中學後，很快獲得了全市作文比賽第一名和數學競賽大獎，原因是我為鄉親寫過幾百封信，又記了那麼多賬。媽媽知道我獲獎的消息後，居然一點兒也不感到驚訝。難道，她不是瞎碰瞎撞，而是早有預計？

第五個難題。到上海後，遇到了飢荒和「文革」。全家遭受的最大困頓就是吃飯，這事全由媽媽一人張羅。「文革」中，一切被「打倒」人員的全部生活費，是每月每家二十六元人民幣，而當時我家，是整整八口人，其中包括一名因失去父母而被收養的孩子。家裡早就沒有任何餘錢，所有稍稍值錢的東西也都已經賣完。那麼，二十六元，八口人，這道完全無解的算術題，媽媽到底是怎麼一天天算下來的？我們看到的只是一個結果，那就是全家都沒有餓死。這究竟是如何做到的？

與前面幾個難題不同的是，這個難題出現時我已經長大，留下了一些片段記憶。

例如，「文革」災難中的一天，媽媽步行到我所在的學院，找到了已經很久沒有吃過一頓飽飯的我。在一片吵鬧的高音喇叭聲中，她伸出溫熱的手掌緊緊貼在我的手掌上。我感覺到，中間夾了一張紙幣。她說，還要立即趕到關押爸爸的地方去。我一看手掌，那是一張兩元錢的紙幣。這錢是從哪裡來的？我百思不得其解。

但是，過幾天我就偵查到了。原來媽媽與幾個阿姨一起，在一家小工廠洗鐵皮。那麼冷的天還赤著腳，渾身上下都被水澆濕了。幾元錢，就是這麼掙來的。

前幾天，媽媽已經失去知覺，我坐在病床邊長時間地握著她的手掌。突然如迅雷閃電，記起了那年她貼著兩元錢紙幣握住我手掌時的溫熱。還是這個手掌，現在握在我手上。然後，我又急急地去撫摸她的腳，四十多年前的冷水鐵皮，讓我今天還打了個寒顫。

媽媽的手，媽媽的腳，我們永遠的生命支架。難道，這些天要漸漸地冷卻了嗎？

我一動媽媽的手腳，她肩頭的被子就有點滑落，馬蘭趕忙去整理。肩頭，媽媽的肩頭，更是我家的風雨山脊。

有關媽媽肩頭的記憶，那就更多了。例如，我曾寫過，「文革」中有一次我從農場回家，吃驚地看到一張祭祖的桌子居然在自動移位。細看之下才發現媽媽一個人鑽在桌子底下，用肩在馱桌子。家裡的人，有的被關押了，有的被逼死了，有的被流放了，沒有一雙手來幫她一把，她只能這樣。

「文革」結束後，公道回歸，被害的家人均獲平反，我也被選拔為全國最年輕的高校校長。但是，不管聲名如何顯赫，我的衣食負擔還是落在媽媽肩上。直到今天，集體宿舍的老鄰居們還都記得，我媽媽每隔幾天就肩背一個灰色的食物袋來為我做飯，後面還跟著爸爸。

現在，很多當年同事仍在美言我在那個年代的工作效能，不少出版社也在搶著出版我那時寫的學術著作。但是只有我知道，這一切的一半分量，都由一副蒼老的肩膀扛著，直到馬蘭的出現。

說到這裡，我想大家都已明白，媽媽一生的微笑和靦腆，絕不是害怕、躲避、無能、平庸。恰恰相反，她完成了一種特殊的強大。

媽媽讓我懂得，天地間有另一種語言。記得當年爸爸單位的「革命群眾」每隔幾天就會來威脅媽媽，說爸爸如果再不交代「反黨罪行」就會「死無葬身之地」。媽媽每次都低頭聽著，從不反駁一句，心裡只想著下一頓飯能找一些什麼來給孩子們吃。後來叔叔在安徽被逼死，媽媽陪著祖母去料理後事，當地的「革命群眾」又在一旁厲聲訓斥，媽媽只是捧著骨灰盒低頭沉默，隨便他們說什麼。

幾十年過去，現在我們都知道了，媽媽的沉默是對的。那些「革命群眾」不值得辯論。一辯論就進入他們的邏輯系統，必定上當。媽媽固守的，是另一套做人的基本道理，也就是天道天理。只有沉默，才能為天道天理讓出位置，才能為歷史裁判留下空間。

媽媽心中的天道天理，比我們常說的大是大非還要高。媽媽並不否認大是大非，例如，在「文革」災難中，她和我都知道，只要我去與造反派疏通一下，表示服從，爸爸的處境也許會改變，但我堅決不去疏通，她也贊成我這麼做。又如，她知道我曾經到一個出版社單獨與「工總司」暴徒對峙，又冒險悄悄地主持了上海唯一的周恩來追悼會，她都沒有阻止我，只說「做事不大聲，做完就走人」。

但是，這些事，還不是她心中的終點。她的終點聽起來很平常：不管別人怎麼鬧，都要好好活下去。

在這一點上，媽媽顯然高於爸爸。爸爸是典型的儒家，相信「修身、齊家、治國、平天下」那一套，成天要為正義挺身而出，為此受盡折磨。直到十年前，還被廣州、上海、天津的三份誣陷我的報刊活活氣死。他臨終床頭那幾份報刊上的顫抖筆劃，便是生死遺命。其實爸爸和媽媽同齡，媽媽能夠多活十年，原因之一，是她壓根兒不聽那些惡言。因此，這些惡言只能折騰爸爸，卻無傷媽媽。

針對這個對比，我曾經說過，我是中國人，當然忘不了殺父之仇；但我又是媽媽的兒子，懂得絕不能讓自己受惡言操控。我想，朋友們都會認同，我受媽媽的影響更深一些。

很多讀者都奇怪，我為什麼受到媒體間那麼多謠言的一次次圍攻而從不解釋，從不反駁？只要見過我媽媽，就明白了。

最後，我想用一件遠年往事，作為這個悼詞的歸結。

在我六歲那年，一個夏天的傍晚，媽媽翻過兩座山，吳石嶺和大廟嶺，到上林湖的表外公家去了，當夜必定回來。我為了讓媽媽驚喜，就獨自翻山去接媽媽。那時山上還有很多野獸，我卻一點兒也不害怕。後來在第二座山的山頂遇到棲宿在破涼亭裡的一個乞丐家庭，他們還勸我不要再往前走，但我還是沒聽他們的。終於，我在翻完第二座山的時候見到了媽媽。現在想來，媽媽也是夠大膽的，那麼年輕，那麼美貌，獨自一人，走在黑夜山路上。然而，更有趣的是，媽媽在山路上見到我，竟然不吃驚，不責怪，不盤問，只是高興地說一句「秋雨來了」，便一把拉住我的手，親親熱熱往回走。這情景，正合得上布萊希特的一個劇名：《大膽媽媽和她的孩子們》。

是的，我畢生的大膽，從根子上說，都來自於媽媽。十幾年前我因貼地冒險數萬公里考察了密布著恐怖主義危險的人類古文明遺跡，被國際媒體譽為「當今世界最勇敢的人文教授」。其實那每一步，還是由媽媽當年溫熱的手牽著。

媽媽，您知道，我為您選定的歸息之地，就在那條山路邊上。爸爸已經在那裡安息，山路的另一側，則安息著祖父、祖母、叔叔，以及您的父親——我們的外公。因此，您不會寂寞。

您先在上海度過這個寒冷的冬天，明年春天，我會領著弟弟們，把您送到那裡。

媽媽，這是我們的山路，我們的山谷。現在，野獸已經找不到了，山頂上的涼亭早就塌了，乞丐的家也不見了。剩下的，還是那樣的山風，那樣的月亮，那樣的花樹。

媽媽，我真捨不得把您送走。但是，更捨不得繼續把您留在世間。這世間，對您實在有點說不過去。整整九十年，愈想愈叫人心疼。那就到那裡去休息吧，媽媽。

謝謝大家，陪我和媽媽說了這麼多話。

二〇一二年十二月十三日下午四時三十分，在媽媽的追悼會上

單程孤舟

一

網上幾次出現過以我妻子名義發表的〈離婚聲明〉，寫得洋洋灑灑，抑揚頓挫，國內很多網民都相信了，包括不少自稱是我們朋友的人。類似的事情前前後後還出現過多次，一會兒是妻子的「訴苦」，一會兒是妻子的「抱怨」，我們都不置一詞，因為那些東西實在太無聊了。後來，妻子實在厭煩那些圍著我們名字的聒噪，便發表了一個十字聲明：「若有下輩子，還會嫁給他。」

這十個字，很像山盟海誓，其實是對世界的了斷。

在這十個字背後，我們有過一次次隆重的交談。我不說「鄭重」而說「隆重」，並不是用詞不當。

在這個表達中，定向的「嫁」，成了接受「下輩子」的唯一理由。但是，這種定向的「嫁」，又必須依賴很多無法想像的機緣。那就是，一方踏進了下輩子，另一方也要跟著踏進，彼此還能找到。如果缺了一項條件，她見到的不是我，我見到的不是她，那也就不再投生做人。

無法想像的機緣當然無法實現。因此，也就無法有「下輩子」。由此可見，這個十字聲明表明的是：我們不想再來這個世界一次了。那麼，此生也就是單程孤舟，上面只坐了兩個人，有去無回。

二

我們兩人，都沒有悲觀、排他、拒外、厭世的基因。那麼，為什麼要做出這麼決絕的約定呢？

這可以借用一個比喻來說明。人們到各地旅遊，離開時總會有一個隱隱的決定。有的地方覺得還應再來一次；有的地方覺得還應再來很多次，而且介紹別的朋友也來；但也有一些地方，心中明白不應再來。

這次我們遇到的，是最後一種地方。這地方的名號有點大，叫做人世間。

在這個地方，我們也曾欣喜過，投入過，著迷過，但結論卻是清楚的：不應再來。

這是一個完整的結論，不僅是指生命過程，而且也指與生命相關的一切背景和環境。其中有很多可以留戀的誘惑，但仔細一想，這些都帶有自欺的成分。

看穿這一點是很早的事，因此我們夫妻兩人後來的日子，最符合那兩個成語：相濡以沫，相依為命。

生命的程序，先由小變大，再由大變小。我們曾經很大很大，大到覆蓋萬里，人人皆知；但後來又被我們自己的雙手捏走了一個個彩色大氣泡裡的一切，變小了。小到只剩下兩個人，我看著她，她看著我，就是這次做人的全部風景。

當然，世間絕大多數人都會順世、戀世、頌世，我們只是異類。多麼不想成為這樣的異類，於是一次次地企盼、祝祈、探尋，也獲得過不少安慰，但最後，是冷冽的徹悟。

既然已經徹悟，那就應該在有生之年認真清理一番，把乾淨的心智留給生命的黃昏。

而且，這是一個沒有明天的黃昏。

沒有明天的黃昏，有一種海枯石爛般的洪荒詩意，就像那年在萬里夕陽下流浪在埃及西奈沙漠的焦枯山巒間。

三

冷冽的徹悟，來自親身經歷。

歷來總被教育：親身經歷未必可靠，應該服從一系列宏大理念。於是，我花費大半輩子的時間深入地研究了這些宏大理念，終於知道，親身經歷固然未必可靠，而宏大理念則更不可靠。一個人，如果能夠珍重親身經歷，並在其間不斷地濾析、掂量、篩選，那就有可能留下一些比較可信的素材，作為徹悟的基礎。

經歷夠長，還是從頭選一些片段吧。有些片段以前也曾涉筆，卻只是匆匆淡墨，未及感悟，因此不妨再度品味。

早期的片段中，怎麼也刪不掉的，有兩位青年男子的身影。他們，都非常英俊。一位姓馬，我未來的岳父，當時安徽西部一個縣城裡唯一的大學生；一位姓余，我的叔叔，自願報名到安徽東部一家工廠來支援建設的上海工程師。他們同齡，並不認識，卻在三十歲那年做了一件同樣的事。

那年安徽嚴重災荒，餓死了很多人，但省裡的官員向北京隱瞞了災情，還弄虛作假，偽造豐收景象，後果觸目驚心。他們兩位看不下去，便大膽地揭露真相。馬先生一次次在會議上大聲疾呼，余先生則一次次向北京寫信投訴。

北京終於聽到了疾呼，也收到了信，調查災情後處理了此事，還宣布不准報復揭露真相的人。但是，報復還是如期而至，馬先生奇怪地成了「候補右派」，在後來的「文革」災難中受盡凌辱；余先生則在「文革」一開始就被官方拋給造反派「徹底打倒」，理由居然是「宣揚反動小說《紅樓夢》」。

他們兩人，都只想為受苦的百姓說幾句話，但轉眼間，那些百姓卻拿著棍棒圍住了他們。

他們兩人，都只想讓腳下的土地不要太丟人，但轉眼間，這片土地卻要讓他們狠狠地把人丟盡。

迫害者總會製造一些藉口，但是百姓和土地完全不在乎任何藉口，更不想聽任何聲辯，只是快速在心底啟動了折磨他人的鬥爭程式。這在現代，稱之為「群眾運動」。

因為是「群眾」，當然沒有思考者；因為是「運動」，當然沒有休止點。於是，它總是「波瀾壯闊」，「勢不可擋」。

群眾義憤填膺地撲了過來，他們中的很多人，正是馬先生和余先生救活的。因為馬先生的發言和余先生的投書，使災情得以控制。但他們不管，把救命恩人逼向死角。

——被救命的人，卻成了奪命的人。這是人世間最常見的逆反宿命。

四

馬先生每天戴著屈辱的標誌在縣城的大街上被監督勞動，這天又被大聲吆喝：兩天後要接受一次最嚴厲的批鬥。「最嚴厲」，就是要「五花大綁」，而且「不阻止革命群眾的義憤行動」。這種「義憤行動」是什麼，誰都知道。

馬先生這次擔憂了，不是擔憂自己，而是擔憂年幼的子女看到父親被捆綁在大街的高臺上受盡汙辱，母親也被「陪鬥」，會不會對人世種下太多的仇恨？他與妻子商量很久，決定把孩子趕緊送到一個陌生的農村去，他們認識一個上街來的農民。這必定會讓孩子受苦，但受苦畢竟好於蒙恨。

孩子中最小的一個才五歲，她就是我未來的妻子。

人世如此猙獰，他卻要自己的孩子不要仇恨人世。

那天的牛車、泥埂、野花、小女孩，顛顛簸簸地直通一個心靈的聖潔所在。小女孩此刻還不知道發生了什麼事，卻被父母推上了一條心中無恨的道路。

她一輩子都會走在這條路上，儘管她終究明白，自己心中無恨，人世還是猙獰。

那天馬先生被捆綁在大街的高臺上，不斷被拳打腳踢，滿場都是「不殺不足以平民憤」的呼喊。他閉著眼，想著坐在牛車上遠去的孩子。他希望牛車快一點，離眼下的群眾聚集遠一點。

但是，這次離開了，下次呢？

下次，他完全不敢預想。

他默默祈禱，天下不要再有這樣的群眾聚集。即使不是批鬥自己，也不要；即使反過來批鬥今天動手的暴徒，也不要。

群眾聚集，群眾聚集……

萬一要有，也應該是以前有過的廟會和燈會吧？

他怎麼也無法想像，多年後，從這個省份到全國各地，再到遙遠的海外，將會出現另一種群眾聚集：萬民蜂湧觀賞最美的演唱。其間的主角不是別人，就是今天被牛車馱走的小女兒。

此刻，臺下的呼喊變成了「永世不得翻身」。

「永世」，是指一代又一代。他又想到了小女兒。她今天能不能在陌生的鄉間住下？有吃的嗎？父母都不在，能活下來嗎？

對生命的最殘忍迫害，居然可以換來生命的最美麗回饋。回饋時，誰都不知道起點。

五

馬先生被五花大綁的時候，余先生也被捆綁著。

五花大綁，是人類被同類折磨的最醜陋形象。這種形象總是與「示眾」連在一起，因此千萬條視線也變成了捆綁的繩索。對很多體面人來說，這比死亡更為痛苦。

馬先生被捆綁在大街高臺上，余先生則被捆綁在一輛垃圾車上。垃圾車配著高音喇叭在城市的街道間慢慢行駛，高音喇叭裡數落著余先生的罪狀，不斷提到《紅樓夢》，恰恰避開了他被打倒的唯一原因：向北京寫信報告饑荒實情。

街道兩邊是興奮不已的群眾。只要看到有人被捆綁遊街，他們都像過節一般。史載，歐洲中世紀宗教裁判所在燒死異教徒前的遊街示眾，民眾也是這樣快樂。今天捆綁在垃圾車上的余先生，這位上海來的年輕工程師，我的叔叔，即使被糟蹋成這樣了，他出眾的身材和臉龐的輪廓，還能讓滿街的男女都屏息凝視。屏息片刻之後，叫罵聲更響了，也喊起了「不殺不足以平民憤」的口號。此時的「民憤」，已經與身材和臉龐有關。

叔叔有一種驕傲的脆弱，很多面對失敗的理想主義者都是這樣。他向北京報告饑荒實情時，為了逃過省裡的通信監控，要我在上海重抄、轉寄，卻又關照我千萬不能告訴爸爸、媽媽。他不願讓當初勸阻他去安徽的親友們笑話他。此刻他在垃圾車上再度打量這些街道和民眾，很奇怪暴徒們怎麼會給自己安上了「宣揚《紅樓夢》」的罪名。這很好笑，卻也不錯，真是一個夢。

他是用刀片割脈自盡的。第一、第二次都被監管人員發現了，他又實施了第三次。三次割脈，這種狠心，驚天撼地。那三度無法想像的疼痛，正是濃縮了當時天地良知的疼痛。那鮮血，乾了一次又一次，凝了一次又一次。第一次，暴徒們認為他只是以激烈方式表示抗議，救活了還展開批鬥。其實他已不想抗議，只想離開，而且是徹底離開。

所謂徹底離開，也就是不僅僅離開安徽。本來，當本地的暴徒實在鬧得太不像話的時候，他也曾想不顧上海親友們的嘲笑逃回上海，躲到哥哥、嫂嫂家裡，也就是投靠我的爸爸、媽媽。但他已得到消息，哥哥也被上海的暴徒們關押了。自己如果逃回上海，安徽的暴徒一定會追去，結果是兩地暴徒合流，哥哥的罪名加倍。一個人，當最後一條可逃之路也被截斷之後，唯一能做的就是截斷自己。他懷疑起自己來到世界的理由，很快他不再懷疑，只對世界提出了否定。

他還是單身，由於平常有太多的追求者，他因選擇的苦惱而擱置了選擇。他有太多的機會留幾句遺言卻沒有留，我媽媽接到噩耗後陪著祖母前去處理後事，翻遍了他宿舍裡的抽屜，卻找不到片言隻語。終於在枕頭下發現幾本書，一部《紅樓夢》，他罪名的由頭；還有一本作文選，裡邊有我獲得上海市作文比賽首獎的那篇文章。他在報紙上看到我獲獎的報導非常高興，主動來信索取這本書。這已是好幾年之前的事了，我那時還是一個十三歲的中學生。

媽媽找到這些書後，被一旁監視的暴徒奪走了，說要檢查字裡行間有沒有密寫的「反動標語」。因此，媽媽和祖母抱回來的，只是一個骨灰盒。

那時祖母已白髮蒼蒼。她一共生育過十個孩子，在兵荒馬亂中只養活了兩個，我爸爸和叔叔。現在，一個兒子被關押著，最小的兒子卻死了，死在寒風凜冽的江淮土地上。那時沒有車，她被媽媽攙扶著，在泥路上長時間步行，骨灰盒捧在她手上。她極其疲倦的腳步已經提不出任何疑問，只能一步又一步匆忙逃出。她心裡一直在念叨：「孩子，不是你來錯了地方，而是娘本不該把你帶到世上。」祖母的念叨，被我媽媽聽到了，媽媽後來告訴了我。

我幾次問媽媽，有沒有看到一本字帖，媽媽搖頭。我說的字帖，是顏真卿的《祭侄帖》，我十歲時看著叔叔在上海舊書店買的，還聽了他講這本字帖的故事，我掉了眼淚。沒想到，現在該由我這個侄子來祭叔了，而且祭一輩子。顏真卿那番淚迸血湧的筆墨，好像有一種暗示，反向暗示。

六

那個被捆綁著的爸爸安排逃離的小女孩漸漸長大，十二歲考上了省藝術學校，但縣城的官員不批准，因為是「右派份子的女兒」。

媽媽是一名主角演員，那天在一個地方演出，正化妝，聽到了女兒不被批准上學的消息，便立即罷演。她知道這樣做，很可能被戴上「對抗政府」的帽子被打倒，但她寧肯這樣。丈夫已經被眾人踩到了腳下，現在又斷了女兒的路，她要用滅絕的方式一吐憤怒。反正都是死路，也要留下一點聲音。

似乎是上天的安排，那夜演出的消息風傳十里，無數山民打著松枝火把來看戲，在綿延的山林間拉出了好幾條長長的火龍。這景象，既壯觀又神祕，好像是巫神要做出某種裁斷。條條火龍的終點是戲臺，但女主角已經罷演，這局面極有可能鬧出群體事件。正好有一名上級幹部在那裡視察，問清情由後親自找女主角商談。女主角步步緊逼直到那幹部當場明確點頭讓女兒上學，鑼鼓才重新響起。
幾天後，小女孩拖著一個木箱子爬上了通省城的長途汽車。
我後來常說：馬蘭投身藝術，松炬十里，蒼山舞龍，實在氣勢非凡。

七

那時的我，正陷於絕境。
一個剛剛二十出頭的年輕人，如果條條生路全都崩塌了，會怎麼樣？
這種情景，很少有人體會過。
我曾經讀過不少敘述自家在文革浩劫中受苦的回憶錄，讀著讀著總是會啞然失笑，因為一看便知，他們的路並沒有徹底崩塌。
例如那些幹部子弟，雖然父親已經倒臺，但門路還是很多，尤其在軍隊中總有不少的關係網絡，而當時的軍隊，權勢蓋天。又如上海有不少資本家的後代，雖然帳戶被「凍結」，但隱隱約約的各種輸送管道使他們的日子仍然過得不錯。即使是平民家庭，只要親戚中有一個參加了「工人造反隊」或「工宣隊」，便無人敢欺。
——這些旁門左道，我家一條都沒有。

自從爸爸被關押，叔叔被逼死之後，全家那麼多人已經失去衣食來源。我被發配到農場勞動，媽媽在嚴冬赤著腳為一家工廠洗鐵皮賺幾個錢，弟弟那麼小就跟著人到海裡捕魚，祖母如此高齡獨自回到破殘的老屋等死……

天天都是難言的慘痛，因此很快就失去了對慘痛的敏感，只是確認了一個事實：生命就是大苦大難，世界就是大苦大難。

說起來，我家的遭遇與那場政治運動有關，但我的感受卻廣泛很多。就政治運動而言，我爸爸和叔叔都不是對象，因為他們壓根兒不是政治人物。他們都是因同事們的「揭發」而打倒的，打倒之後，只要有另外一二位同事以「革命群眾」的身分為他們說句話，情況就會大為改觀。而且，這對說話的人毫無風險。但是，時間一天天過去，這樣的同事始終沒有出現。很多同事曾經是他們的朋友，卻都眼睜睜地看著我們全家飢寒交迫，不說一句話。他們也都知道叔叔僅僅為了一本《紅樓夢》而一次次割脈，仍然不說一句話。面對這種現象，我從期待、焦急到憤怒，最後終於明白：這不是世態炎涼，而是世間本質。

乍一看是運動之惡，其實是普遍之惡、普世之惡。運動只是行惡的機會，即便沒有運動，大家也能找到行惡的縫隙。帶頭行惡者，可能是幾個暴徒，接下來行惡的便是眾人了，用沉默，用竊笑，用漠然。私下，也會遞上幾句表示同情的輕語，卻不會把這些輕語從耳邊移到公共場合。

我在二十出頭時形成的這一系列強烈感受，在以後的人生歷練中有所改變，發覺部分民眾在面對一些簡單的困苦，例如自然災害和殘疾貧苦，也有可能發掘心底的良知予以救助。但是，如果這種困苦與政治、文化有關，情況又會是一片冰冷。而我特別關注的，恰恰是這種冰冷的困苦。因此，不管我的筆端給人們帶來了多少光亮，心底貯藏的卻總是蒼涼。

結果大家都看到了，我即使蒙受再大的傷害，也從來不會辯駁自清，不會尋求幫助，不會期待輿論。這一連串的「不會」，說明我在一個極大的領域，是徹底死了心。

正因為年紀輕輕就徹底死了心，我便大步走向佛教。佛教並沒有讓我恢復凡心，卻讓我無懼凡間，懷抱著蒼涼情懷走向「大雄」境界。

八

《泥步修行》一書中有〈迎災實修〉一節，簡單敘述了我在「文革」災難時期所做的幾件事。從當時到現在，總有不少朋友問我，為什麼能夠如此勇敢。我總是笑而不答，因為答案很難為他們理解。

一個完全無路可走的人，一定會踩出一條小路；一個完全無視輿情的人，一定會無視萬千嚇阻；一個已經不計自我的人，一定會不顧任何恐懼。

其實，這些後來被視為「政治正確」的行為，當時並無政治考量，因為我無法對歷史趨向做出預測。例如，我雖然與王洪文的徒眾們對峙了，卻根本不知道王洪文會倒臺；我雖然與「革命樣板戲」對峙了，卻根本不知道極左派的文化專制會延續多久；我雖然違抗禁令主持了上海唯一的周恩來總理追悼會，卻根本不知道政治局勢會翻轉；尤其是，我躲在外文書庫獨自編著《世界戲劇學》，根本無法想像這部書能夠出版……

後來局勢翻轉後，我一直受到多方表揚，盛讚我在「路線鬥爭」中「立場堅定」，但事實正好相反。我當時只感到伸手不見五指，哪裡分得清什麼路線。

真正陷於大災大難中的人，對生命的估計往往很低。我當時腦子中一直在盤算的，是全家這幾天的飯食，爸爸下一次的批鬥。所有的盤算都毫無用處，因此我一點兒也看不上自己存在的價值。我發現自己在社會潮流中總是格格不入，十分無能，連火燒眉毛的家裡事都束手無策，那就只能勉強做一點潮流之外的邊緣之事。這也就是說，我當時的種種「對峙」行為，並非強硬抗爭，只是一種不想追隨潮流的邊緣勞作。而且，只是一個小人物的邊緣勞作。沒想到，不想追隨潮流的邊緣勞作，看起來都有一點「對峙」的性質。

稍感奇怪的是，我原以為像我這樣不追隨潮流的人應該不少，但事實亦非如此。

我一直孤獨，卻感覺不到孤獨，因為孤獨是我的正常生態。

孤獨，孤獨。爸爸在隔離室裡已經孤獨了很多年；叔叔自盡前也在小房間裡孤獨了好些天。他們的前半生本來也都是寡言的，卻不知哪一天想突破孤獨，與周圍同事閒聊了幾句，就被揭發舉報，結果又被強制孤獨。

此刻祖母一個人在鄉下破舊的老屋裡等死，更是徹底孤獨。還有咬牙打工的媽媽，出海捕魚的弟弟，都不會與人交談。親人們都孤獨著，我想念他們，也必須在孤獨中。

很多人認為，孤獨必然閉目塞聽，孤陋寡聞。其實憑我的經驗，正好相反。

請想像一下海邊的一個景象。一群人在帳篷裡熱鬧聯歡，一個人在礁岩上獨自遠望。乍一看，帳篷裡的人們看了很多臉面，聽了很多消息，換了很多話題，而礁岩上的那個人則什麼也沒有。但是，正是這個處於邊緣狀態的孤獨者，聽到了海天之間的千古低語，發現了鷗鳥桅檣的奇怪緣分，捕捉了風暴將臨的依稀可能。

仍然說到我潛入外文書庫編著《世界戲劇學》的事，孤獨到必須躲開四周耳目，徹底邊緣化。但是，正是在這種邊緣化的孤獨中，我領悟了世界十幾個國家最重要的文化史、哲學史、藝術史。齊全的程度，後來被很多國外同行們深深驚歎。現在處於開放而富裕的時代，類似的工程本可以鋪開陣勢一遍遍重新來做，卻再也做不出來，這就更要拜謝當年邊緣化孤獨的功勞了。

有過了這番刻骨銘心的經驗，我就更離不開邊緣化，更離不開孤獨了。

九

誰料，陰差陽錯之間，邊緣也有可能轉變為中心，孤獨也有可能轉變為熱鬧。這種悖論，大多出現在歷史急劇轉折時期，正恰被我遇到了。

二十世紀七十年代末至八十年代，中國經歷了一場實質性的社會大變革。我此前在孤獨中進行的一系列邊緣化對峙，一下子獲得了正面肯定。我幾乎成了「文化先行者」而廣受讚譽，不僅頻頻得獎，而且還成了中國內地最年輕的文科正教授、最年輕的高校校長，獲得了「國家級突出貢獻專家」、「十大高教精英」等等一系列榮譽稱號。這一來，不僅不再邊緣，不再孤獨，而且已經眾目睽睽。按照世間慣例，我會這樣生活下去，而且愈來愈顯赫。

幸好，我一直保持著邊緣的目光，孤獨的心境。我冷眼看去，發現釀災之根並未消除，投機份子還在投機。因此我要在熱鬧中獨自逃回冷清而狹小的書房，把文化建設的基礎書籍一部部寫完。

寫了一整套學術書籍，做了好些年學院院長，我做出了進一步的邊緣思考：中華文化的祕密，除了記錄在文字之中，更是潛藏在山河之間；而且這些潛藏祕密的山河，又主要是在邊緣地帶。

因此，我在上上下下的目瞪口呆中辭去了正要快速上升的職務，單身一人來到了甘肅高原，開始了文化苦旅。終於，我又回到了邊緣，回到了孤獨。

對於做官和出名，我沒有絲毫榮譽感；對於邊緣和孤獨，我沒有絲毫不適應。這是因為，前者只是偶然所遇，後者則是本性所歸。

十

當時我的私人生活，也處於邊緣狀態和孤獨狀態。

這事說起來還與祖母有關。前面說過，祖母抱回自己最小兒子的骨灰盒後，獨自回到故鄉老屋等死。但是等到災難結束後，她還活著，最後心願是想看到大孫子成家。已經把孤獨奉為人生哲學的我對此並無準備，但面對這位長輩我必須應命，而且時間不容拖延。當時的中國社會中，可供最後一代大學生成家選擇的結構已經崩解，兩位老同學介紹了一名他們也不熟悉的女工。草草登記後，對方並不理解我在商業大潮初起的背景下還堅守貧困日夜寫書，便自行去南方經商，五年多時間既無地址又無通信，後來帶來一個養女後又離開了。因顧慮長輩的心理承受能力我沒有道破這樁婚事的虛空狀態，最後在我的搭檔胡志宏書記的一再催促下才辦了離異手續。雖然養女歸於女方，我後來出於人道考慮，還是一年年撫養到她大學畢業、參加工作。

對於這樣的私事，我慌亂了很多年。後來還是受到佛教僧侶生態的啟示，才把心情安置。他們無家無名，卻能大善大愛，給世界帶來精神定力。我的遭遇不足為外人道，卻可以當作一種體驗邊緣和孤獨的特殊修行。

因此當時去得最多的地方，是住處附近的龍華寺，聽經誦，看袈裟。

我已不想成家，不料遇到了她。

十一

她，松炬十里，蒼山舞龍送出來的她，十二歲拖著一個木箱子獨自去省城的她，已經譽滿天下。

十八歲名震香港，二十歲被選為全國人大代表，如此年輕已經成為一個著名大劇種無可爭議的首席。新聞媒體幾度在全國各省問卷調查最喜愛的演員，她每次都名列第一。

但是，如此赫赫大名，對於我這個也已經被盛名所困，正在竭力擺脫的人來說，並沒有什麼吸引力。她首先把我鎮住的，是表演等級。

那次，她到上海演出莎士比亞的一齣喜劇。當時正在舉行規模宏大的中國首屆莎士比亞戲劇節，國內外各個劇團已經輪演了二十幾天，連英國皇家莎士比亞劇團也來了，說實話，我已經看疲了。但是，她的演出才看了五分鐘，我就坐直了身子，精神陡起。在她身上，莎士比亞不見了，黃梅戲也不見了，只有一個美好的生命在向世界傾訴愉悅，傾訴得既酣暢又典雅。這個美好的生命既不完全是劇中的角色，又不完全是她，而是包括所有觀眾在內的一種詩化的生存形態。因此，劇場裡所有的觀眾都全神貫注，出現了一種近乎凝凍的氣氛，直到演出結束。

看過無數演出的戲劇家曹禺走上臺去，握住她的手說：「妳在臺上真是亮極了！」

那時，我已經出版了廣為人知的《世界戲劇學》、《觀眾心理學》、《中國戲劇史》、《藝術創造學》等一系列學術著作，對表演藝術進行過連篇累牘的專業論述，卻沒想到這一夜，發現了真正的極致狀態。

見到臺下的她，是很久之後的事情。因為中間有一段不短的時間，我在國外講學。

臺下的她，又出乎我的意外。

所有的名聲、成就、地位、讚譽，好像與她一點也沒有關係。文藝界很多成功者也會有一些謙虛的說詞，她連這樣的說詞都沒有，因為壓根沒有想過自己的成功。她當時已經是囊括全國所有舞臺劇和電視劇最高表演藝術獎的唯一人，但她對於得獎幾乎沒有記憶，只把獎牌、獎狀、獎座全部交給劇院的辦公室，沒有一件留在自己身邊。她也完全不知道文藝界的升遷排位、潮起潮落。誰說起這一切，在她聽來好像是宋朝發生的事，滿臉陌生。

她深深沉浸在遠方的藝術之中，恰恰對自己所在的劇種很不在意。她所沉浸的遠方的藝術，居然是米開朗基羅、羅丹、梵谷和現代舞之母鄧肯，對當代，她關注麥克傑克森和梅莉史翠普。她熟悉幾乎一切西方現代派音樂，在中國的傳統戲曲中，則比較喜歡京劇老生和程派《鎖麟囊》的唱腔，以及崑曲《遊園驚夢》的那個核心唱段。

這樣一個審美格局，容易會有一點「恃才傲物」的氣息。但她不，一點也不向同事顯擺，只在內心默默享用。她平日見到不喜歡的藝術作品當然很多，卻不皺眉，只是轉過臉去觀看路邊的花草。

她也有不能寬容的物件，那就是傷人者、阿諛者和逞權者。只要聞到氣息，就不會有第二次見面。萬一見了，也像不認識。

真正讓我覺得相見恨晚的，是她由衷的無私。

由衷的無私，一般被看作是道德修養的目標，在她卻是一種本能，好像生來就沒有留下自私的縫隙。她的侄女不止一次地說，自己從小就驚奇地發現，大姑從來不考慮自己，大事小事都是這樣。我與她長談幾次後也發覺，她的思路再廣泛、再靈動，也不會有一絲一縷拐到自己的名利。而且看得出來，這不是故意掩飾，而是出乎天然。當她說起一個個想法，一個個計畫，你聽了很久也不會明白這一些對她本人有什麼好處。如果有人問起，她會立即迷糊，不知從何回答。

這總算讓我找到了知音。我由於早年經歷和佛、老信仰，已經從根子上看穿個人名利的虛妄不實，因此心底裡確實沒有自私的貯存。這很難讓一般人相信，他們覺得你出了那麼大的名，得了那麼多的稿酬，怎麼可能沒有名利思想？其實，我如果在乎個人名利，就不可能在災難中做那些危險的事情了，就不會在仕途暢達時辭職遠行了，就不會面對瘋狂盜版不加追緝了。如果說對自我還有執守，那也是執守人格和信念，而不是名聲和利益。對此，大家都不太理解。

幸好，她以自己證實了我。

我微笑著在心裡問：「原來她也是這樣？」

她也微笑著在心裡問：「原來他也是這樣？」

人們都斷定，自私是人的本性，因此都不相信世間存在著本性上的不自私。別人不相信不要緊，自己相信就夠了。此刻，可以不說「自己」而改說「我們」了。

後來有人按常規詢問：「你們當初是誰追求誰？」

我們齊聲回答道：「那是用不著的。」

十二

從父輩的生死災難中走出的兩個人，突然獲得了巨大的文化名聲。接下來的路該怎麼走？結論是一致的：名聲不能再加了，日子已經夠過了，有生之年只做一件事，那就是弘揚大善大美。

心底的無私就能直接通達大善，心頭的愛好就能直接通達大美。我們全力尋訪，全力創造，純淨專注，不染塵埃。

好不容易在茫茫人海中找到對方，那就要避開茫茫人海，維護住原來不敢奢望的這個「找到」。

說好了，她應該不斷演出，創造當代中國最美的藝術形象；我應該不斷寫作，尋得中華文化最高的普世魅力。

我們舉起雙手，拍擊了對方的手掌。

既然她已經擁有那麼多觀眾，我已經擁有那麼多讀者，我們也就承擔起了一種生命責任。捆綁和殘害我們父輩的黑暗力量已經消失了嗎？這片土地有沒有可能從此變得安詳而美麗？我們毫無把握，因此生命的責任非常沉重。

面對難以計數的觀眾和讀者，她必須遠行千里巡迴演出，我必須風餐露宿跋涉考察。好在，既然我們因無私而相會，那也可以放棄一切，包括子女。說到子女，我告訴她，我還要毫無理由地撫養一個完全可以不管的所謂「養女」。她說，她最喜歡「毫無理由」。

這樣說來，我們似乎完全超脫了世俗生活，其實並不。我們自己包攬了共同生活的一切雜務瑣事，洗刷廚炊全部親自動手，而且為之而樂不可支。我的父母快速確認，這是他們平生所見最貼心的兒媳婦，而且岳父岳母也認為我是最稱心的女婿。

僅僅在家裡，無私之念也會變成無上享受。由此啟動，兩家老人以及眾多兄弟姊妹、叔伯妯娌之間，一年年未曾有過半句情感上的齟齬。於是我們隨之產生了對家門之外的信心，覺得如果心無陰翳，也會讓世間更加明亮。

然而後來的事實證明，我們的信心並不成立。

十三

我們首度合作，是創作了轟動國內外的黃梅戲《紅樓夢》。起因，是我講起我們家與安徽的傷心因緣：叔叔在十年浩劫中以「宣揚反動小說《紅樓夢》」的罪名被迫害致死。

我說，叔叔受迫害的具體原因，是他為安徽這片土地說了話，《紅樓夢》只是藉口。當時的暴徒們還不知道毛澤東也推崇《紅樓夢》，如果知道，他們會換一個藉口。但是不管怎麼說，叔叔生命的最後幾天，都與《紅樓夢》糾纏在一起。對此，他可能會感到一種淒美。只是整個過程，他都深感寂寞。

太奇怪了，他想。他為這片土地說話，這片土地卻用《紅樓夢》置他於死地。

妻子覺得，必須為這位寂寞去世的男子做點事。我說，我參與。

這需要抄錄我在《吾家小史》中寫的一段話了——

就在叔叔去世二十五週年的祭日裡，黃梅戲《紅樓夢》在安徽隆重首演，產生了爆炸般的轟動效應。這齣戲獲得了全國所有的戲劇最高獎項，在海內外任何一座城市演出時都捲起了旋風。

全劇最後一場，馬蘭跪在臺上演唱我寫的那一長段唱詞時，膝蓋磨破，手指掐得節節紅腫，每場演出都是這樣。

所有的觀眾都在流淚、鼓掌，但只有我聽得懂她的潛臺詞：剛烈的長輩，您聽到了嗎？這兒在演《紅樓夢》！

十四

直到今天，海內外很多戲劇家和戲迷仍然認為，黃梅戲《紅樓夢》是他們一生看過最好的舞臺劇。

著名電影導演謝晉說：「這齣戲，是中國第一部真正成功的音樂劇。」

這齣戲當時受歡迎的盛況，現在說起來簡直難以置信。馬蘭應邀在西北地方一些城市演出，已經累得只能白天在醫院吊水，晚上再登臺了，天天如此，致使國家文化部還為此下發一個紅頭文件要求劇院關注她的健康。在臺灣的演出更是驚人，我看到當地電視臺採訪路人，幾乎都把馬蘭說成是當代華人演劇界的不二翹楚。

這種上上下下、裡裡外外齊聲讚許的勢頭，使我們對中國戲劇的全新格局產生了樂觀。既有傳統，又有現代，還有觀眾，再加上我率領的上海戲劇學院完整的國際化的創作團隊，合在一起，一種輝煌的藝術景象就在眼前。而且，我周圍的學術力量也已經為這種藝術景象的成批湧現，做好充分的理論準備。

幾乎沒有人懷疑，中國當代文化的成果型突進，將以這樣的藝術創造作為里程碑。

連蕭伯納的嫡傳弟子黃佐臨先生也在病床上給我寫信，直言黃梅戲《紅樓夢》為中國戲劇的世紀轉型，創造了範例。

但是，中國歷史上經常發生的現象又重現了：再優秀、再高尚、再宏大的好事正要在萬民期待中蓬勃舒展，只要從一個黑暗的角落投出一塊小汙泥，一切全然散架。

散架時，一切優秀、高尚、宏大皆被嘲謔，而萬民也都決然轉身，絕不戀惜。

這種「小汙泥逆襲」，大多由小報記者挑起市井喧鬧。因此從近代以來，主要發生在上海，因為那裡小報記者和市井喧鬧最為集中。

黃梅戲《紅樓夢》在海內外的赫赫聲譽中進入上海，立即遇到了「小汙泥逆襲」。

十五

事情太卑瑣，我歷來不願提起。

一切演《紅樓夢》的劇團都知道，小說原著早就把人物、故事、衝突安排好了，總編劇就是曹雪芹。劇團只在唱腔和表演上著力，排演的腳本並不重要。我在策劃黃梅戲《紅樓夢》時也是這樣，只讓人找了一個不知名的年老編劇寫了個腳本，一看不行，就決定由我和導演馬科先生一起邊排演邊成稿。一切都在現場完成，效果很好。等戲出來，總要署個名，我想了想，就把定稿本送給那個曾經試寫過一稿的年老編劇，請他單獨署名，並把稿酬全部給他。很快得獎，再把獎狀和獎金也全部給他，那個人感動得不知道說什麼好。

我不署名，不拿稿酬，一是因為我全無名利觀念，二是因為我是上海戲劇學院院長，這個職位在當時的戲劇界，雲水縹緲，至高無上。

不管怎麼說，這總算是一個默默施惠於人的佳話吧。但是，誰能想到，上海居然有幾個人挑唆那個年老編劇突然翻臉，在媒體上誣陷我和導演修改他的劇本是「企圖署名」。挑唆者誘惑他說，只要讓人相信堂堂上海戲劇學院院長也企圖把名字署在他的名字後面，那麼，他就會大大爆紅。

這件事如此荒唐，但因為攻擊的目標是我，立即在海內外捲起風潮。香港的評論家羅孚先生也在《明報》上說到此事，後來上海有一個朋友告訴他，我根本就沒有署名，也沒有「企圖署名」的絲毫證據，羅孚先生就在《明報》連續三天向我公開道歉。

但是，從上海到北京，沒有人向我道歉，大家都在為一場莫名其妙的投汙成功而興高采烈。

就在那些天，年邁的越劇表演藝術家袁雪芬女士親自來到了我的辦公室。她盛讚黃梅戲《紅樓夢》的成就，希望我能具體幫助越劇的改革。順便，她講起了自己早年在上海的一個慘痛經歷。她說，當年越劇在上海爆紅後，遇到的最大災難，是有人向臺上的主角演員投擲最骯髒的汙穢之物，鬧得全場奇臭無比，觀眾紛紛掩鼻而逃，整個演出也就砸了。她說：「一開始我們也以為是地痞胡鬧，後來發現投擲者很懂戲，總能準確地抓住劇情的高潮點，也知道滿臺最重要的主角是誰。後來也抓住過一個投擲者，不是地痞而是文痞，與市井小報有關。」

「市井小報？」我問。

她說：「對。他們是為了炒新聞。投擲事件後，各個小報就不斷誘導人們，女主角是否有家鄉仇人？是否捲入了婚戀糾紛？沒完沒了。好好一個劇團，也就陷落在小市民的喊喊喳喳中了。這就是上海，地痞、文痞分不清。」

我知道，她這是在說我們目前正在遇到的事件。臨走，她還低聲給我講了一個挑唆者的名字，居然是我的學生。

幾天後，我又遇到了忘年之交唐振常先生，研究上海史的大專家。他並沒有看過黃梅戲《紅樓夢》，卻已從報紙上看到了「企圖署名」的鬧劇。一見面他就拍著我的肩哈哈大笑，說：「報應啊！你寫的《上海人》是傳世之作，但顯然掩飾了上海人的老毛病，這下給你補課了。」

我希望他多說幾句。

他說：「上海開埠以來，既自由又混亂，但最混亂的是文化，因為財富有座標，文化沒有座標。一大群品格低下的媒體文痞，年年月月就靠折騰文化名人來謀生。很多文化名人開始都曾喜歡上海的自由，但都住不長，就是厭煩這幫人。其實四人幫裡的張春橋、姚文元就是這樣的上海媒體文痞，見到誰好就糟蹋誰。這風氣到今天還在，因此我對上海文化的前途並不看好，你遲早也該離開。」

十六

上海的媒體文痞有很多特殊的本事，很難被外地瞭解。

第一個本事，是能夠避開同等級的內訌，一呼百應地摧殘最高等級。他們總是把被摧殘對象渲染成威風凜凜，於是摧殘也就變成了挑戰。時間一長，上海文化雖然堪稱豐富，卻容不得最高等級。這情景，就像上海在地理上沒有一座真正的山一樣。

上海媒體文痞的第二個本事，就是一旦鬧事就彼此心照不宣，不允許異議露頭。若有露頭，立即用令人噁心的方式對付。這也是他們與西方自由派傳媒人的根本區別。「企圖署名」的謊言鬧那麼久，上海居然沒有一家報刊的記者來採訪過我。這在全世界的城市中，絕無僅有。

上海媒體文痞的第三個本事，能夠在最短時間內把他們在上海的胡鬧推到全國，話題也隨地而變。這個「企圖署名」的謊言傳到北京，就變成了「上海文化名人欺侮上海文化老人」事件，引得北京的文化老人義憤填膺，捋著袖子要來搶救上海那位不知名的同齡同行。

這就是上海。一小團臭烘烘的汙泥，徹底打掉了就在眼前的美好文化前景。上海，只有驅逐了大文化，才有那幫媒體文痞的市場。這次，他們又取得了全勝。

十七

上海讓我憤怒，我一再想起唐振常先生勸我的話，「遲早也該離開」。

當時我正忙於辭職。辭職與這個事件倒是沒有關係，是我早就安排的一個人生計畫。

辭職後，我就到西北高原進行文化考察，卻把每次出發的居住地，移到了合肥。這次移居，也包含著我本人在《紅樓夢》事件中對妻子的歉意。我所住的城市竟然如此對不起她，那麼，我就要換一個城市來住，真正住到她身邊。

在合肥幾年，我充分領略了當時全國最受歡迎的劇種和演員的極度繁忙和榮耀。我一次次暗想，自己當時在上海提出辭職時，上自國家文化部，下至單位清潔工，都無法想像一所不以我為院長的上海戲劇學院。但是，即使傷筋動骨，我還是離開了。官位畢竟只是官位，藝術就不一樣了，在安徽，看著妻子，我才體會了一種真正的「不能離開」。當時如果到大街上問任何一個行人，這個地方如果讓馬蘭離開會怎麼樣，幾乎每個人都會覺得不可思議。

然而，我終於目睹了最不可思議的事情：一個當地的官員決定，冷凍馬蘭。

這個匪夷所思的決定之所以能夠成立，因為當時安徽的「官本位」全國第一。

什麼是「官本位」？那就是只要官員做出了決定，大家不問情由立即服從。即使這個決定顛覆了最高文化座標，四周仍然鴉雀無聲。

突然之間，馬蘭的一切社會職位和藝術職位都被撤除，逼她全面讓位。直到今天，從馬蘭到她的每一個同事、每一個觀眾，都不明白這個官員做出這個決定的理由，大家只能胡亂猜測。也許是馬蘭幾度婉拒參加歡迎北京官員的聯歡會？也許是她從來不向省裡的官員「彙報思想」？也許是上海文痞的權勢背景對安徽做了某種暗示？也許是更高的官員塞進了替代的名單？……都有可能。

按照馬蘭的性格，既然不演，我就離開，但外省並沒有這個劇種。

馬蘭悲憤地想，可以徹底改行，從頭做其他工作，但是安徽又不允許她把戶口和檔案關係遷出。也就是說，她被關入了「不讓演、不讓走」的囚籠，因此官方也就不必承擔把她放走的責任，讓她自己一年年在合肥乾熬。她完全失業了，那年她才三十八歲。

她失業後，那個曾經是「全國民選第一」的大劇種出現了什麼情景，大家都看到了。

正如上海驅逐了我，安徽居然也驅逐了她。而且，她所承受的，是不讓離開的驅逐。

對於這種驅逐，她的無數觀眾，我的無數讀者，都沒有任何不同意見。

每場演出結束時如醉如狂的歡呼，每次新書發布時擁擠不堪的景象，難道都是假的？

我們不能不承認，有一點真。但這真並不可靠，就像禁不起任何風吹雨打的泡沫和煙塵。

很多同行心中暗想的是，驅逐了我們，才能為他們讓出寬敞的地盤。因此，很多人更願意仰視的，並不是她那一臺臺精采的演出，而是一個個官員的臉色；很多人更願意閱讀的，並不是我那一本本厚重的著作，而是一個個荒誕的謠言。

這是真正的「人心所向」，歷史上所有孤寂的文化創造者都感受過。若有相反的企盼，只是欺騙自己。

我們兩個，心如止水，默默地走在合肥或上海的街道上。只因為，那兩個城市中，還有我們受盡人世苦難的年邁父母。

父母的經歷和我們的經歷，終於焊接在一起了。

可以把一切都放棄了，但我還有一件更邊緣、更加孤獨的大事，藏在心底還沒有放下。

我在前邊已經提到過，自己在浩劫中潛入外文書庫編寫《世界戲劇學》，系統地鑽研了人類十幾個國家最重要的文化史、哲學史、藝術史，由此產生懸念，要完整地尋找與我相關的中華文化遺跡。這事已經由《文化苦旅》做成，接下來，懸念的下半段，我就必須到世界各大古文明的遺址進行對比考察了。但是，目前那些地方大多已是恐怖主義戰場，我走得通嗎？

正好香港鳳凰衛視有類似的計畫聘我當嘉賓主持，我決定，投入這場生死冒險。而且說好了，其他輔助人員可以分段配合，由我一人走完全程。

這是天下任何妻子都很難同意的，但她同意了。只提出一個條件，希望在最困難的路段由她陪著我。

十八

在千萬里的艱難顛簸中，數不盡的廢墟和壕溝改寫了她心中的文明史。面對最淒涼、最激動的景象，她總會把我的手握得更緊一點。

她一路陪著我，終於到了不能再陪下去的地方，那就是要進入伊拉克了。

那時的伊拉克，處於第一次海灣戰爭和第二次海灣戰爭的中間，可以說處境險惡，羈、擄、刑、殺，隨時發生。例如，按照當時伊拉克的法規，去過以色列再到伊拉克的人有「通敵之罪」。我們雖然從箱包物品中銷毀了去過以色列的種種印痕，但肯定還可以找到蛛絲馬跡。一旦生疑，必陷囹圄，而當時伊拉克囹圄中的慘狀即便只是聽聽也毛骨悚然。由於時間等不及，我們只能買通約旦一個旅遊公司的老掮客，非法進入，危險程度更是無與倫比。

但是，我能不進去嗎？不能。因為前面那兩條永遠流經各國教科書的古老大河，底格里斯河和幼發拉底河，正在等待著我。而且，今天的危險也正是我的研究題目：古代的大文明怎麼會變成現代的火藥桶？這是文明遭遇了厄運，還是文明自身的必然？

我如果不進入，就失去了一種以親身到達為依據的發言權。如果別處的學者失去了這種發言權還不要緊，而我卻代表著地球上的另一種古老文明。

經過反覆商議，終於決定，這次進入，只能是少數幾個「精壯男子」。我不太「精壯」，卻不能少了我這個全程主角。而馬蘭，卻無論如何不能進去了。

分別的地點是約旦的佩特拉山口，她與幾個人要坐車離開。人們在這樣的場合往往會竭力裝扮得從容，但那幾個要離開的人坐上車後便立即放聲大哭。那哭聲撕肝裂膽，幾乎使山口的塵土都捲起了渦流。因為他們驀然感受到，留下我們幾個，是留給了無底的黑暗。

只有她沒有當場號啕，而是坐到了車的另一側，把臉轉向窗外。她不想給我留下一個不太吉利的圖像。我繞到她坐的窗口，那窗是密封的，她的臉貼著窗，滿是眼淚，雙肩還抽搐著。我用手掌抹去窗上的塵沙，然後按著、捂著。車窗很涼，我也就冰涼地捂住了她的眼淚，她的抽搐。

後來她告訴我，當他們的車開得很遠之後，她看到我還站在沙漠裡，像一枝千年古木。等到看不見了，她從車窗裡面用手掌按住了我剛才留下的手掌印。車窗很涼，她一直按著，心裡叨念著，希望我的這個手掌印，何時能夠重新變暖。

當天我在日記裡寫道：「妻子，但願我們還能見面。」

那次她回國後，打開電視，聽到了我們幾個在伊拉克失蹤的消息。她判斷凶多吉少，就每天不出門，不吃飯，不睡覺，不梳洗，成天趴在電視機前，蓬頭散髮。直到聽說我們還活著，她才大哭一場。

其實，比伊拉克更兇險的，是伊朗、巴基斯坦、阿富汗的邊境地區。

在那裡工作了幾十年的外交官和記者都不敢去，他們都曾經無數次地來勸阻我們，特別是勸阻我。勸阻的理由很充分，因為當地的恐怖主義組織早已習慣通過綁架外國人質來索取贖金。

但是我還是咬咬牙，心裡毛毛地進去了，因為那個地區產生過的波斯文明、拜火教文明、吠陀文明、犍陀羅文明，我很難放過。進去之後很快發現，處處都是槍口森森、地堡隱隱、黑影幢幢。我一路上緊抱著藏有考察筆記的袋子四處張望，時時設想著被恐怖份子俘擄後的情景。遊走在生死的刃口上居然存活，我不斷抬頭感謝上蒼在冥冥中悄然佑護。

我當然知道自己是歷史上唯一用生命代價走通這條路的中國學者，因而在日記裡寫道，每當夜深時分，經常可以聽到張騫和司馬遷的遙遠笑聲。

我一路都在比較中華文明和其他文明之間的種種差異，這種現場比較，也從來沒有人完整做過。

但是，我內心一點兒也不企盼走完之後受到什麼褒獎。唯一企盼的，就是妻子的笑容。淺淺的笑容，由約旦佩特拉山口冰冷的車窗裡那滿臉眼淚所變成的笑容。

十九

在這個生死長途中，我的思考成果確實不小。

那天在東南亞一個紛亂的城市，突然傳來消息，日本著名的國際新聞主筆加藤千洋先生趕過來了，要對我進行「半途攔截採訪」。他說：「二十世紀就要在我們眼前結束，您已經用腳踩踏了無數個世紀，因此最有資格向世界談談世紀大課題。」

我一聽就來了精神，便隨口說了起來——

一，我已經從各大文明遺留的遠征戰壕中知道了中華文明比它們長壽的第一祕密，那就是以中庸之道為核心的非侵略本性；

二，我已經從種種極端化思潮中知道了當前世界正面臨著一場重大威脅，其酷烈程度必將超過冷戰，但是文明世界尚未警覺，那就是恐怖主義的大規模集聚；

三，我已經從沿途各國與恐怖主義的悲壯較量中，感受到每一個文明的共同底線，因此也知道了今後的世界秩序必將奠基於文明與野蠻的衝突，而不是文明與文明的衝突。於是，我可以與亨廷頓先生展開一場辯論了；

……

我還要講下去，加藤千洋先生舉起手指說：「已經足夠了。光是這幾個觀點，就足以震動國際學術界。」

他希望我在這次考察結束後能夠開始另一次長途旅行，那就是到世界各地作巡迴演講。他說，至少已經出現了三個重大講題：《重識中華文明》、《警惕恐怖主義》、《質疑文明衝突》。這些講題既非常及時，又非常迫切，而且必須由萬里歷險者來講，由中國學者來講。

他還告訴我，由於我這次歷險考察引起了國際間的密切關注，因此，日本《朝日新聞》在世界各國選了十個人來講述世紀跨越，中國就選了我。我問其他九個人是誰，他報了名單，都是各國政要和頂級富豪。他說：「只有你一人屬於文化，而且以數萬公里來歸納世紀文化，分量最重」。

儘管他鼓勵我到世界各地作巡迴演講，而我則暗自期許，要讓這些文化觀念在中國國內傳播。國內有一個習慣性誤會，認為中國人都代表著中國文化，只是缺少向外傳播。其實，過往的歷史證明，歪曲和糟蹋中國文化最嚴重的，常常是中國人自己。因此，我有責任以「萬里歸來者」的身分告訴同胞，中華文明有史以來最為珍貴的，是它非侵略、非極端的中和本性，以及它願意與其他文明不衝突、不互損的共生底線。此外，我還要以沿途經歷提醒同胞，必須百倍防範恐怖主義和生態危機。

一路上想著這些大問題，我幾乎忘了，國內文化界正在毫無理由地驅逐我和妻子。

終於，我穿過森森槍口、隱隱地堡、幢幢黑影，活著回來了。

二十

一回國，圍住我的記者不少。我以為，他們總會詢問我數萬公里的冒死經歷吧？總會詢問我世紀之交的文明思考吧？總會詢問我回來之後的演講計畫吧？

這樣的問題，居然一個也沒有。

第一個問題是：「上海一個姓朱的文人，剛剛發表文章，說從一個妓女的手提包裡發現了一本《文化苦旅》，連妓女也在讀你的書，你該怎麼回答？」

第二個問題是：「上海還有兩個文人發表文章，說你在『文革』中參與過寫作，你該怎麼回答？」

我對這種問題，這種氣氛，已經非常陌生，因為畢竟在遠方歷險了那麼久。但是，頃刻之間，遠方的恐怖退去了，人類的文明退去了，世紀的難題退去了，我一下子又跌落在國內傳媒文化的滾滾濁流之中。

但這濁流，還是與我的遠方行旅有關。國內文化界很多人，實在受不了海內外那麼多報刊連載我的考察日記，實在受不了我把「文化苦旅」延伸到了時間的邊極和空間的邊極，實在受不了國外媒體把我列入「跨世紀國際十人」名單。按照中國文人的心理慣性，嫉妒之火立即升騰為仇恨之火、詛咒之火、毀滅之火。因此，再歹毒的詞句也就噴湧而出。至於那些已經年紀不小的「文革殘將」一見火苗更是添柴澆油，燃起一蓬蓬報復之火、栽贓之火、翻案之火。

妻子看到了這場邪惡火災的瘋狂蔓延，卻又知道我這些日子正要逃生歸來。她，一下子慌了神。

終於，她接到了我。這種從猙獰的世界地圖中揀回自己丈夫的心情，難於表述；更難表述的是，她發現眼前的一切更加猙獰。

我曾記述過這樣的情景——

那天，妻子挽著我的手走在上海的街道上，像是揀回了沒有摔破的家傳舊瓷器，小心翼翼地捧持著。今天她一直走在路的外側，讓我走裡側。但奇怪的是，每當走過書報攤時，她總是拽著我往前走，一連幾次都是這樣。我終於在一個書報攤前停住了，掃一眼，就立即知道了妻子拽我走的原因，因為那裡有很多我的名字，我的照片。

最醒目的是報刊的標題，都很刺激：

〈余秋雨是文化殺手〉；

〈剝余秋雨的皮〉；

〈我要嚼余秋雨的骨髓〉；

……

妻子慌張地看著我，用故作輕鬆的語氣說：「說你是殺手，是因為你把他們淹沒了。」她又補充了一句：「中國文人對血腥的幻想，舉世無雙。」

說著，還是把我拽走了。

二十一

歷來總認為「文人」和「暴徒」是兩種人，十年浩劫的事實證明，他們極有可能是同一種人。現在，街邊書報攤上那些標題，又作了同樣的證明。

我始終不把這幫人看成是「極左文人」、「憤青一族」、「激進份子」，而是明確稱之為「暴徒」。這不是我的強加，而是出於他們的自我表述。落草就落草了，嗜血就嗜血了，何必還披一件文人衫襖？我幫他們脫了。

當類似的血腥言詞用高音喇叭和嘶啞嗓門灌注到我爸爸、叔叔、岳父的耳際，當叔叔在這種聲音中憤然自戕的時候，這種言詞就已經等同於皮鞭、鋼刀。現在，這種言詞又緊貼著我的名字發行到全國各地，其暴虐的幅度又超過了以往。

有兩位朋友為了寬慰我，說起了笑話。他們說：「這些文章寫得那麼血腥，只有一種可能，那就是出自那些嫖客的手筆。嫖客在妓女的手提包裡發現了一本好書，一下子顯得自己反而沒有文化了，才會惱羞成怒。」

「不！」我知道這是說笑，卻還是斷然阻止。嫖客玩酷，卻不殘酷；嫖客惹腥，卻不血腥。這些文章不會出自風月之手，只能出自瘋狂之手。

有一位海外的華文作家急急找到我，說：「對一個重要的文化創造者進行大規模的恐嚇和侮辱，在世界任何國家都是嚴重犯罪。事情都發生在官方報刊上，相關官員為什麼對此毫無態度？」

我聽了苦笑一下，沒有回答，但心裡卻有答案：我，已經不在權力結構之內，不是官員職責要維護的範圍。即便有些喜愛讀書的官員想維護，也缺少操作規範，弄不好還會招惹是非。因此，他們集體地選擇裝聾作啞。

「對於你的遭遇，為什麼那些意見領袖、公共知識份子都不講幾句公道話？」那位海外作家又問。

我不知道他指的意見領袖、公共知識份子是哪些人，就請他報出了一些名字。一聽，我再度苦笑。

我說：他們多數也參與了攻擊。對他們來說，攻擊我，既有「挑戰權威」的假象，卻又非常安全，這正是當代中國某些「公共知識份子」的生存之道。我曾這樣概括他們：因攻擊而表演正義，因虛假而表演激烈，因安全而表演勇敢。歸根到柢，都在表演。我和妻子都是戲劇中人，對於生活中的表演，一眼就能識破。

總之，我們對誰也不指望。

二十二

從趨勢看，這些文痞看到種種誹謗都沒有把我們這對夫妻完全撲滅，就漸漸集中到最後一個嫉妒點，那就是我們的婚姻生活。他們至少每半年散布一次我們「離婚」的謠言，一次次辟除後，他們又打聽到了幾十年前那個因長久分居而離異的女士的名字，就在網路上一次次偽造她的講話，還派人對我進行電信詐詐。我本來完全不予理睬，後來警覺，對於這種詐詐必須報警。警方找到了那位女士，她立即聲明，多年來以她名義發表的一切有關我的言論，全部都是捏造，沒有一個字與她有關，她希望警方用音訊和視頻錄下她的聲明存檔。由此可見，果然是一夥文化詐騙犯在連續作案。本來，在警方出手前，媒體也有能力識破他們，但他們恰恰是很多媒體的「最愛」。

我和妻子一直想保留一點對媒體的信任，但是，林林總總的媒體實在太擅長欺侮好人了，別的媒體見了也都裝作沒有看見。結果，我們總是一次次因為媒體的折騰，而驚詫窗外的徹骨寒冷。這樣的例子，數不勝數。

我說過，二〇〇八年四川汶川大地震後，我第一時間趕到災區參加救援，看到廢墟間留有遇難學生的課本，課本上有我的文章，便立即決定以我們夫妻之力捐建三個學生圖書館。書，要由我自己來挑選。

當時各級電視臺有大大小小的捐助節目，我都沒有參加，也沒有向任何媒體透露自己的捐助計畫，只在埋頭選書。這事被一個記者看出一點動向，就放出消息，猜測我有可能會捐出二十萬元辦希望小學。其實是猜錯了，這點錢又怎麼建得起三個圖書館？對此我也未加糾正。

沒想到，北京一個被我指責過的盜版者在媒體上說，他去查了中國紅十字會的捐助帳號，沒看到記者所說的款項，因此是「詐捐」。於是立即變成全國媒體間的爆炸新聞，整整鬧了兩個月。連災區的教學部門一再證明我捐建圖書館的事實，也平息不了。我所挑選的書籍早就在那裡堆積如山，但是沒有一家媒體去看過一眼。

那天，我在外面與一個朋友一起吃晚飯，妻子著急地打來電話，說我家的房門已被大量媒體記者堵住，不斷敲門要採訪「詐捐」事件。妻子的電話是打給那位原與我一起吃飯的朋友的，因為我沒有手機。妻子在電話裡說，她從門孔裡看出去，很多攝像機正支在門口，只要一開門就會蜂湧而入，因此，她要我現在千萬不要回家。

乍一聽，來了那麼多媒體就可以把事情講清楚了，但再一想，就知道不可能。如果媒體早就想把事情弄清楚，為什麼在全國鬧了整整兩個月，都從來沒有來採訪我們當事人一分一秒？如果今天真的來進行一次遲到的採訪，也該事先聯繫一下呀，為什麼要以迅雷不及掩耳的方式堵住了房門？因此，今天晚上，他們要的是「突擊醜態」。

房門仍然被不斷敲響。

妻子在門內說：「我們從來不接受採訪，我丈夫也不在。」

門外問：「你丈夫什麼時候回來？」

妻子說：「不知道。」

門外問：「你不能用電話催一催？」

妻子說：「我丈夫沒有手機。」

門外說：「那我們一直在這兒等。」

妻子說：「那你們就等下去吧。」

隨即，妻子打電話懇求那個與我一起吃飯的朋友，多花一點時間陪著我。她會通過門孔觀察，決定要不要今夜為我在外面訂旅館。

但是，剛這麼說，她又擔憂了，這些媒體手眼通天，我一旦入住哪個旅館，他們會不會立即就獲得資訊，到那裡把我逮住？

——就這樣，妻子一直守著門孔，我一直躲在外面。飯店關門了，我就坐在路邊的凳子上，坐在被樹蔭擋住路燈的黑影下，為了不被人家發現。

為什麼會落到這個境地？只因為我們做了一點捐獻。而且是默不告人的捐獻，捐獻出了我們夫妻兩人三年薪金的總和。

我突然覺得，由捐獻開始的媒體討伐、房門圍堵、夫妻分隔、門孔窺視、路邊躲避……是一幅濃縮了的人生圖像。

偌大一個城市，偌大一個社會，那麼多窗戶，那麼多人影，只有她在保護我，但保護得非常無奈，只是不斷關照我，不要回家，不要回家；我惦念的，也只是她，但惦念得非常笨拙，只能在黑暗中嘀咕，不能回家，不能回家。

我們什麼也沒有了，只有這麼一個家。但是連家也不能回了，有那麼多人阻擋著，阻擋住了我們唯一的避世小門。

這，難道不是一種象徵嗎？

在這種巨大的象徵中，我們對於世間真相，已經看穿。

二—三

看穿，有一種奇特的力量。

那就是：不聲述任何真相了，不在乎他人印象了，不期待社會輿論了，不企盼歷史公正了。結果，正是這些「不」，帶來了生命的獨立、創造的純粹、心態的潔淨。

本來，我們逃奔到了「邊緣」城市深圳，兩人都沒有戶口，沒有單位，沒有工作，因此是一種「孤獨」存在。但是，文化暴徒很快跟來了，而且他們都在深圳找到了「助理」，於是深圳也不「邊緣」了。

我們想了想，更明白「邊緣」不在地理上，而是心理上。於是，又回到了我並不喜愛的上海。

正好這時，那個用「不讓演、不讓走」的囚籠困住我妻子整整十幾年的地方官員終於退休了，妻子就被批准以「夫妻團聚」的理由調入上海。我們想起，這座城市雖然玷汙了黃梅戲《紅樓夢》，但是兩位真正的上海藝術家黃佐臨和謝晉，曾經高度評價了這齣戲所展現的中國傳統戲曲與西方音樂劇融合的重大契機。因此，我們還想在這座城市延伸這種契機，便自己籌資，創作了中國音樂劇《長河》。為了洗淡戲曲印痕，我們特地聘請了香港著名電影導演關錦鵬和音樂家鮑比達來加入創作。

這個戲的演出效果令人震撼，一位美國的戲劇博士認為有資格進入世界名劇之列，有些著名的青年藝術家在看完戲後長時間坐在座位上哭泣，不願起身。雖然場場爆滿，一票難求，但我們還是迫於上海大劇院的檔期安排和資金限制，沒有再演下去，反正已經告慰了黃佐臨、謝晉的在天之靈，這就夠了。

妻子一登臺，立即讓人想起她確實是美國林肯藝術中心、紐約市文化局、華美中心聯合頒授的「亞洲最佳藝術家終身成就獎」獲得者。這個獎，在國際上獲得的人極少，她是迄今為止最年輕的獲得者。然而她在國內很少獲得演出機會，沒有資金，沒有團隊。對此她心平氣和，既然謝晉導演稱讚她主演了「中國第一部真正成功的音樂劇」，她就想因勢利導，默默地為中國音樂劇的興盛做點什麼。

為此，她還在上海戲劇學院主導了中國音樂劇專業。這個專業因她而生，由她開創，從招生到課程設置，到聘請國內外教師，都是她在一手操辦。第一屆學生入學後整整四年，她幾乎沒有一天休息，從早到晚都把全部心血傾注在學生和課堂上。一年又一年，教學成果蔚為大觀，讓北京和全國各地來的專家看了大吃一驚。但是，這些學生畢業後該到哪兒去呢？似乎哪兒都沒有組建「中國音樂劇劇團」的計畫。文化部門的很多精力和資金，都投向了那些奄奄一息、急待改革又不讓改革的所謂「遺產」之中。

妻子一次次看著自己的學生總是搖頭歎息。當年她挑起整個劇種大樑的時候，比現在的他們還年輕得多。那時的中國文化，還陷於百廢待興的無邊泥淖，但是，由於堅持改革和創新，快速絕處逢生，幾乎年年月月佳作疊出，上上下下充滿信心。幾十年過去，怎麼一下子又拐到了保守主義的泥淖之中？難道，文化的開合盛衰，是一種逃不過的圓圈？

她這一生，能出的力都出了，能受的氣都受了，能流的淚都流了，還能怎麼樣？真正的文化人在文化架構中，無能為力。

但是，我默默地看著她，總是心生不忍。教育，對她而言，已經是一種無奈的選擇。她身上積貯著讓東方藝術燦爛爆發的巨大創造力，而她自己的表演天賦更是超乎尋常。儘管那些具有權勢背景的黑影剝奪了她美好的歲月，但她的那種天賦似乎與年齡無關。她完全可以張羅出一臺臺非凡的大戲，但這種機遇沒有出現。

也許，我們會自費製作一個《馬蘭留韻二十章》的視頻系列，通過網路饋贈給長期以來一直殷切思念著她的無數戲迷。

與她相比，我的事情簡單得多，因為寫作不需要團隊，考察也不需要團隊，思考更不需要團隊。我陪著她，靠著她，寫一本本書。有時不得不出去考察了，回來後把門一關，仍然陪著她，靠著她。我的生活，由三點組成：稿紙、長途、她。

靠著她，一個重要標誌，就是我從來沒有用過手機，所有的對外聯絡都由她完成。其實，對外聯絡也很少。對我來說，沒有她，就沒有外界。這事讓很多人無法理解，但我的理由非常充分。我們自選了一座僻靜的小島，偶爾有一條小船送點東西就可以了。一條已經足夠，不要第二條。

我在小島上已經把寫書當作了一個完整的生命工程，邪不可侵，正不可侵，萬般皆不可侵。既不聽夜鴞啼叫，也不聽燕雀歡鳴。

我的這一生命工程，其實也就是文化工程。我終於以一人之力完成了四大專題：空間意義上的中國文化，時間意義上的中國文化，人格意義上的中國文化，審美意義上的中國文化。為此，我寫了二十多部專著。例如，以「苦旅」來提領空間意義，以「文脈」來提領時間意義，以「君子」來提領人格意義，以「極品」來提領審美意義。提領之外，還有大量輔論。

可以自我安慰的是，這些宏大的學術專題，我全部都用自己的生命感受來支撐。我的規則是：未抵達，不發言；未體驗，不動筆；未入情，不成文；未走心，不立論。

我在離群索居狀態下寫的那麼多書，竟然全部受到極大歡迎。每一本書的銷售量和再版數，均可證明。在境外受到的歡迎更是出乎意料，正是這些書，使我成了被邀到紐約聯合國總部、華盛頓國會圖書館和美國各個名校演講最多的中國學者。這情景又讓我想到了海邊的比喻，我離開一個個熱鬧的帳篷獨自來到礁石上，反而有千萬浪濤與我呼應。

我的世界雖然大到無限，但是，外面的無限都不能吸引我。別人的家，是向世界出發的碼頭，而我正相反，家是整個世界的終點。

我們夫妻，以畢生的實踐對「家」做了一個誠實的闡釋。家，就是兩個人的孤獨。這種孤獨，是享受了如雷掌聲之後的最高享受。這種孤獨，既對於空間，又對於時間。正像我們不對門外抱有幻想，我們也不對未來抱有幻想。

未來是密密層層的未知，盤根錯節的未知，瞬息萬變的未知。對未來的種種幻想，或許充滿好意，我們也就輕輕一笑，把門關上了，關上那扇通往未來的門。

那就可以回到本文的開頭了。

不管如何萬水千山、萬紫千紅、萬卷千帙，我們這趟世間行旅頗為簡單——只有此生，只有單程，只有孤舟，只有兩人。

二十四

如此歸結，並不淒涼。

記得有人曾詢問我，此生是否幸福。

我毫不猶豫地給了肯定的回答。而且特別說明，我的幸福很具體，至少有以下四個方面——

第一，擁有一位心心相印的妻子；

第二，擁有一副縱橫萬里的體魄；

第三，擁有一種感應大美的本能；

第四，擁有一份遠離塵囂的心境；

這四個方面，都非常確定，因而此生的幸福，也非常確定。

單程孤舟，出雲入霞，如歌如吟。

余秋雨文化大事記

一九四六年八月二十三日出生於浙江省餘姚縣橋頭鎮（今居慈溪），在家鄉讀完小學。

一九五七年——一九六三年，先後就讀於上海新會中學、晉元中學、培進中學至高中畢業。其間，曾獲上海市作文比賽首獎、上海市數學競賽大獎。

一九六三年考入當年最難考的上海戲劇學院戲劇文學系，但入學後以下鄉參加農業勞動為主。

一九六六年夏天遇到「文革」災難，家破人亡。父親余學文先生因被檢舉有「錯誤言論」而關押十年，全家八口人經濟來源斷絕；唯一能接濟的叔叔余志士先生又被造反派暴徒迫害致死。一九六八年被發配到二十七軍軍墾農場服勞役，每天從天不亮勞動到天全黑，極端艱苦。

一九七一年九一三事件後，周恩來總理為搶救教育而布置復課、編教材。從農場回上海後被分配到各校聯合教材編寫組，但自己擇定的主要任務，是冒險潛入外文書庫獨自編寫《世界戲劇學》，對抗當時以「八個革命樣板戲」為代表的文化專制主義。

一九七六年初，編寫教材被批判為「右傾翻案」，便逃到浙江省奉化縣大橋鎮半山一座封閉的老藏書樓研讀中國古代文獻，直至此年十月「文革」結束，下山返回上海。

一九七七年——一九八五年，投入重建當代文化的學術大潮，陸續出版了《世界戲劇學》、《中國戲劇史》、《觀眾心理學》、《藝術創造學》、《*Some Observations on the Aesthetics of Primitive Chinese Theatre*》等一系列學術著作，先後獲全國優秀教材一等獎、上海哲學社會科學著作獎、全國戲劇理論著作獎。其中，獨自在災難時期開始編寫的《世界戲劇學》，出版至今三十餘年仍是全國在這一學科的唯一權威教材，直到二〇一四年一年內還被三家不同的出版社再版。

一九八五年二月由上海各大學的學術前輩王元化、蔣孔陽、伍蠡甫等資深教授聯名推薦，在沒有擔任過副教授的情況下直接晉升為正教授，是當時全國最年輕的文科正教授。

一九八六年三月，因國家文化部在上海戲劇學院舉行的三次民意測驗中均名列第一，被任命為上海戲劇學院副院長、院長，為當時全國最年輕的高校校長。主持工作一年後，即被文化部教育司表彰為「全國最有現代管理能力的院長」之一。與此同時，又出任上海市諮詢策劃顧問、上海市寫作學會會長、上海市中文專業教授評審組組長兼藝術專業教授評審組組長。被授予「國家級突出貢獻專家」、「上海十大高教精英」等榮譽稱號。

一九八九年——一九九一年，幾度婉拒了升任省部級領導職位的徵詢，並開始向國家文化部遞交辭去院長職務的報告。辭職報告先後共遞交了二十三次，終於在一九九一年七月獲准辭去一切行政職務，包括多種榮譽職務和掛名職務。辭職後，孤身一人從西北高原開始，系統考察中國文化的全部重要遺址。當時確定的考察主題是「穿越百年血淚，尋找千年輝煌」。在考察沿途所寫的「文化大散文」《文化苦旅》、《山居筆記》等快速風靡全球華文讀書界，被稱為「印刷量最大的現代華文文學書籍」。他也由此成為國際間最具影響力的華文作家之一。

一九九一年五月，發表《風雨天一閣》，在全國開啟對歷代圖書收藏壯舉的廣泛關注。

一九九二年二月開始，先後被多所著名大學聘為榮譽教授或兼職教授，例如復旦大學、交通大學、同濟大學、上海大學、中國科技大學、西安交通大學等。

一九九三年一月，發表《一個王朝的背影》，首次肯定少數民族王朝入主中原的特殊生命力，重新評價康熙皇帝，開啟此後多年「清宮戲」的拍攝熱潮。

一九九三年三月，發表《流放者的土地》，首次揭露清朝統治集團迫害和流放知識份子的兇殘面目，並介紹不屈的「流放文化」。

一九九三年七月，發表《蘇東坡突圍》，刻劃了中國文化史上最可愛、最可親的人格典範，揭示中國知識份子所必然面臨的一層層來自朝廷和同行的酷烈包圍圈，以及「突圍」的艱難。此文被兩岸三地的報刊廣為轉載。

一九九三年九月，發表《千年庭院》，首次用散文方式梳理了中國古代最優秀的教學方式——書院文化。

一九九三年十一月，發表《抱愧山西》，首次向海內外系統描述了中國古代最成功的商業奇蹟——晉商文化，為當時正在崛起的經濟熱潮尋得了一個古代範本。此文發表後一時讀者無數，連很多高官也爭相傳誦。

一九九四年三月，發表《天涯故事》，首次系統地論述沉埋已久的海南島文化簡史，並把海南島文化歸納為「生態文明」和「家園文明」，主張以吸引旅遊為其發展前景。

一九九四年五月——七月，發表長篇作品《十萬進士》（上、下），首次清理千年科舉制度對中國文化的正面意義和負面意義。

一九九四年九月，發表《遙遠的絕響》，描述魏晉名士對中國文化的震撼性記憶。由於文章格調高尚淒美，一時轟動文壇。

一九九四年十一月，發表《歷史的暗角》，首次清理「小人」在中國文化中的隱形破壞作用，以及古今君子對這個龐大群體的無奈。發表後在兩岸三地引起巨大反響，被公認為「研究中國負面人格的開山之作」。

一九九五年四月，應邀為四川都江堰題詞「拜水都江堰，問道青城山」，鐫刻於該地兩處。

一九九六年七月，多家媒體經調查共同確認余秋雨為「全國被盜版最嚴重的寫作人」，他的著作的盜版量大約是正版的十八倍。由此被邀請成為「北京反盜版聯盟」的唯一個人會員，並被聘為「全國掃黃打非督導員（督察證為B〇二七號）。」

一九九八年六月，新加坡召集規模盛大的「跨世紀文化對話」而震動全球華文世界。對話主角是四個華裔學者，除首席余秋雨教授外，還有哈佛大學的杜維明教授、威斯康辛大學的高希均教授和新加坡藝術家陳瑞獻先生。余秋雨的演講題目是《第四座橋》。

一九九九年二月，為妻子馬蘭創作的劇本《秋千架》隆重上演，極為轟動，打破了北京長安大戲院的票房紀錄，許多研究生因無票在臺側站立觀看，堵成人牆。在臺灣更是風靡一時，當時正逢大選，劇場外有二十萬人為選舉造勢，觀眾很難通行，但還是場場爆滿。

一九九九年開始，引領和主持香港鳳凰衛視對人類各大文明遺址的歷史性考察，成為目前世界上唯一貼地穿越數萬公里危險地區的人文教授，也是九一一事件之前最早向文明世界報告恐怖主義控制地區實際狀況的學者。由此被日本《朝日新聞》選為「跨世紀十大國際人物」。

二〇〇二年四月，應邀為李白逝世地撰寫《采石磯碑》（含書法），鐫刻於安徽馬鞍山三臺閣。

從二〇〇〇年開始，由於環球考察在海內外所造成的巨大影響，國內一些媒體為了追求「逆反刺激」的市場效應而發起誹謗。先由北京大學一個學生誤信了一個上海極左派文人的傳言進行顛倒批判，即把在「文革」災難中冒險潛入外文書庫獨自編寫《世界戲劇學》的勇敢行動誣陷為「文革寫作」，卻又絕口不提所寫內容，並誤植了筆名「石一歌」。由此，形成十餘年的誹謗大潮，並隨之出現了一批「啃余族」，主要由文革殘餘勢力組成。據楊長動教授統計，全國各地媒體發表的誹謗文章多達一千八百多篇。余秋雨先生對所有的誹謗沒有作任何反駁和回擊，他說：「馬行千里，不洗塵沙。」

二〇〇三年七月，由於多年來在中央電視臺的文化欄目中主持「綜合文史素質測試」而成為全國觀眾的最高收視熱點，上海一個當年的造反派首領就趁勢做逆反文章，聲稱《文化苦旅》中有很多「文史差錯」，全國有一五六家報刊轉載。十月十九日，我國當代著名文史權威章培恒教授發文指出，經他審讀，那個人的文章完全是「攻擊」和「誣陷」，而那個人自己的「文史知識」連一個高中生也不如。對此，一五六家報刊都未予報導。

二〇〇四年二月，由於有關「石一歌」的誹謗浪潮已經延續四年仍未消停跡象，余秋雨就採取了「懸賞」的辦法。宣布「只要證明本人曾用這個筆名寫過一篇、一段、一節、一行、一句這種文章，立即支付自己的全年薪金」，還公布了執行律師的姓名。十二年後，余秋雨宣布懸賞期結束，以一篇《「石一歌」事件》作出總結。

二〇〇四年三月，參加聯合國開發計畫署《人類發展報告》的設計、研討和審核。二〇〇四年年底，被聯合國教科文組織、北京大學、中華英才雜誌等單位選為「中國十大文化精英」、「中國文化傳播座標人物」。

二〇〇五年四月，應邀赴美國巡迴演講：

①四月九日講《中國文化的困境和出路》（在紐約大學亨特學院）；

②四月十日講《中國知識份子的問題所在》（在北美華文作家協會）；

③四月十二日上午講《空間意義上的中華文化》（在馬里蘭大學）；

④四月十二日下午講《君子的腳步》（在華盛頓國會圖書館）；

⑤四月十三日講《時間意義上的中華文化》（在耶魯大學）；

⑥四月十五日講《中國文化所追求的集體人格》（在哈佛大學）；

⑦四月十七日講《中華文化的三大優勢和四大泥潭》（在休斯頓美南華文寫作協會）。

二〇〇五年七月二十日在聯合國「世界文明大會」上發表主題演講《利瑪竇的結論》，論述中華文明自古以來的非侵略本性，引起極大轟動。演說的論據，後來一再被各國政界、學界引用。收入書籍時演講題改為《中華文化的非侵略本性》。

二〇〇五年十一月，應邀撰寫《法門寺碑》（含書法），鐫刻於陝西法門寺大雄寶殿前的映壁。

二〇〇六年四月，應邀撰寫《炎帝之碑》（含書法），鐫刻於株洲炎帝陵紀念塔。

二〇〇五年——二〇〇八年，被香港浸會大學聘請為「健全人格教育奠基教授」，每年在香港工作時間不低於半年。

二〇〇六年，在香港鳳凰衛視開辦日播欄目《秋雨時分》，以一整年時間暢談中華文化的優勢和弱勢，播出後在海內外反響巨大，部分紀錄稿收入《境外演講》一書中。

二〇〇七年一月，發表《問卜中華》，詳盡敘述了甲骨文的出土在中華文明瀕臨湮滅的二十世紀初年所帶來的神奇力量，同時論述了商代的歷史面貌。

二〇〇七年三月，發表《古道西風》，系統敘述了中華文化的兩大始祖老子和孔子的精神風采。

二〇〇七年五月，發表《稷下學宮》，對比古希臘的雅典學院，首度將兩千年前東西方兩大學術中心進行對比。

二〇〇七年七月，發表《黑色的光亮》，以充滿感情的筆觸表現了被中國文化史長期冷落的平民思想家墨子的人格光輝。

二〇〇七年八月，應邀為七十年前解救大批猶太難民的中國外交官何鳳山博士撰寫碑文（含書法），鐫刻於湖南益陽何鳳山紀念墓地。

二〇〇七年九月，發表《詩人是什麼》，論述「中國第一詩人」屈原為華夏文明注入的詩化魂魄，分析了他獲得全民每年紀念的原因，並解釋了一些歷史誤會。

二〇〇七年十一月，發表《歷史的母本》，以最高座標評價了司馬遷為整個中華民族帶來的歷史理性和歷史品格。

二〇〇八年五月十二日，中國發生「汶川大地震」，第一時間趕到災區參加救援。見到遇難學生留在廢墟間的破殘課本，決定以夫妻兩人三年薪水的總和默默捐建三個學生圖書館，卻被人在網路上炒作成「詐捐」，在全國範圍喧鬧了兩個月之久。後由災區教育局一再說明捐建實情，又由王蒙、馮驥才、張賢亮、賈平凹、劉詩昆、白先勇、余光中等名家紛紛為三個學生圖書館題詞，風波才得以平息。

二〇〇八年九月，上海市教育委員會頒授成立「余秋雨大師工作室」（此前上海教育系統僅有一所「周小燕大師工作室」）。上海市靜安區政府決定為「余秋雨大師工作室」贈建辦公小樓。

二〇〇八年十二月，為妻子馬蘭創作的中國音樂劇劇本《長河》在上海大劇院隆重上演成為上海的一大文化盛事。演出受到海內外藝術精英的極高評價，余秋雨的劇本更被評為「一代罕世之作」。

二〇〇九年五月，應邀為山西大同雲岡石窟題詞「中國由此邁向大唐」，鐫刻於石窟西端。

二〇一〇年一月，《揚子晚報》在全國青少年讀者中問卷調查「你最喜愛的中國當代作家」，余秋雨名列第一。「冠軍獎座」是錢為教授雕塑的余秋雨銅像。

二〇一〇年三月二十七日，獲澳門科技大學所頒「榮譽文學博士」稱號。同時獲頒榮譽博士稱號的有袁隆平、鍾南山、歐陽自遠、孫家棟等著名專家。

二〇一〇年四月三十日，接受澳門科技大學任命，出任該校人文藝術學院院長。宣布在任期間每年年薪五十萬港元全數捐獻，作為設計專業和傳播專業研究生的獎學金。

二〇一〇年五月二十一日，聯合國發布自成立以來第一份以文化為主題的「世界報告」，發布儀式的主要環節，是聯合國教科文組織總幹事博科娃女士與余秋雨先生進行一場對話。余秋雨發言的標題為《駁亨廷頓「文明衝突論」》。

二〇一一年十月十日，寫作《一個轉捩點》一文，以親身經歷為「文革」十年劃分出四個時期，在同類研究中是一個首創。不久，又發表演講稿《文化之痛》一文，揭示「文革」浩劫的文化本質，嚴厲批判目前社會上為「文革」翻案的逆流。

二〇一二年一月——九月，最終完成以萊辛式的「極品解析」方法來論述中國美學的著作《極品美學》。

二〇一二年十月十二日，中國藝術研究院成立「秋雨書院」。北京眾多著名學者、高官、企業家出席成立大會，並熱情致詞。該書院是一個培養博士生的高層教學機構，現培養兩個專業的博士研究生：一，中國文化史專業；二，中國藝術史專業。

二〇一三年十月十八日下午，再度應邀赴美國紐約聯合國總部大廈演講《中華文化為何長壽》。當天聯合國網站將此演講列為國際第一要聞。

二〇一三年十月二十日，在紐約大學演講《中國文脈簡述》。

二〇一三年十二月，完成莊子《逍遙遊》的巨幅行草書寫，並將《逍遙遊》譯成可誦可吟的現代散文。

二〇一四年一月，完成屈原《離騷》的巨幅行書書寫，並將《離騷》譯成可誦可吟的現代散文。

二〇一四年一月二十五日——三十一日，完成《祭筆》。此文概括了作者自己握筆寫作的全部人生歷程，記述了「文革」時期和「苦旅」時期的艱辛筆墨，更是以沉痛的心情回顧了從二十世紀九十年代以來難以想像的文化遭遇。

二〇一四年三月，發表以現代思維解析《般若波羅蜜多心經》的文章《解經修行》，並表明這是一項重大學術規劃的開端。那就是，在已經完成了的「時間意義上的中國、空間意義上的中國、人格意義上的中國、審美意義上的中國」四大研究專題共二十餘卷著作之後，繼續完成「修行意義上的中國」這最後一個專題。該書名為《泥步修行》，由「問道」、「破惑」、「安頓」三部分組成。

二〇一四年四月《余秋雨學術六卷》出版發行。

二〇一四年五月，古典象徵主義小說《冰河》（含劇本）出版發行。

二〇一四年八月，系統論述中華文化人格範型的《君子之道》出版發行，立即受到海峽兩岸讀書界的熱烈歡迎。臺灣在第一時間再版。

二〇一四年十月《秋雨合集》二十二卷出版發行。

二〇一四年十月二十八日，出任上海圖書館理事長。

二〇一五年三月，再度應邀在臺灣大學和臺灣各大城市進行「環島巡迴演講」，自臺北市、新北市、臺中市到高雄市。雙目失明的星雲大師聞訊後從澳大利亞趕回臺灣，親率僧侶團隊到高雄車站長時間等待和迎接。這是余秋雨自一九九一年首度訪問臺灣後第四次大規模的環島演講。本次演講的主題是《中華文化和君子之道》。

二〇一五年四月，懸疑推理小說《空島》和人生哲理小說《信客》出版發行。

二〇一五年九月，應邀為佛教勝地普陀山書寫《心經》，鐫刻於該島迴瀾亭。

二〇一六年三月，應邀為佛教勝地寶華山書寫《心經》，鐫刻於該山平臺。

二〇一六年七月，中華書局編輯出版《中華文化讀本》七卷，均選自余秋雨著作。

二〇一六年十一月，被選為世界余氏宗親會名譽會長。

二〇一七年五月二十五日——六月五日，中國美術館舉辦「余秋雨翰墨展」（中國藝術研究院主辦），參觀者人山人海，成為中國美術館建館半個多世紀以來最為轟動的展出之一。中國文聯主席兼中國作協主席鐵凝說：「這個展覽氣勢恢宏，彰顯了秋雨先生令人慨歎的文化成就，使我對先生的為人和為文有了新的感受」。原中國書法家協會主席張海說：「即使秋雨先生沒有寫過那麼多著作，光看書法，也是真正專業的大書法家。」國務院參事室主任王仲偉說：「余先生的書法作品，應該納入國家收藏」。據統計，世界各地通過網路共用這次翰墨展的華僑人數，多達數百萬。

二〇一七年九月，記憶文學集《門孔》出版發行。此書被評為《中國文脈》的現代版，其中有的文章已成為近年來網上最轟動的篇目。作者以自己的親身交往描寫了巴金、黃佐臨、謝晉、章培恒、陸谷孫、星雲大師、林懷民、白先勇、余光中等一代文化巨匠，同時也寫了自己與妻子馬蘭的情感歷程。作者對《門孔》這一片名的闡釋是：「守護門庭，窺探神聖。」

二〇一七年十一月，《境外演講》出版發行。此書收集了作者在聯合國的三大演講，又彙集了在美國各地和我國港澳地區巡迴演講和電視講座的部分紀錄。這些演講，系統而清晰地闡述了中華文化的優勢和弱勢，以及當前所面臨的問題，發表後都產生過重大反響。此書被專家學者評為「打開中華文化之門的最佳鑰匙。」

（周行、劉超英整理，經大師工作室校核。）

文化文創 BCC025

門孔

國家圖書館出版品預行編目(CIP)資料

門孔 / 余秋雨著. -- 第一版. -- 臺北市 : 遠見天下文化, 2018.01
面； 公分. -- (文化文創 ; BCC025)
ISBN 978-986-479-365-5(平裝)

1.中國文化

541.262 106015797

作　者 — 余秋雨
總編輯 — 湯皓全
資深副總編輯 — 吳佩穎
責任編輯 — 林欣儀（特約）
封面暨版型設計 — 斐類設計（特約）
封面書法題字 — 余秋雨

出版者 — 遠見天下文化出版股份有限公司
創辦人 — 高希均、王力行
遠見・天下文化・事業群 董事長 — 高希均
事業群發行人／CEO — 王力行
天下文化社長／總經理 — 林天來
版權部協理 — 張紫蘭
法律顧問 — 理律法律事務所陳長文律師
著作權顧問 — 魏啟翔律師
地　址 — 台北市 104 松江路 93 巷 1 號 2 樓
讀者服務專線 — (02)2662-0012　傳　真 — (02)2662-0007；2662-0009
電子信箱 — cwpc@cwgv.com.tw
直接郵撥帳號 — 1326703-6 號 遠見天下文化出版股份有限公司

電腦排版 — 立全電腦印前排版有限公司
製版廠 — 東豪印刷事業有限公司
印刷廠 — 盈昌印刷有限公司
裝訂廠 — 明輝裝訂有限公司
登記證 — 局版台業字第 2517 號
總經銷 — 大和書報圖書股份有限公司　電話／（02）89902588
出版日期 — 2018 年 1 月 18 日第一版第 1 次印行

定價 — NT 420 元
ISBN — 978-986-479-365-5
書號 — BCC025
天下文化官網 — bookzone.cwgv.com.tw